Kron [illegible] a

fabryka słów
WYDAWNICTWO

Andrzej Pilipiuk

Kroniki Jakuba Wędrowycza

Ilustracje
Andrzej Łaski

fabryka słów®

Lublin 2014

Oblicza Wędrowycza:

1. Kroniki Jakuba Wędrowycza
2. Czarownik Iwanow
3. Weźmisz czarno kure...
4. Zagadka Kuby Rozpruwacza
5. Wieszać każdy może
6. Homo bimbrownikus
7. Trucizna

Pawłowi Siedlarowi i Jarosławowi Grzędowiczowi,
bez których zachęty i pomocy Jakub Wędrowycz pozostałby
tylko niewykorzystanym pomysłem...

Zabójca

Jakub Wędrowycz drgnął nieznacznie, gdy nie wiadomo przez kogo wystrzelona kula urwała mu kawałek ucha i zagłębiła się w ścianie szopy. Brwi staruszka uniosły się lekko do góry. Rzadko się zdarzało, żeby ktoś go chciał zastrzelić, a zwłaszcza w taki piękny jesienny poranek, ale skoro ktoś właśnie usiłował to zrobić, nie było czasu do stracenia.

W następnym ułamku sekundy leżał już plackiem na ziemi, a jego własny rewolwer, odbezpieczony, tkwił w spracowanej dłoni. Kolejny pocisk zagłębił się w drzwi dobre pół metra od jego głowy. Jakub wydobył z kieszeni okulary i założył je na nos. Chwilę później rozbryznęła się ziemia, zasypując je dużą ilością piasku. Zaklął wściekle i zaczął się czołgać. Wróg, usadowiony nie wiedzieć gdzie, ale w każdym razie dość daleko, umilał mu pełzanie, wystrzeliwując kolejne pociski.

Głucho zabrzęczało trafione wiadro. Rozprysła się szyba w oknie szopy. Zadzwoniła rynna. Egzorcysta doczołgał się do zapasowego wejścia do piwniczki i tam dopiero odetchnął z ulgą. Kimkolwiek był ten, który strzelał, z całą pewnością chciał go zabić. Jakub przeżył już tyle zamachów na swoje życie, że czuł to w kościach. Ściągnął z głowy czapkę i uniósł ją na kawałku kija przez dymnik. Nic się nie stało. Gdy jednak wysunął ją przez drzwi piwniczki, niewidoczny snajper znowu dał o sobie znać. Uderzenie kuli przebiło czapkę i wyrwało staruszkowi drąg z ręki. Sądząc z poszarpanego końca kija, strzelec używał wrednego kalibru i paskudnie rozpryskowych pocisków. Jakub poskrobał się lufą rewolweru za uchem. Następnie zaryglował drzwi i wydobywszy z kąta butelkę bimbru, pociągnął z lubością solidny łyk.

– Jeśli naprawdę chce mnie zabić, to zaraz tu będzie – wydedukował.

Pół flaszki później usłyszał odgłosy skradania. Ktoś majstrował przy drzwiach wiodących do piwniczki. Jakub czknął, poprawił tkwiący za paskiem majcher i odbezpieczywszy rewolwer, podkradł się do drzwi. Ten po drugiej stronie wsadził w szczelinę ostrze ładnego niemieckiego nożyka długości dobrych trzydziestu centymetrów i usiłował podważyć nim zasuwę. Egzorcysta popatrzył na ostrze i poskrobał się z frasunkiem po głowie. Ten tam na zewnątrz to był lepszy fachowiec. Szkoda tylko, że zezulec.

Jakub zabezpieczył rewolwer i cofnął się w głąb pomieszczenia. Łyknął jeszcze trochę, z dziury w ścianie wyciągnął lekko zardzewiałą pepeszę. Założył nowy talerz naboi, a potem wycelował w drzwi i od niechcenia puścił serię. W drzwiach powstały liczne otwory, a skrobanie nożem ucichło.

Egzorcysta opuścił karabin i pogmerał nieznacznie palcem w uchu. Kanonada źdźiebko go ogłuszyła. Łyknął sobie jeszcze bimbru i ogłuszenie stopniowo przeszło. Coś ciekło mu za kołnierzyk. Krew. Ta z ucha. Zdezynfekował ranę resztką zawartości butelki, a potem wdrapał się po schodkach i odryglowawszy drzwi, otworzył je z rozmachem. Za drzwiami nie było nikogo. Było to o tyle dziwne, że biorąc pod uwagę ilość kul, które w nie wpakował, za drzwiami mogłaby leżeć połowa wioski. A tu nie było ani jednego zakichanego nieboszczyka. Jakub poskrobał się frasobliwie po głowie. Niespodziewanie przestał się drapać i przyjrzał tkwiącemu za paznokciem paprochowi. Paproch się ruszał. Zidentyfikowawszy go jako wesz, egzorcysta zlazł z powrotem do piwniczki i polał głowę bimbrem z drugiej butelki. Zapiekło. Popatrzył na swój zegarek. Czasomierz stał od kilku lat, ale przyzwyczajenie pozostało.

Strzelanina z całą pewnością była słyszana we wsi i zaraz mógł się spodziewać wizyty smerfów. Podniósł z ziemi nóż i obejrzał go uważnie. Majcher miał pokrytą gumą rękojeść i był ostry jak brzytwa. Jakub bez żenady przywłaszczył go sobie.

– To się przyda – powiedział w przestrzeń.

Wylazł z loszku. Zamachowca nigdzie nie było widać. Nie było też krwi. Ba, na ziemi nie odcisnęły się nawet ślady stóp. Z frasunkiem depnął mocniej nogą. Jego ślad był wyraźny. Niedawno padało. To było dziwne i nawet coś mu przypominało. Poczłapał do domu. Zabrał stamtąd siodło i dosiadłszy swojej klaczy, pojechał do gospody w Wojsławicach. Po drodze rozglądał się uważnie, ale nie wypatrzył nic podejrzanego.

W gospodzie siedziało kilku jego kumpli od kieliszka i takich ogólnych. Było też paru, z którymi nie pił. Jakub wziął kufel piwa i przysiadł się do stołu. Akurat mówił niejaki Witkowski:

– No i ta skatina włazi mi z wiatrówką do kurnika i bach, bach w moje kury! No to ja za orczyk, job jewo w łeb, aż się nogami nakrył.

– Fajo fajn – powiedział Semen, którego też tu dzisiaj przyniosło. – A słyszeliście już o tym nowym piwie? „Perła Mocna" się nazywa.

– Ja tam wolę wino – odparł Miszczuk, miejscowy rzeźbiarz. – Wino to napój artystów.

– A mnie dzisiaj rano chcieli zabić – wtrącił Jakub niewinnie.

– A ja wam mówię, że wino jest niczego sobie, ale trzeba je tak jak denaturat przez skórkę od razowca, to wtedy jest mniej szkodliwe. Bo jak czasem zajedzie siarą, to aż... – nauczyciel, wylany parę lat temu z pracy w szkole, wtrącił swoje dwa grosze.

– Denaturat to oślepi z wolna – powiedział Bardak, który sam ledwo co widział. – Ale spirytus salicylowowy, jak się przepuści przez destylarkę, to nawet salicyl traci. Zostają takie białe kryształki. Cienkie i długie.

– To co się pije? – zaciekawił się Semen.

– No jak to? Kryształki zostają z jednej strony, a esencja z drugiej.

– Prawie mnie zastrzelili – powiedział Jakub.

– A to łobuzy? – zdziwił się Tomasz. – Na pohybel.

Kilka szklanek uniosło się ku sufitowi i zaraz opadło w stronę gardeł. Wielkie mecyje, że ktoś chciał sprzątnąć Jakuba. Ciągle coś mu się przytrafiało. A to gliny go ganiali, a to Ruscy z KGB porywali do Moskwy. Miał szerokie znajomości.

– A ja wam mówię, że ajent dostał skrzynkę „Perły Mocnej" i schował na zaplecze dla swoich kumpli.

– Schował znaczy się? Uch! Dawno już chyba nikt nie podpalił mu stodoły... – obudził się drzemiący w kącie Marek z Tróścianki.

– Co dla kumpli?! – wściekł się ajent zza baru. – Trza było powiedzieć, że chcecie spróbować!

– Ja! – wydarło się kilka gardeł.

Ustawili butelki rządkiem na stoliku. Po jednej dla każdego.

– Jaki toast? – zapytał Jakub.

W tym momencie przez okno wpadła kula i roztrzaskała cały rządek flaszek.

– Kurwa! Co jest? – wściekł się Bardak. – Jakub, to ciebie rano chcieli zabić? Co?

– No tak. Może nie zabić, może tak tylko dla postrachu.

– Że ciebie chcą zabić, to my tracimy tyle piwa! Won mi stąd, niech cię zabiją przed sklepem.

– Uch ty, zaraz ci mordę skuję, że cię rodzona chudoba nie pozna.

– Ty do mnie?

Krzesła i butelki zawirowały w powietrzu. Pospadały lampy. W oknach powstały dziury.

– Mam jeszcze jedną skrzynkę! – darł się ajent, ale nikt go nie słuchał.

Kłąb splecionych ciał, na którego dnie znajdowali się Jakub i Bardak, przetaczał się po pomieszczeniu, łamiąc stoliki i krzesła. Kolejna kula wpadła przez drzwi i roztrzaskała pięciolitrową butlę stolicznej, która królowała nad barem. Walczący przerwali na chwilę.

– No nie – powiedział Bardak. – Pobijemy się później. Najpierw trzeba sprawdzić, kto to. Macie broń?

Mieli wszyscy. Potłuczone butelki, łańcuchy od krów, siekiery, noże. Uzbrojona po zęby gromada wysypała się przed gospodę. Dziesięć par ponurych oczu potoczyło ołowianym spojrzeniem najpierw w prawo, potem w lewo. Na ulicy panował spokój. Kimkolwiek był tajemniczy strzelec, zniknął bez śladu.

– Tam jest! – krzyknął Semen, pokazując jakiegoś typka w szarym garniturze, który znikał w perspektywie ulicy.

Typek niósł futerał na skrzypce, a ostatecznie od czasu do czasu oglądało się różne filmidła. Dziesięć gardeł zawyło ponuro i wataha puściła się w ślad za nim. Człowiek w garniturze odwrócił się lekko zdziwiony i na moment zamarł z przerażenia. A potem rzucił się do ucieczki. Pobiegł prosto, przeciął główny trakt miasta i wypadł na placyk koło zrujnowanej synagogi. Tam się obejrzał. Dzika banda zawyła ponownie. Nieznajomy znowu rzucił się do ucieczki. Za synagogą stało kilka zrujnowanych pożydowskich chałup. I właśnie do jednej z nich wbiegł. Zaryglował nawet za sobą drzwi.

Kumple Jakuba wybili wszystkie okna i wdarli się do środka. Nieznajomy ze zdumiewającą, biorąc pod uwagę jego mizerną postać, energią wdrapał się tymczasem na strych i wciągnął za sobą drabinę.

– No i co dalej? – zdenerwował się Jakub.

– Wykurzymy drania! – zawył któryś, podpalając zapalniczką tapetę.

– Ja bym raczej podszedł po gliny – powiedział egzorcysta, ale nikt go nie słuchał. Paliły się już podłoga i ściany, a uwięziony na strychu wzywał rozpaczliwie pomocy. Podpalacze opuścili lokal dopiero w chwili, gdy zatliły się na nich ubrania. Przed chałupą stały już oba wojsławickie radiowozy, a wóz straży pożarnej właśnie przeciskał się od strony łąk, pomiędzy drzewami. Odrobinę uwędzony snajper, który zlazł po dachu, właśnie wylewał swoje żale.

– Ja to pół biedy, choć mało nie zaczadziałem. Ale moje skrzypce... – Otworzył futerał. – Tak wysoka temperatura mogła je zniszczyć... O, tam są ci bandyci!

Podpalacze rzucili się do ucieczki. Gliniarze nawet za nimi nie pobiegli. Ostatecznie musieli pomóc przy gaszeniu i spisać protokół. Wataha tubylców zatrzymała się dopiero na Zamczysku.

– Cholera, to nie był ten – stwierdził Jakub. – Czy ktoś ma jeszcze jakieś pomysły?

W tej chwili nadleciała kolejna kula. Otarła się o kawał muru pozostałego z ruin stajni dworskiej i zagłębiła w nodze Tomasza. Tomasz zawył.

– Cholera! Jakub, może ty sobie już idź, bo jeszcze nas skasuje przez pomyłkę zamiast ciebie! – zdenerwował się Bardak.

– A pewnie, że pójdę. Nie potraficie mi pomóc, to się obejdę.

Ruszył w stronę miasteczka. Tylko Semen poszedł za nim. Reszta została. Trzeba było przecież opatrzyć rannego. Postrzał został zdezynfekowany sporą ilością spirytusu. To znaczy na ranę poszło w sumie niewiele, ale przecież wiadomo, że każda kula zostawia także w ciele trochę różnego brudu i dlatego niezbędne jest odkażenie wewnętrzne.

– Nu i co teraz, ha? – zapytał Semen.

– E, wracam do chałupy. Nie wyszła nam dzisiaj balanga.

– Może pojadę z tobą?

– Sam sobie poradzę.

Po drodze zaopatrzył się w jeszcze jedną butelkę wódki, dzięki czemu nie poczuł zmęczenia, a nawet jeśli się zmachał, włażąc na swoją górę, to i tak tego później nie pamiętał. Dotarłszy, uwalił się w barłogu i zapadł w sen. A koń sam wrócił do domu.

Obudził się dość wcześnie rano. Przebudzenie nie należało do najprzyjemniejszych, bowiem jakiś łobuz, wykorzystując jego mocny sen, związał go starannie. Łobuz siedział sobie na stole i ostrzył długi nóż o kawałek skórzanego pasa. Wyglądał dość dziwnie. Ubrany był całkiem na czarno. Włosy i oczy także miał czarne. Twarz pociągłą, z mocno wystającymi kośćmi policzkowymi. W oczach płonęły mu dziwne iskierki. Gdy ostrzył nóż, jego język nieznacznie oblizywał wąskie wargi.

– Rozwiąż mnie – zażądał egzorcysta.

– No co ty? – zdziwił się siedzący.

Mętne spojrzenie Jakuba omiotło całe pomieszczenie i zatrzymało się na stojącym koło drzwi snajperskim karabinie.

– Znaczy to ty do mnie strzelałeś? – zainteresował się.

– Aha.

– Kto cię wynajął?

– Widzisz, Wędrowycz, jestem zawodowym zabójcą egzorcystów. I co ty na to?

Jakub przeżył wiele niebezpieczeństw i spotkał wielu szaleńców na swojej drodze, ale z takim przypadkiem jeszcze się nie zetknął.

– Chyba dzisiaj nie lałeś – wyraził swoje zdumienie.

Zabójca egzorcystów sprawdził na swojej ręce, czy nóż jest wystarczająco ostry. Wyglądało na to, że jest, bo włoski posypały się na ziemię.

– No to wybieraj sobie, egzorcysto, sposób, w jaki umrzesz.

Jakub miał ochotę poskrobać się po głowie, ale jego ręce były związane.

– Może ze starości? – zaproponował żałośnie.

– Już jesteś stary, więc to na jedno wyjdzie. Wymyśl coś innego.

Jakub myślał przez chwilę.

– Ciapuś! – wrzasnął wreszcie. – Gdzie jesteś, zdechlaku?

– Przecież nie masz psa – zdziwił się morderca.

Dwumetrowy pyton wystrzelił spod łóżka i owinął mu się wokół nóg.

– Co to jest? – zawył.

– Zdziwiony? To jest właśnie Ciapuś. Ciapuś, uduś pana.

Pyton najwyraźniej i bez tej zachęty miał ochotę to zrobić. Nawijał się coraz wyżej i wyżej. Morderca wyciągnął z kabury pistolet i zastrzelił węża.

– Cholera – powiedział Jakub w zadumie.

– Zdziwiony? – zapytał zabójca.

– Trochę.

– Twój wybór?

– Sam wymyśl.

– Dobra. Wstrzyknę ci taki środek, który paraliżuje na trzy dni. Pochowają cię żywcem.

Egzorcysta próbował się wyrwać, ale nie zdołał uwolnić się z więzów. Niebawem stracił przytomność.

Przebudzenie nie należało do najprzyjemniejszych. Jakubowi było duszno, ciasno i w dodatku ciemno. Obmacał rękami kieszenie. Miał na sobie białogwardyjski mundur, zapewne z zapasów Semena. W górnej kieszeni znalazł zapalniczkę i paczkę papierosów. Zapalił płomień. Przeczucie go nie myliło. Znajdował się w trumnie. W dodatku założyli mu za ciasne buty. Spróbował pchnąć wieko rękami.

Zgodnie z jego przewidywaniami nie drgnęło nawet. Wyciągnął stopy z butów i kopnął kilkakrotnie w tylną ściankę. Ta również nawet nie drgnęła. W zadumie zaczął obmacywać rękami ściany swojego więzienia. W bok uwierał go jakiś znajomy kształt. Butelka. Któryś z kumpli włożył mu wódkę do trumny. Jakub odkorkował i z lubością pociągnął kilka łyków. Okowita poprawiła mu nastrój. Ostatecznie bywał w gorszych opałach. Rozbił butelkę o burtę trumny i sporządziwszy z długiego szklanego wióra coś w rodzaju rylca, zaczął nim ze zdwojoną energią drapać w wieko.

Kumple Jakuba zebrali się w gospodzie. Wiadomo, po tak wybitnym człowieku należy wyprawić stypę. Ajent dostarczył piwo. „Perłę Mocną” z browaru w Lublinie. Pili. Wspominali. Nie zwracali praktycznie uwagi na siedzącego w kącie dziwnego, chudego typka ubranego na czarno. Było już dobrze po dwudziestej i wszyscy byli zdrowo podchmieleni, gdy otworzyły się drzwi. Zaskrzypiały złowrogo, więc wszystkie głowy odwróciły się w ich stronę. Następnie parę osób zemdlało.

Pochowany tego dnia rankiem egzorcysta wszedł jak gdyby nigdy nic do gospody i przepchnął się do baru.

– Jedną „Perłę" – zadysponował.

Ajent nic nie odpowiedział. Leżał za ladą nieprzytomny. Większość gości opuszczała właśnie lokal, skacząc przez okna.

– Co jest? – wściekł się. – Ducha zobaczyliście czy co?

– Nie – wykrztusił z siebie Tomasz. – Nic nie widzimy, prawda, chłopaki?

Chłopaków już nie było. Tylko Semen został w kącie nad kuflem piwa.

– Mówiłem im, żeby zaczekali trzy dni – powiedział w zadumie. – A tak na marginesie, to mogłeś zmyć z siebie warstwę gleby, zanim przyszedłeś między ludzi. Niektórzy mają słabe serca. I łachy trzeba było zmienić.

Paru takich, którzy ocknęli się z omdlenia, pełzło właśnie w stronę wyjścia.

– Cholera, co za ciemnota – zdziwił się Jakub.

– Ty chyba jesteś temu winien.

– Ja?

– A kto polował na duchy przez te wszystkie lata?

– No dobra. Jestem winien.

Sięgnął za ladę i wyjąwszy sobie ze skrzynki butelkę, odkorkował ją o kant stołu, po czym wlał zawartość do gardła. Gdy piwo spłynęło do żołądka, rozejrzał się wokoło i spostrzegł zabójcę egzorcystów siedzącego spokojnie w kącie. Wyglądał na lekko zaskoczonego.

Jakub trzasnął butelką o kant baru i uzbrojony w śmiercionośne narzędzie zbliżył się wolnym krokiem do nieznajomego.

– Zdziwiony?

Wróg wypił resztkę z dna kufla, po czym niespodziewanie skoczył. W jego dłoniach błysnęły jakieś ostrza czy pazury. Egzorcysta wsadził mu butelkę w twarz, ale to nie zatrzymało drania. Semen wyrwał zza pasa siekierę i zaszedł ich od tyłu. Siekiera błysnęła w powietrzu, obuch uderzył zabójcę w potylicę. Semen znany był z tego, że potrafi uśmiercić jednym takim uderzeniem tucznika. Wróg padł na podłogę.

– Kto to, do cholery, jest? – zapytał Semen.

– Czepił się mnie. Twierdzi, że chce mnie zabić.

Z rozbitej głowy nieznajomego ciekła krew. W słabym świetle jednej żarówki wydawała się zupełnie czarna. Odkorkowali po jeszcze jednej „Perle".

– To co robimy? – zapytał Semen. – Zaraz będą tu smerfy.

– No to niech mu sprawdzą kieszenie. A jeśli nawet kipnął, to w obronie własnej. Trzeba gościa wyjaśnić...

– Może sami sprawdzimy? Trochę waluty czy broń mogłoby się...

Skierował wzrok na leżącego i umilkł. Ciało zniknęło. Ślady krwi wskazywały na to, że poczołgał się do wyjścia.

– Za nim!

Wybiegli przed gospodę. Było tu zupełnie pusto. Ślady urywały się na schodkach. Obaj kumple klęli długo i głośno. A potem wrócili... do gospody, bo było bliżej. Ajent doszedł właśnie do siebie. Wyczłapał chwiejnym krokiem zza baru i popatrzył smętnie na wywalone okna oraz potłuczone butelki. Zatrzymał się przy plamie czarnej krwi. Wziął jej trochę na palec i powąchał. Potem podniósł wzrok i popatrzył na Jakuba.

– Uch ty! – pokręcił głową. – Znaczy żyjesz?

– Tak. Żyję.

– To zapłacisz, sukinsynu, za straszenie gości i wybite szyby.

Z zaplecza przyniósł szmatę i butelkę rozpuszczalnika.

– I jeszcze zasmarowaliście podłogę smołą. No i czego tak stoicie? Won w diabły, będzie zamknięte do końca tygodnia!

KRAJ - KULINARIA
WOJSŁAWICE OD KUCHNI

Z książki kucharskiej Jakuba Wędrowycza

Hot Dog

1) Za pomocą pętli z linki hamulcowej łapiemy średnio wyrośniętego psa.

2) Podcinamy gardziołko bagnetem.

3) Krew zbieramy do wiadra, przyda się na kaszankę.

4) Polewamy psa spirytusem i podpalamy dla usunięcia sierści.

5) Patroszymy. Wnętrzności nie wyrzucamy, posłużą nam jako przynęta na następnego.

6) Mięso tniemy na niewielkie kawałki i nadziewamy na szprychy rowerowe.

7) Szaszłyki opiekamy na ognisku.

Serwować na ciepło, w drewnianej lub glinianej misce, z pieczywem i schłodzonym bimbrem.

Ghost Dog

1) Za pomocą pętli z linki hamulcowej łapiemy średnio wyrośniętego czarnego samuraja. Należy wybrać takiego z długim mieczem, wówczas mamy od razu rożen...

Na rybki

Południowa część stawu znajdującego się w Wojsławicach, a należącego do straży pożarnej, była tego lata wyjątkowo silnie zarośnięta trzcinami. Pewnego sierpniowego dnia Józef Paczenko, jadąc koło stawu na rowerze, zobaczył wśród nich jakiś dziwny przedmiot. Wzrok miał już mocno przytłumiony i dlatego dopiero po dłuższej chwili domyślił się, co to jest.

– Ach – powiedział sam do siebie, a potem zjechał z szosy i ruszył wąską ścieżką nad wodą z zamiarem obejścia jeziora od drugiej strony.

Jakub Wędrowycz urządził się idealnie. Na wodzie, wśród trzcin, kołysała się dętka od traktora. Wokół niej przywiązano dwanaście butelek piwa „Perła", które chłodziły się zanurzone w wodzie. Jakub rozwalił się wygodnie w dętce i zwiesił nogi do wody. Gdy chwilami wiatr rozwiewał nieco trzciny, widać było stojący o dwa metry od egzorcysty słupek ozdobiony tablicą:

Łowienie ryb pod karą Wzbronione!

Słupek przydał się jak raz, żeby zaczepić o niego cumę. Jakub miał ochotę zerwać wraży napis gwałcący jego swobody, ale słoneczko rozleniwiło go tak, że nie miał siły się ruszyć. Od czasu do czasu wyławiał jedną butelkę i zerwawszy resztkami zębów kapsel, lał w gardło spienioną zawartość. Alkohol mile szumiał mu już w głowie, a palące problemy współczesności zeszły na plan dalszy. W lewej dłoni trzymał kij długości dwu metrów, na którego końcu zaczepiona była żyłka z haczykiem. Na haczyk nadziany był plasterek mocno czosnkowej kiełbasy. Jakub lubił czasami posiedzieć z wędką nad wodą. Jeśli potrzebował trochę ryby, to brał elektrykę albo dynamit, a jeśli nie potrzebował, to siedział i moczył kij. Nikt mu nie przeszkadzał. Gdy Jakub wybierał się na ryby, ludzie starali się omijać staw. Wściekał się, że mu płoszą. A w gniewie to on był nieobliczalny. Józef wszedł na resztki spróchniałej kładki i – stojąc na jej końcu – zawołał kumpla.

– Biorą?

Wędrowycz poruszył lekko jedną nogą i odwrócił się razem z dętką w jego stronę.

– Tak sobie, dzisiaj chyba nie pogoda na ryby. Napijesz się „Perły"? Mam jeszcze chyba ze sześć butelek?

– Nie, dzięki, muszę jakoś zajechać do domu.

– Ja tam się nie przejmuję. Koń sam zawiezie.

Jego kumpel poszukał wzrokiem klaczki Mariki i stwierdził, że weszła w szkodę na pobliskim polu. Wzruszył ramionami.

– Co zrobisz, jak złapiesz złotą rybkę? – zagadnął. Umysł jego przyjaciela był już nieco zmącony przez zawartość tych butelek, które opróżnione unosiły się wokoło na wodzie.

– Jak złotą, to przetopię.

– Nie, to nie taka. Taką, która spełnia życzenia. Złapiesz, a ona pyta, co chcesz dostać, żebyś ją wypuścił.

– A! To słyszałem musi w bajkach. Ale tu takich nie ma.

– Wiesz, poznałem wczoraj na targu dobry dowcip.

– To opowiedz.

– Jeden Ruski złapał złotą rybkę i ona mówi: „Wypuść mnie, a spełnię każde twoje życzenie".

– I co chciał?

– Początkowo nic, a potem zapragnął zostać bohaterem Związku Radzieckiego.

– Hy!

– No to ona zaklaskała w płetwy, on patrzy, siedzi w okopie, wokoło trupy sołdatów i jedzie na niego sto szwabskich czołgów. No, wziął karabin i wali do nich, ale nic nie pomogło, bo ona pośmiertnie mu dała.

Jakub wybuchł koszmarnym śmiechem, płosząc stadko kaczek na rzeczce pół kilometra dalej.

– Galantny dowcip. A jeszcze jakieś takie?

– Aha. Tylko chciał zostać królem i zrobiła z niego tego tam francuskiego Ludwika czy Filipa, co to go ścięli na gilotynie.

– Myślałem, że na gilotynie to Napoleona. Nu nic.

– Jak coś złowisz, to wpadnij do mnie. Upieczemy, popijemy, mam świetny ruski koniak.

– A pomyślę.

– No to bywaj.

– Do zobaczenia.

Poszedł sobie. Niebawem nadszedł posterunkowy Birski.

– Co wy tu robicie, obywatelu? – zagadnął.

– Ach, pan posterunkowy. Może piwko?

– Obywatelu Wędrowycz...

– A, tak, tak. Powtarzajcie moje nazwisko, bo jeszcze zapomnicie. Poza tym na służbie nie jesteście panem, tylko obywatelem. Aha, i na służbie nie wolno pić.

– Tu nie wolno pływać.

– A gdzie jest jakaś tablica z zakazem pływania? Zresztą ja nie pływam, tylko unoszę się na falach. Chcesz mnie spałować, to będziesz musiał tu wleźć.

Birski popatrzył na swój czyściutki mundur i zabłocone trzcinowisko dzielące go od Jakuba.

– Za stary jesteś, żeby cię pałować.

– No to aresztuj mnie za zakłócanie porządku, tyle że ja mam osiemdziesiąt lat i zaraz mnie zwolnią, a wszystko, co robię, podlega pod starczą demencję.

– Ty, Jakub, nie zasłaniaj się starczą demencją. Taka jasność umysłu nie zdarza się często nawet u czterdziestolatków.

– Ach. Miło słuchać.

– Co chcesz złowić?

– A, złotą rybkę.

Birski roześmiał się.

– Znam świetny dowcip.

– O złotej rybce?

– Aha. Jeden Ruski złapał złotą rybkę i poprosiła, żeby ją wypuścił, to spełni jego życzenie. To on powiedział, że chce zostać księciem. W oczach mu zmętniało i zobaczył, że leży na jedwabnej pościeli. A potem weszła księżna i powiedziała: „Ferdynandzie, zbudź się, jedziemy do Sarajewa".

– A, to zrobiła go tym od wybuchu pierwszej światowej. Hy, hy, hy!

– Nu nic. Muszę lecieć. Ktoś właśnie popełnia przestępstwo.

– Kto taki? – zaciekawił się Jakub.

– Och, to takie powiedzenie z jednego filmu.

Poszedł sobie. Na polu spostrzegł klacz Jakuba buszującą w zbożu. Wszedł w pszenicę po pas i ruszył w jej stronę. Na jego widok odwróciła się tyłem i uniosła kopyto. Takie przyjacielskie ostrzeżenie. Wolał się ulotnić.

Jakub odkorkował kolejną butelkę. W głowie nieźle mu już szumiało, a nadgarstki trochę napuchły. A potem wyciągnął wędkę z wody i zobaczył na haczyku złotą rybkę.

– O karwia! – wymamrotał.

Odczepił ja zręcznie i wsadził do słoika z wodą.

– Nu nic, zje się. Dobrze, że nic nie mówi – powiedział sam do siebie.

– Jakubie... – odezwała się rybka ze słoika.

Wzdrygnął się. Na szczęście przypomniał sobie, że czasami, gdy był pijany, to słyszał, jak zwierzęta rozmawiają ze sobą.

– Może to tylko delirium – pocieszył się.

– To nie jest delirium – zaprotestowała rybka.

– Zaraz się obudzę...

– Nie obudzisz się.

Wyciągnął zza pazuchy flaszkę ze spirytusem i pociągnął dwa lub trzy łyki.

– Słuchaj, ubijemy interes – powiedziała rybka. – Ty mnie wypuścisz, a ja spełnię twoje życzenie.

– Jeszcze czego – wściekł się. – Już ja was znam, rybki. Żadnych życzeń, tylko patelnia.

Dopił spirytus, ale wcale mu się od tego nie polepszyło.

– Popatrzcie na tego idiotę – powiedziała mama kaczka do swoich dzieci. – To miejscowy kłusownik Jakub Wędrowycz. Uważajcie na niego.

Potrząsnął głową. Nadgarstki mu pulsowały.

– Jasna cholera, zalałem się w trupa właśnie wtedy, kiedy mózg jest mi niezbędnie potrzebny do myślenia – zdenerwował się.

Brodząc po pas w błocie, wypełzł ze słoikiem w ręce na brzeg. Dopiero na twardym lądzie zrozumiał, jak bardzo jest pijany. Postawił słoik na ziemi, przycisnął go cegłą, żeby rybka nie wyskoczyła, i poszedł po konia. Marika odsunęła się na jego widok.

– Najpierw się umyj, a potem właź na czyste zwierzę – powiedziała.

Nie mógł nie przyznać jej racji. Wrócił do jeziora i zdjął spodnie. Wrzucił je do wody, żeby się wypłukały, a sam, świecąc gołym zadkiem, wrócił po konia. Tymczasem na brzegu jeziora pojawił się miejscowy plugawy (to znaczy plugawszy od Jakuba) degenerat Marcin Bardak. Jakub biegał za klaczą, toteż go nie zauważył. Wreszcie udało mu się jej dosiąść. Kozacka krew zaważyła i mimo że był zupełnie pijany, zdołał nad nią zapanować. Myślał już tylko o jednym. Uciec, uciec jak najdalej od śmiercionośnej rybki.

– Do Józefa – rzucił polecenie, po czym zaczął odlatywać.

n
em
my
e-
an.
ana
let-.

Doszedł do siebie, gdy stał na podwórzu kumpla. Klacz Józefa, Gniada, wyjrzała ze stajni.

– Znowu się ululał? – zapytała Marikę.

– W trupa. Cholera, kiedyś go zrzucę prosto pod pekaes, tyle tylko, że mogę trafić na gorszego właściciela niż on.

– To jest pewne ryzyko.

W drzwiach chałupy stanął Józef. Zagdakał coś jak kura. Jakub padł mu w objęcia z pijackim szlochem.

– Ratuj, stary, złowiłem złotą rybkę!

Józef uratował go, przenocował w stodole i dał mu nawet stare portki dla przykrycia nagości. Rano Jakub wskoczył na konia i uciekł do domu. Podobno zabarykadował się i przez miesiąc nie zbliżał do żadnej wody. Ale czego to ludziska nie gadają.

Posterunkowy Birski stał na podwórzu plugawej siedziby plemienia Bardaków. Nowiutki mercedes na zachodnich numerach swoją nieskazitelną czystością wyraźnie psuł estetykę podwórka, na którą składały się zaniedbane budynki, snujące się wokoło szare od brudu kury oraz jeziorko szaroczarnej gnojówki.

– A więc pytam po raz ostatni, gdzie są papiery tego wozu? – posterunkowy tracił resztki cierpliwości.

– Nie ma – wymamrotał Bardak, patrząc w ziemię. – A może zresztą są w środku.

– Tak. A kluczyki, też ich nie ma? Skąd ten wóz. Pytam po raz ostatni.

– No, złota rybka...

Dzieciaki i reszta plemienia Bardaków wycofali się do szop i domu.

– Ja ci pokażę złotą rybkę, cholerny złodzieju!!! – wydarł się Birski, a potem zaczął walić pałą, aż drzazgi leciały.

wiele dni.
RAK

HORROSKOP NA ROK BIEŻĄCY

według Jakuba Wędrowycza

Baran

Głową muru nie przebijesz, do tego potrzebny ci będzie kilof lub dynamit. Możesz liczyć na przychylność fortuny, na sukcesy powinieneś jednak zapracować. Jeśli jesteś podwładnym, musisz wykazać się w pracy oślim uporem i lisią chytrością, wykończ konkurencję, a wtedy kto wie, może sam zostaniesz szefem? Jeśli zaś piastujesz kierownicze stanowisko, może uda ci się wreszcie pójść w dyrektory? Poprzedniego kierownika zakop głęboko, będą go szukać.

Byk

Wrogów bierz na rogi i wdeptuj ich truchła w piasek areny. Zapach świeżej krwi postawi cię na nogi. Nie masz wrogów? Zajmij się przyjaciółmi, którzy z czasem mogą stać się wrogami. Pamiętaj, że kumplom można wybaczyć, ale na wszelki wypadek nie zaszkodzi ich zlikwidować. Jeśli nie masz przyjaciół, zgłoś się do psychiatryka albo załóż zakazaną sektę religijną. Układ planet wskazuje, że będziesz znakomitym psychopatycznym guru, a twoja wspólnota zajmie wysokie miejsce z rankingach UOP-u.

Bliźnięta

Twoja romantyczna natura będzie potrzebowała ucieczki od

szarej codzienności. Może w Legii Cudzoziemskiej odnajdziesz sens życia? Czyż może być coś przyjemniejszego niż uganianie się z karabinem po pustyni... A może lepiej spędzić ten czas u dziadków na wsi, uganiając się za wiejskimi dziewuchami i pociągając mętny kartoflany bimber z butelki po mineralnej? Najpiękniejsze zachody, a nawet zaćmienia słońca (jak na Titanicu) zobaczysz z dachu stodoły, miłość znajdziesz pod dachem, na sianie, tylko uważaj i nie nadziej się na widły.

Rak

Na horyzoncie wielka miłość. Tylko jak ją usidlić? Doświadczenie uczy, że najlepszy jest lubczyk. Jeśli ta pożyteczna roślinka jeszcze nie rośnie w twoim ogródku, może pora ją zasadzić? Ostatecznie użyj suszonego, też powinien zadziałać. Sprawy finansowe ułożą się jakoś przed znalezieniem miłości i gwałtownie pogorszą zaraz potem. Obsyp ukochaną wyszukanymi podarkami, może poczuje przypływ miłości właśnie do ciebie? Staraj się uchodzić za osobę majętną, twoja przyszła teściowa będzie ci wówczas przychylna.

Lew

W nadchodzącym roku masz szansę stać się poważnym biznesmenem. Kapitał zgromadzisz, szmuglując różne rzeczy z Ukrainy, uważaj jednak na rudego, zezowatego celnika. Na pozostałych celników i kumpli po fachu też uważaj. Unikaj kontaktu z Ruskimi posiadającymi bogaty garnitur złotych zębów i niemarynarskie tatuaże na owłosionych łapach. Kupując złoto, sprawdzaj, czy jest ze złota, kupując spirytus, zbadaj, czy jest etylowy, kupując diamenty, sprawdź, czy chociaż zarysowują szkło. Na wszelki wypadek każ sobie założyć mikroprocesor, wówczas można cię będzie namierzyć z satelity i po chrześcijańsku pogrzebać.

Panna

Nieżyczliwi sąsiedzi będą znowu ryć pod tobą dołki. Znasz ich dobrze, to masoni, Marsjanie albo przedstawiciele mniejszości religijnych. W zaufaniu powiem ci, że ten w okularach to szalony profesor. Pamiętasz te dziwne dźwięki nocą? Buduje w piwnicy bombę atomową. Popatrz tylko na jego twarz. Nienawidzi nas wszystkich. Sądzę, że należy uprzedzić te niecne zamiary. Kup na wszelki wypadek niezarejestrowaną broń palną albo kilka granatów. A może warto puścić z dymem jego plugawą siedzibę? Pospiesz się przed wiosenną podwyżką cen benzyny! Pod koniec roku, jeśli będziesz postępować rozważnie i śmiało, pozbędziesz się oszczerców i kapusiów ze swojego otoczenia. Może nawet na ćwierć wieku?

Waga

Produkcja w domowym zaciszu smacznej i niedrogiej gorzałki może przynieść niewielkie, ale pewne zyski. W tym roku obrodzą jęczmień, kartofle i buraki. Cukier nie powinien znacząco podrożeć. Uważaj podczas drugiej destylacji. Układ planet sugeruje niebezpieczeństwo wybuchu aparatury. Sąsiadów, którzy dotąd pisali na ciebie donosy, najlepiej umiejętnie zaszantażuj. Gdyby powinęła ci się noga, pamiętaj, że adwokaci to słudzy diabła, a przed sądem najlepiej bronić się samemu. Jednak, biorąc pod uwagę nikłe nakłady na policję, wylądowanie w pudle raczej ci nie grozi.

Skorpion

Przed tobą perspektywa dalekich podróży. Może transsyberyjską do Władywostku? Albo tratwą przez Atlantyk? A może do cioci na prowincję? Po drodze uważaj na piratów, ludzi w dresach, Indian oraz inne nacje żyjące z obrabiania podróżnych. Na złodziei najlepiej działa granat umieszczony w walizce: urywa łapy razem z głową. Mogą cię spotkać nieprzyjemności ze strony rudego kanara, ale nie po to przed ruszeniem w drogę wykopałeś w ogródku karabin po dziadku, by byle chłystek mógł cię bezkarnie znieważać.

Strzelec

Przed tobą rok wielkiej szansy. Pomyślny układ planet wróży ci wielką karierę zawodową. Nie zaniedbaj nauki rosyjskiego, przyda się w drugiej połowie roku. Twoje kwalifikacje mogą docenić nawet profesjonaliści z białoruskiego KGB oraz przyjaciele z dalekiej Czeczenii. Będąc na Kaukazie, spróbuj koniecznie wódki z morwy. Uważaj na zdrowie, nadmiar ołowiu w organizmie może przysporzyć ci problemów. Śrut z nerek najlepiej wypłuczesz piwem „Perła". Zgubiona blaszka identyfikacyjna przyniesie kłopoty, może nawet w postaci międzynarodowych listów gończych?

Koziorożec

Zarabiasz zbyt dużo? Interesy idą ci jak po maśle? Urząd Skarbowy o tobie zapomniał? Otaczają cię zawistnicy? W nadchodzącym roku wszystko zależało będzie od twojej pomysłowości. Nowe, interesujące przepisy zawierały będą ciekawe luki prawne. Łyknij więc szklankę samogonu, zagryź pasztetem z kota, a potem bierz się do roboty. Już pod koniec roku liczba osób zazdroszczących ci poziomu życia powinna się podwoić. Pieniądze najkorzystniej ulokujesz w szklanym słoiku zakopanym pod krzakiem głogu albo zamurowanym w piecu.

Wodnik

Nerwy będą ci trochę dokuczać. Zamiast łykać tabletki, może po prostu zlikwiduj przyczynę swojego niepokoju. Czujesz się niedowartościowany? Pomyśl, ilu wokół siebie zgromadziłeś krytykantów. Nauczyciele nie dostrzegają twojego geniuszu... Chyba nadeszła pora, by przerzedzić ich szeregi. Czyż może być piękniejszy widok niż szkoła zmieniająca się w niezidentyfikowany obiekt latający? Uważaj z dynamitem, wynajmij do tego kuzynów zza Buga. Tylko nie zapomnij im zapłacić. Najlepiej po robocie.

Ryby

Rok wielkich wyzwań i pracy ponad siły. Jednak już w pierwszej jego połowie zauważysz pozytywne zmiany na niebie i ziemi. Jeśli nazywasz się Andrzej Pilipiuk, masz przed sobą unikalną szansę zostania sławnym literatem. Jeśli nazywasz się inaczej, twoje szanse są mniejsze, ale sam sobie jesteś winien.

Głowica

Przypadki chodzą po ludziach. Zwłaszcza jeśli jest się wysłannikiem mafii, można wieść życie ciekawe i pełne przygód. Tyle tylko, że zazwyczaj niezbyt długie. Co gorsza, ciało rzadko jest wydawane rodzinie. Najczęściej znika w odmętach rzeki z kulą betonu zamiast skarpetek i ciężko je później wyłowić.

Dwaj ukraińscy mafioso zatrzymali się w paskudnym i owianym złą sławą wąwozie Szubienica, niedaleko od Wojsławic. Od czasu gdy w wąwozie przestało straszyć, do czego przyczynił się miejscowy egzorcysta amator Jakub Wędrowycz, miejsce to służyło zapobiegliwym władzom gminy jako lokalne wysypisko śmieci. Ukraińcy przyjechali zdezelowaną półciężarówką.

Nie musieli czekać długo. Do wąwozu wjechał mercedes, także półciężarówka. Wysiadło z niego trzech mafioso rodem z jednej z podwarszawskich miejscowości. Mieli ciemne okulary i ciemne kapelusze na głowach. W głowach mieli ciemne myśli, które nawet mierny fizjonomista bez trudu wyczytałby z ich twarzy. Ponadto przywieźli automaty Kałasznikowa, pistolety, granaty i inne takie. Obie grupy stanęły naprzeciw siebie. Mierzyli się przez chwilę wzrokiem.

– Macie towar? – zapytał wreszcie polski mafioso. Jeden z Ukraińców wypluł niedopałek papierosa.

– To zależy tylko od tego, czy macie pieniądze. Polak kiwnął głową. Skinął na jednego ze swoich pomagierów. Ten powoli otworzył walizeczkę trzymaną w ręce. W ciemnym wąwozie zabłysła zielona poświata.

– Trzy miliony, zgodnie z wcześniejszymi ustaleniami. Teraz pokażcie towar.

Gość zza Buga wahał się przez chwilę.

– Trzy miliony baksów to nie jest zbyt wiele za głowicę atomową – powiedział. – Ale ja nie mogę mieć własnego zdania w tej kwestii. Jeśli tylko pieniądze są prawdziwe...

– Jeśli towar jest prawdziwy...

Jeden z Ukraińców na znak szefa otworzył tylne drzwiczki samochodu. Na kawale brezentu stało coś w rodzaju beczki wyposażonej w kilka anten i jakąś ażurową konstrukcję. Beczka była opatrzona symbolem powszechnie używanym do oznaczania różnych rzeczy wydzielających promieniowanie.

Jeden z Polaków wyciągnął z kieszeni licznik Geigera i zbliżył do urządzenia.

Wskazówka stała nieruchomo.

– Lipa! – wrzasnął.

– Co się nie zgadza? – ukraiński mafioso usiłował załagodzić sytuację.

– Nie wydziela promieniowania, a przecież w środku powinien być zarówno deuterek litu, jak także cez używany do odpalenia.

– Sprawdźcie naszym. – Podał mu swój cicho cykający licznik.

Bandyta, któremu takie cykanie dość jednoznacznie się kojarzyło, uderzył go po ręce.

A potem wybuchła strzelanina. Gdy jej echo ucichło, okazało się, że wysłannicy mafii zza Buga, zapewne w towarzystwie duszy jednego z Polaków, który zaliczył najwięcej ran postrzałowych w przeliczeniu na metr kwadratowy ciała, znajdują się w drodze do piekła. Szef obrzucił pobojowisko szybkim spojrzeniem.

– Wymiękamy stąd – zakomenderował. – Ciała do furgonetki, bierzemy też ich wóz. Ty, Mielony, poprowadzisz naszą gablotę.

– A co z tą atrapą?

– Wywal. Po kiego grzyba nam ten złom?

Mielony podszedł i z trudem wyciągnąwszy brezent z głowicą, zwalił ją na ziemię. Ważyła co najmniej sześćdziesiąt kilo. W parę chwil później w wąwozie nie było ani śladu po zwłokach czy samochodach. Kałuże krwi zasypano piaskiem. Gdy powiał wiatr, zniknęły ostatecznie.

Jakiś czas później, gdzieś koło pierwszej, przejeżdżający drogą nad wąwozem Jakub Wędrowycz dostrzegł kątem oka błysk metalu.

– Nu, postoj – powiedział do swojej klaczki, a potem, zlazłszy z fury, podreptał do dziwnego obiektu.

– Ki diabeł? – mruknął do siebie. – Musi stara pralka?

Wydobył z kieszeni ślusarski pilnik i opiłował kawałek taśmy z jasnozłocistego metalu, która obiegała korpus dziwnego urządzenia. Roztarł opiłki między palcami.

– Cie choroba – pokręcił głową. – Musi co mosiądz. – Przez chwilę obliczał w pamięci. – Będzie ze dwadzieścia pięć kilo, jeśli pod tą skorupą nie ma więcej. A dwadzieścia pięć kilo to ze czterdzieści piw „Perła". Udany dzień.

Zarzucił sobie głowicę na ramiona. Była ciężka jak diabli, ale on mimo osiemdziesiątki na karku dał sobie radę. Nie takie rzeczy zdarzało mu się nosić. Rzucił ciężar na wóz i zawrócił. Klacz zarżała.

– Nu, brezent został – powiedział do niej uspokajająco. – Brezenty nie rosną na drzewach, a może się przydać. Spodnie uszyć albo kurtkę...

Zarżała ponownie. Wyraźnie była z czegoś niezadowolona. Ale co on mógł na to poradzić? Zwinął brezent i wdrapał się na furę.

– Wio do domu, maluśka – zakomenderował.

Spod ławki wydobył manierkę z bimbrem i odkręciwszy wieczko, przyłożył ją do ust. Piło mu się niewygodnie, z każdym szarpnięciem wozu zalewał sobie obficie koszulę, ale się tym nie przejmował. Musiał przecież troszkę poświętować. Taki łup... Klacz szła jak po sznurku.

– Nu, w domu rozkręcimy to ustrojstwo i zobaczymy – powiedział bardziej do siebie niż do niej. – Żelazne kawałki da się na złom. A mosiężne... – Zastanowił się i dla wzmocnienia pracy mózgu pociągnął łyk. – A mosiężne też na złom – rzucił odkrywczo. – A potem „Perełkę" w gardło.

Skomplikowane zadanie zostało rozwiązane. Jak zwykle, kiedy mógł wprowadzić mózg na wyższe obroty.

Bimber wkrótce zaczął go rozbierać, więc w pewnej chwili po prostu chlapnął w tył i zasnął na dnie wozu.

Pukanie do drzwi komendy wyrwało posterunkowego Birskiego ze snu.

– Proszę – zachęcił nieznanych interesantów.

Interesantów było dwóch. Mieli na sobie skórzane kurtki wypchane w okolicy lewego biodra i trzymali w rękach legitymacje.

– Urząd Ochrony Państwa – powiedział jeden z nich.

– Posterunkowy Birski – przedstawił się.

– Wiemy. – Najwyraźniej ich nazwiska były tajne, a może nawet ściśle tajne.

– Czym mogę służyć?

– To, czego się pan teraz dowie, ma na zawsze pozostać tajemnicą.

– Tak jest.

– W dniu wczorajszym ukraińska mafia ukradła głowicę jądrową o mocy trzydziestu kiloton.

Birski zrobił się zielony na twarzy, ale zaraz mu przeszło.

– Udało nam się namierzyć przewożący ją samochód. Był pilotowany dyskretnie, poczynając od przejścia granicznego w Horodle. Niestety, nie upilnowali. Samochód z głowicą przejechał przez Uchanie i, najprawdopodobniej, skierował się w stronę Krasnegostawu.

Birski opadł na krzesło. Wyobraził sobie mapę okolicy i wyszło mu, że bomba atomowa przejechała przez jego wieś.

– Hmm? – zagadnął niezbyt inteligentnie.

– W zasadzkę koło Bończy wpadły dwa samochody. Furgonetka, którą przewieziono to świństwo, i druga, która miała je odebrać. Kierowcy usiłowali się przedrzeć i, niestety, nie udało się wziąć ich żywcem.

– A głowica?

– Jest gdzieś w gminie. Nie mogła zostać wywieziona z jej terenu, bo blokady stoją od dawna i każdy wyjeżdżający samochód jest dyskretnie prześwietlany.

– To znaczy, że mam tu gdzieś na swoim terenie bombę atomową...

– Ściślej mówiąc, wodorową.

– Ale to taka... z grzybkiem? – Narysował palcem na stole.

– Tak. Z grzybkiem.

– O mocy, gdy wybuchnie, jak trzydzieści tysięcy ton trotylu...

– Dokładnie.

– I kiedy ona ten tego?

– W każdej chwili. Wystarczy odkręcić pokrywę i zewrzeć na krótko druty. To może zrobić nawet zwykły złodziejaszek mający wprawę w samochodach.

Birski bez słowa wyszarpnął z kieszeni odznakę i rzucił ją na stół. Czapkę cisnął w kąt i zaczął zdzierać z siebie policyjny mundur.

– Wybiera się pan dokądś? – zaciekawił się drugi z agentów.

– Tak. Właśnie postanowiłem przestać być gliniarzem. Mam socjalistyczną przeszłość. Chcę zostać negatywnie zweryfikowany. W tym celu natychmiast przechodzę do cywila, aby nie kalać munduru swoją w nim obecnością...

Agent walnął go spokojnie sierpowym w twarz.

– Uspokój się, człowieku. Musimy to znaleźć, zanim wyparuje ta zakichana gmina. Rozumiesz?

Birski przełknął wybity ząb.

– Tak.

– Potem możesz iść do cywila, choć sądzę, że odnalezienie tego świństwa zapewni ci order i awans.

– Tak jest. Ku chwale ojczyzny. Jak mam znaleźć?

– Tak to wygląda. – Agent podał mu fotografię. – A tu masz licznik. Jeśli zapiszczy, to znaczy, że bomba znajduje się w odległości trzech metrów lub bliżej. Trzeba przejrzeć wszystkie rowy, dziury w ziemi i gospodarstwa. To kruszyna, zaledwie sześćdziesiąt kilo. Mogli schować ją wszędzie, ale najprawdopodobniej gdzieś blisko drogi. My też się rozejrzymy.

– Dobrze. Pojadę na zachód od miasta. Jaki mieli bieżnik?

Jeden z agentów wyjął z teczki odlew.

– Tu jest wzór. Skala jeden do jednego.

Birski wziął odlew i ruszył raźno do wyjścia. Tylko po drżeniu kolan można było poznać jego zdenerwowanie. Agenci westchnęli ciężko i jak na komendę ruszyli za nim.

Jakub zaklął i odłożył przecinak. Dziwny metal, który początkowo wziął za żelazo, był wyjątkowo twardy. Nawet pilnik nie dał mu rady.

– Nie kijem go, to siekierą – powiedział w zadumie.

– Hej, hej! – zawołał go ktoś zza płotu.

– Tomasz. Nu, kopę lat. Co cię sprowadza?

– A tak byłem na Trościance i pomyślałem, że zajrzę. Nad czym tak pracujesz?

– A znalazłem jakieś takie bebechy od samolotu czy ki diabeł...

– Trochę to wygląda jak bojler – rzekł Tomasz, siadając na pniaczku obok. – A tu jest klapa. I chyba można całość rozkręcić, tam gdzie ten mosiądz.

– Tyle to i ja umiem wymyślić. Twarde paskudztwo. Może ty masz pomysł?

– Hmm, a gdyby tak otworzyć?

– Kiedy w tej klapie jest tylko jakiś zamek na klucz kodowy. A ja nie mam.

– Delikatna robota. A jakbyś to dłutkiem trochę popukał?

Jakub wbił ciesielskie dłuto w szczelinę zamka i przyładował potężnie młotem. Szczelina trochę się rozgięła. Uderzył ponownie. Niespodziewanie dłuto ogarnęły blade wężyki wyładowań.

– Ty, to jest pod prądem! – zdziwił się Tomasz.

– Cholera. A może to gliniarski radar?

– Nie, widziałem gliniarskie radary. Są inne. To musi jakaś część od łodzi podwodnej. Puknij jeszcze raz. Młotka ci przecie nie ubędzie.

Jakub splunął i przyładował tym razem z całej pyty. Klapka odskoczyła z cmoknięciem. Pod nią ukazały się trzy izolowane kable naklejone na coś w rodzaju bańki z ciemnego szkła.

– Możesz jeden urwać? – poprosił go Tomasz. – Naprawiłbym światełko w rowerze za pamięci.

Jakub wsadził dłuto pod czerwony kabel i pociągnął. Przewód zerwał się.

– U! Na nic. Ale może dobierzemy się jakoś do wnętrza. – Przyładował młotem w to szklane.

Nawet się nie zarysowało.

– A co ty chcesz z tego zrobić?

– Mosiądz bym spylił i trochę forsy by było.

Ze złości uderzył w mosiężny pierścień dłutem. Odłupał cieniutki paseczek.

– Trzeba by zakręcić spód w imadło, a górę ciągnąć za te sterczące – poradził Tomasz.

– A masz takie imadło?

– Nie. I nawet nie wiem, kto może takie mieć.

Jakub pociągnął z manierki i podał ją kumplowi, bo jakże to tak samemu. Olśniewający pomysł przyszedł mu do głowy niemal natychmiast.

– Uch, ja durny. Wsadzę w ognisko i mosiądz wytopię!

Birski znalazł ślady obu samochodów. Wjechały w wąwóz zwany Szubienicą; na kawałku błota u jego wylotu wyraźnie odcisnął się bieżnik identyczny z tym, który policjant dostał w postaci odlewu. Birski nie lubił tego miejsca. Wiązały się z nim koszmarne opowieści o poprzednich rezydentach posterunku. Podobno jeden się powiesił, a inny zwariował czy coś takiego. I był w to zamieszany Jakub Wędrowycz. On był we wszystko zamieszany. Nic w tej dziurze nie działo się bez jego radosnego współudziału. Posterunkowy wjechał w wąwóz i zatrzymał się zaskoczony.

Dno koło śmietnika zryte było kołami samochodów. Wysiadł. Pod jego stopą zachrzęściły łuski. Nieco dalej leżał przetarty tłumik. Kopiąc nogą, natrafił na plamę krwi. Nawet jeszcze nie zgęstniała do końca. Wzdrygnął się i wyciągnął z kieszeni krótkofalówkę. Zaraz jednak schował ją z powrotem. Przecież jeśli wezwie tych z UOP-u, to gotowi całą zasługę przypisać sobie. Sam znajdzie głowicę, a ślady nie zające, nie uciekną. Rozejrzał się wokoło. Pomijając kępy krzaków i stosy śmieci, głowica mogła zostać ukryta tylko w jednym miejscu. Było to tak oczywiste, że aż się palnął w głowę.

Opodal wysypiska wznosiła się dumnie budka do gromadzenia padliny, wzniesiona tu swego czasu miast postulowanej przez niektórych kapliczki. Podszedł i otworzył drzwi. W nos buchnął mu potworny smród. Wewnątrz leżała rozkładająca się krowa. Wiedziony długoletnim zawodowym doświadczeniem przełamał się i wszedł do środka.

Gdyby on ukrywał głowicę jądrową, wsadziłby ją w takie miejsce, w jakim nikomu nie przyszłoby do głowy szukać. Niestety, w szopie jej nie było. Umysł Birskiego działał na przyspieszonych obrotach. Starał się wejść w sposób myślenia gangsterów. Będąc wysłannikiem mafii, aby mieć całkowitą pewność, że nikt nie znajdzie głowicy, zaszyłby ją w truchło krowy. Z samochodu przyniósł sobie bagnet i zaczął ją patroszyć. Z wnętrza wyciekały różne różności, ale on, nie zrażając się, pruł dalej. Niespodziewanie przerwał tę miłą czynność. Nie miała sensu. Przecież nie wsadziliby głowicy do krowy bez zrobienia w niej dziury.

Wyszedł z budki i wciągnął haust powietrza. Odurzyło go. Popatrzył w zadumie na swój bagnet, a potem wyrzucił go z obrzydzeniem. Zaczął badać ślady na ziemi. Część zasypano lessowym pyłem, ale niektóre były wyraźniejsze. Tu wyrzucili głowicę z samochodu. Wbiła się dość głęboko. A potem przyszedł ktoś w rozsypujących się gumiakach i zabrał ją do drogi, na górę, gdzie miał furmankę. Ustaliwszy te szczegóły, wyciągnął radiotelefon i po chwili wywołał dzielnych agentów.

– Mówi Birski...

Agenci, zgodnie z przewidywaniami, odsunęli go od sprawy. Tropem fury puścili psa, a sami ruszyli za nim wozem. Birski westchnął ciężko i podreptał do swojego UAZ-a. Niespodziewanie poczuł się wykorzystany.

– Co by tu zrobić, żeby się trochę rozerwać? – zastanowił się.

Zaraz potem zaświtał mu genialny pomysł.

– Pojadę sobie na Stary Majdan i zapudłuję do wyjaśnienia starego Wędrowycza – postanowił.

Pojechał naokoło szosą.

Pryzma węgla i drewek buzowała, aż miło było popatrzeć. Na szczycie pryzmy leżała trzydziestokilotonowa głowica i rozpalała się pomalutku do czerwoności.

– Tak mosiądzu nie wytopisz – gderał Tomasz. – Potrzebna jest wyższa temperatura.

– Nu, podniosę miechem.

– A masz miech?

– Zrobi się.

Jakub przydźwigał z chałupy odkurzacz. Był to prezent od syna, ale staruszek rzadko odczuwał potrzebę eliminowania ze swojego otoczenia odpadków, więc prawie go nie używał. Ustawiwszy go odwrotnie, podłączył do przedłużacza. Pstryknął przełącznikiem i manipulując rurą, skierował strumień powietrza prosto w ogień.

– No i co ty na to?

– E! To to rozumiem.

Płomienie buchały coraz większe. Z wnętrza głowicy rozległ się cichy syk.

– Ty, a jak to niewypał? – zaniepokoił się nagle Jakub.

– Co ty. Byłem w wojsku w saperach. Znam się na tym. Daj trochę bardziej w węgle.

To stało się nagle.

Na podwórko Jakuba wjechały dwa radiowozy. Jeden normalnie, przez otwartą bramę, a drugi od tyłu, przez płot. Z tego nieoznakowanego wyskoczyli jacyś dwaj i zręcznymi chwytami judo rozłożyli Jakuba i jego kumpla na ziemi. Z drugiego radiowozu wysiadł Birski. Podszedł zdziwiony do stosu i wlepił wzrok w rozpaloną do czerwoności rzecz na jego szczycie. Wyjął z kieszeni jakieś zdjęcie i przez sekundę wpatrywał się w nie jak urzeczony. A potem przeżegnał się i rzucił do ucieczki.

– Wot durak – powiedział rozpłaszczony na ziemi Jakub do swojego rozpłaszczonego na ziemi kumpla.

W gospodzie było gwarno i wesoło.

– No, Jakub, opowiedz nam jeszcze raz, jak to było z Birskim – zachęcił Semen.

Jakub oderwał zamglone pijackie spojrzenie od kufla z „Perłą".

– E, niech Tomasz opowie.

– A co tu opowiadać. Zwariował chłop i tyle. A wszystko na widok jednego głupiego ogniska i bebechów pralki na nim.

– Zupełnie zwariował? – zdziwił się jakiś przyjezdny z Kukawki, który w gospodzie czekał na swój pekaes.

– No chyba. Już trzeci tydzień trzymają go w wariatkowie.

Jakub wlał w gardło zawartość jeszcze jednej butelki „Perły". Wstał chwiejnie na nogi.

– To ja go wykończyłem – oświadczył chełpliwie.

Birski, przypięty pasami do leżanki, wił się jak piskorz, mówiąc jednocześnie bardzo wolno i spokojnie:

– Przypadki chodzą po ludziach, ale to niemożliwe, statystycznie niemożliwe, żeby wszystko spotykało tylko jednego Jakuba Wędrowycza.

A potem przypomniał sobie widok rozpalonej do czerwoności głowicy jądrowej na szczycie ogniska i zaczął wyć. Lekarze w zadumie pokiwali głowami, szukając w swoim arsenale następnego środka uspokajającego.

Hochsztapler

Czasami dom jest nawiedzony. Oczywiście zdarza się to raczej rzadko, ale jak już się przytrafi, lepiej uciekać drzwiami i oknami. Niekiedy duchy porozrabiają, rozbiją telewizor za dwa tysiące złotych, zerwą żyrandol i potłuką kupione od Ruskich kryształy, a potem sobie pójdą. W niektórych przypadkach nic nie zniszczą, ale będą skrzypiały schodami, udając, że po nich wchodzą, w zamkniętych pomieszczeniach pojawią się zimne przeciągi, a nocami coś będzie wyło w piwnicy albo na strychu.

Niekiedy wszystko rozegra się po cichu. W środku nocy zobaczycie białe sylwetki wyglądające jak zrobione z firanek. Sylwetki w przeciwieństwie do firanek czy zwykłego dymu z papierosów będą poruszały się pod wiatr i przechodziły przez ściany. Ci z was, którzy je zobaczą, wyłysieją, zacznie im się psuć wzrok i wypadną zęby. Objawy te nazywane są często błędnie syndromem Burcharda, choć jako pierwszy opisał je niejaki Jakub Wędrowycz. Wprawdzie Burchard porównał objawy do tych wywołanych przez poddanie tkanki silnemu promieniowaniu jonizującemu, zaś Wędrowycz odnalazł analogie do schorzeń spowodowanych przez nałogowe picie denaturatu, ale to w gruncie rzeczy nie ma najmniejszego znaczenia.

Jeśli duchy nie wyniosą się same, a wam nie uda się ich wypłoszyć za pomocą wieszania czosnku i innymi domowymi sposobami, pozostaje wynająć fachowców.

Fachowcy egzorcyści dzielą się na cywilnych i duchownych. Duchowni nie zajmują się raczej zwalczaniem dusz potępionych (o ile takie nie wlezą w człowieka), choć jeśli zdołacie ustalić miejsce pochówku tego, który zatruwa wam życie, mogą to miejsce poświęcić, co zazwyczaj eliminuje problem. Fachowcy cywilni dzielą się na trzy kategorie. Po pierwsze są specjaliści tani i mało skuteczni. Po drugie (i tych jest zdecydowanie więcej) drodzy i mało skuteczni. Trzecią kategorię stanowią członkowie towarzystw psychotronicznych, którzy pracują często za darmo, a efektów ich działań nie sposób przewidzieć.

Kiedyś byli jeszcze wioskowi znachorzy, którzy potrafili to i owo, oraz różnego rodzaju mądre babki. Niestety, przemiany społeczne i nieudane próby zbudowania w naszym kraju socjalizmu spowodowały całkowitą zagładę tej pożytecznej skądinąd grupy. Oddzielny problem stanowią fachowcy zza Buga, którzy nic nie umieją, ale bardzo się starają.

A gdy wszystko zawiedzie, jest jeszcze Jakub Wędrowycz.

Zgrzyt laubzegi przedzierającej się przez bukową sklejkę, syk pary z żelazka. Szum wody w czajniku. Delikatne, szybkie uderzenia lekkiego młotka. Paweł Skorliński zszedł z mieszkania do warsztatu. Ze szczytu schodów objął wzrokiem całe pomieszczenie. Kiedyś, dawno, dawno temu, znajdowało się tu kilka klitkowatych pokoików. Właściciel kazał wyburzyć ścianki działowe i uzyskał sympatyczną halę fabryczną o powierzchni dwustu metrów kwadratowych. Robotnicy pracowali z zapałem, ale na ich twarzach wyczytał zmęczenie. Kończył się pierwszy tydzień od uruchomienia fabryczki. Norma produkcji przekroczona o dwadzieścia cztery koma siedem procent. Uśmiechnął się lekko kącikami ust. Wyjął z kieszeni rewolwer i kolbą uderzył w mosiężny gong. Oderwali się od pracy i popatrzyli na niego.

– Jest piątek wieczorem – powiedział. – Myślę, że na dzisiaj skończymy. Życzę miłego weekendu.

Zaszurały odsuwane krzesła. Ścinki papieru, szmatek i skóry ktoś zaraz pozmiatał na kupki, a ktoś inny wrzucił do dużego metalowego kubła na odpadki. Stoły przeciągnięto starannie zmoczoną szmatą. Zatupotały nogi w korytarzu. Po chwili nie było już nikogo. Paweł zszedł na dół. Przemierzył salę i krótką sień. Zamknął drzwi wejściowe na potężną zasuwkę. Sprawdził, czy mocno trzyma. Zgasił światło w mniejszym pomieszczeniu. Zamknął na klucz drzwi z hali do sieni. Potem zajrzał jeszcze do magazynu. Tu także wszystko było w porządku.

W zadumie zatrzymał się na końcu linii produkcyjnej i podniósł ze stołu ładny notatnik formatu B5. Notatnik był prawie skończony. Skórzany grzbiet wykończony kapitałką z cienkiego rzemyczka, oprawa z szarego płótna, w rogach mosiężne okucia, nieduża kłódka uniemożliwiająca obcym poznanie sekretów właściciela. Piękny, niezniszczalny wyrób. Obejrzał go jeszcze raz. Ten egzemplarz został już skończony. Nie brakowało przy nim niczego. Wyłowił spod stołu plastikową torbę, wsadził go do środka i włączywszy zgrzewarkę, zaspawał plastik. Nie miał wprawy, folia trochę zanadto się podtopiła. Sięgnął dłonią do pudełka i nalepił na wierzchu naklejkę:

Produkt wykonano i konfekcjonowano w Polsce.
Do jego wytworzenia użyto wyłącznie polskich surowców, polskich maszyn i polskiej siły roboczej.

Poczuł się dumny. W zadumie odłożył notatnik do pudełka i udał się po schodach na górę. Zamknął za sobą klapę. Klapa także wyposażona była w zamek. Przekręcił klucz dwa razy, aż napotkał opór. Przeszedł do salonu i włączył wideo.

Ocknął się; coś go zaniepokoiło. Siedział w fotelu, telewizor śnieżył. Popatrzył na zegarek. Fosforyzujące wskazówki pokazywały godzinę. Minęła północ. Pstryknął pilotem, telewizor przestał śnieżyć. I wtedy to usłyszał.

Ktoś szedł sobie, najwyraźniej w ciężkich butach. Dźwięk dobiegał nie wiadomo skąd. Paweł wyciągnął z kieszeni rewolwer i odbezpieczył go z trzaskiem. Włączył celownik laserowy. Widok ogniście czerwonej kropki tańczącej po ścianach uspokoił go.

Otworzył drzwi na korytarz i wyskoczył, omiatając bronią każdy zakamarek. Pusto. Prześlizgnął się do swojego pokoju i założył noktowizor. Ciemności panujące w domu zamieniły się w ogniście zielone piekło. Przeszukał starannie całe piętro i poddasze, ale nie znalazł intruza. Zatrzymał się niezdecydowany. Kroków nie słyszał już od dobrych kilku minut. Wszystkie okna były zamknięte, drzwi także. Gdyby ktoś tu był, to na pewno nie mógł uciec. Klapa prowadząca na dół, do warsztatu, także zamknięta była na głucho. Przyłożył do niej ucho. Z dołu dobiegł go skrzyp, jakby ktoś oparł się o schody. Był jego. Wysunął delikatnie bolec zabezpieczający klapę i jednym ruchem odrzucił ją na bok. Przesadzając po kilka stopni, zbiegł na dół. Czerwona kropka celownika tańczyła po ścianach, ale w noktowizorze ziała pustka. Nikogo. Zajrzał pod schody, pod stołami także nikogo nie było. Drzwi do magazynu były zamknięte, tak jak je zostawił. Otworzył mimo to i sprawdził. W magazynie było pusto. Wyszedł do sieni, a potem otworzył drzwi na dwór. Wszystkie były zamknięte. Nikt nieproszony nie wdarł się nocą do fabryczki. Zbadał jeszcze wszystkie okna, otworzył klapę i zajrzał do piwnicy.

Pustka, cisza, bezruch, zapach wilgoci, pleśni oraz starej cegły. Oparł się o stół i wówczas usłyszał skrzypnięcie. Ktoś wchodził lub schodził po schodach. Odwrócił się z rewolwerem w dłoni. Skrzypienie schodów ucichło. Były puste.

– Cholera – zaklął.

Wróg musiał się jakoś przyczaić, gdy sprawdzał sień, a teraz wymknął się na górę. Otworzył sobie okno, zeskoczy, ostatecznie pierwsze piętro to żadna wysokość, i zniknie. Z bronią w dłoni rzucił się po schodach na górę. Pusto. Sprawdził wszystkie pomieszczenia i każde okno. Żadne nie zostało otwarte. W pokojach oczywiście nikogo nie było. Zdenerwowany zawrócił do salonu. Telewizor milczał, ogień na kominku pełgał jeszcze leciutko; Paweł stwierdził, że powinien dołożyć kilka szczapek, żeby starczyło do rana. Spostrzegł go nagle. Intruz pochylał się nad jego perskim dywanem. Wystrzelił kilkakrotnie, celując w nogi, a potem zapalił światło, żeby zobaczyć, kogo stuknął. Podłoga była czysta. Żadnego trupa czy rannego. Nigdzie nie widać też było śladów krwi.

– Oops – powiedział sam do siebie. – Przecież go trafiłem?

Niespodziewanie poczuł, że ktoś mu się przygląda. Odwrócił się gwałtownie. Czerwona kropka celownika spoczęła na zamkniętych drzwiach. Nikogo. Raz jeszcze obszedł cały dom. Wszędzie było pusto i cicho.

– To z przepracowania – powiedział, a potem poszedł do swojej sypialni i walnął się na łóżko. Nic mu się nie śniło.

Wiatr wył za oknem, ale potrójne szyby osadzone w aluminiowych ramach z uszczelkami z silikonu sprowadzały to wycie do cichego szmeru. Wicher targał gałęziami klonów rosnących między paskudnymi czynszówkami z czerwonej cegły. W pomieszczeniu było prawie mroczno, jedynymi źródłami światła były kominek i telewizor. Paweł rozwalił się jak basza w fotelu, wyciągnięte nogi oparł na krześle. Drzemał. Gazeta z programem wysunęła mu się z ręki i leżała na podłodze. Z kieszonki koszuli wystawał mu pilot od telewizora. Napięty materiał wcisnął niektóre guziki, ale urządzenie celowało w sufit. Podłoga zaskrzypiała.

Paweł ocknął się. Minęło pięć dni i to, co przeżył tamtego piątkowego wieczoru, zatarło mu się już częściowo w pamięci. Uchylił oczy i bezmyślnie omiótł nimi pokój. Ktoś pochylał się nad dywanem. Tak jak wtedy. Ktoś pochylał się nad perskim dywanem wartym siedem tysięcy nowych złotych. Paweł poderwał się z fotela, sięgając pod oparcie. Dłoń zacisnęła się na kolbie rewolweru. Odbezpieczył z trzaskiem i wycelował, ale nikogo tam już nie było. Gdy się zrywał, pilot wypadł mu z kieszeni i uderzył o podłogę.

– Ej, ty! – rozległo się gdzieś z boku. – Do ciebie mówię.

Odwrócił się, strzelił trzy razy. Telewizor, raniony śmiertelnie, wydał dziwny dźwięk i eksplodował. Paweł otarł pot z czoła, po czym popatrzył bezmyślnie na pozostałości urządzenia oraz zasłaną odłamkami szkła podłogę.

– Cholera – powiedział sam do siebie.

W tej chwili rozległ się dzwonek do drzwi. Paweł wyciągnął tylko wtyczkę z gniazdka i zbiegł na parter. Zatrzymał się przy drzwiach.

– Kto tam? – zagadnął.

– Policja – usłyszał. – Proszę otworzyć.

Popatrzył przez judasza. Trzej faceci za drzwiami faktycznie wyglądali na gliniarzy, a zza załomu muru błyskało coś na żółto i na niebiesko, zapewne przy ulicy Wawelberga zostawili radiowóz. Ale on już nie takie sztuczki widział w swoim życiu.

– Proszę wsunąć legitymację policyjną przez szparę na listy – powiedział.

Jeden z gliniarzy spełnił jego prośbę. Legitymacja upadła Pawłowi do stóp. Podniósł ją i obejrzał. Była autentyczna. Oczywiście mogła też być perfekcyjnie podrobiona, stojący za drzwiami mógł ją ukraść lub kupić na bazarze, ale przy zachowaniu pewnych środków ostrożności można było ich wpuścić. Przekręcił zasuwkę. Pchnął drzwi, a sam cofnął się szybko w tył. Gdyby coś próbowali, miał ich jak na strzelnicy.

Weszli. Raz jeszcze zlustrował ich szybkim spojrzeniem i odetchnął z ulgą.

– Dzień dobry, czego panowie sobie życzą? – zagadnął uprzejmie.

– To pan strzelał? – zapytał rzeczowo najwyższy z nich.

– Ja – nie było sensu się wypierać, bo ciągle jeszcze trzymał w dłoni rewolwer. Kropka celownika laserowego tańczyła po podłodze. Wyłączył go i zabezpieczywszy spluwę, umieścił ją troskliwie w kieszeni.

– No cóż. Przepraszamy za najście, ale mamy obowiązek zapytać, do czego pan strzelał?

Poczuł, że czerwieni się idiotycznie.

– Obudziłem się niespodziewanie i przestraszony rozwaliłem mój telewizor – odparł wreszcie.

– Możemy się tu trochę rozejrzeć?

Wiedział, że o to zapytają, ale nie widział najmniejszych przeciwwskazań.

– Proszę. – Zrobił ręką zachęcający gest.

Obejrzeli telewizor i trochę się obśmieli koszmarnym rechotem. Paweł pomyślał, że musieli się go nauczyć od zatwardziałych kryminalistów. Wyłuskali z wraku trzy kule.

– Przepraszamy za najście – powiedział ten najwyższy. – Ale sam pan rozumie, taka strzelanina, a tu jest niezbyt spokojna dzielnica.

– Dla mnie żaden kłopot. Dziękuję za troskę.

– Za troskę? – zdziwił się policjant.

– Przecież to mnie mogli zastrzelić.

– Ach tak. Nie boi się pan tu mieszkać?

– Mam szyby oklejone folią antywłamaniową, na dole w warsztacie są kraty, broń mam cały czas pod ręką.

Gliniarz coś sobie przypomniał i poprosił go o okazanie pozwolenia na broń. Wisiało na ścianie, oprawione w ramki i oszklone, co wywołało koleją salwę koszmarnego rechotu.

– To pan nie wie, co tu było przedtem? – zagadnął znowu policjant.

– Dom średniej kadry technicznej zakładów Wawelberga. Tak mówił właściciel.

– Pan to kupił czy tylko wynajmuje?

– Wynajmuję, choć rozmawiałem już z właścicielem, za rok, może za dwa lata, jak interes dobrze pójdzie...

– A to ma pan jeszcze szansę się wycofać.

– Przepraszam, co pan chce przez to powiedzieć?

– To nie jest dobre miejsce. Nawet nie chodzi o okolicę. Ten dom stał przez wiele lat pusty i niszczał. Władze dzielnicy skazały go ot tak na zapomnienie. Na dole, tam gdzie ma pan warsztat, była odlewnia, jeszcze za socjalizmu. Robili w gipsie popiersia Lenina i różnych tam takich partyjnych gierojów. Ale potem się wycwanili i zaczęli odlewać z brązu.

– Odlewać z brązu, ot tak, w mieszkaniu?! – zdumiał się Paweł.

– No właśnie, coś im źle poszło i całe piętro wypaliło doszczętnie. A potem z piętnaście lat nikt tu nie zaglądał. Wykosztował się facet na remont, ale mieszkać tu nie chciał. – Rozejrzał się na boki i zniżył głos do szeptu: – To podobnie wyglądało. Wsadził w coś sześć kul i skoczył oknem. Nogę złamał.

– Nie widzę związku.

– Ludzie gadali, że ducha zobaczył, a to tradycyjnie podobno złe miejsce. Żadna matka tu dzieciaka nie zostawi na podwórku po zachodzie słońca.

– Skoro to zła dzielnica...

– No, nie taka znów najgorsza, nie przesadzajmy. Na sąsiednich podwórkach to zabawa do dziesiątej, przy latarniach łebki kopią piłkę aż miło. A tu nie. Ludziska mają coś w rodzaju instynktu samozachowawczego. Nawet nie wiedzą, dlaczego coś robią, ale podświadomość myśli za nich.

– Jak byłem mały... – powiedział drugi gliniarz. – Ja mieszkałem tu niedaleko – dodał. – To też mówili, że tu straszy. Podobno dwóch z tej odlewni się pochlało i zostali na noc gdzieś w kanciapie na zapleczu. I coś ich tak wystraszyło, że jeden posiwiał, a drugi zwiewał przez podwórko, niosąc Lenina z brązu w objęciach i krzycząc, że ma światopogląd materialistyczny i że duchów nie ma, więc żeby się od niego odczepiły. Całkiem mu odbiło.

Paweł popatrzył na nich uważnie, ale nie wyglądało na to, by mieli żartować. Ich twarze były poważne i zmęczone.

– Może się panowie poczęstują. – Wyjął z barku tacę ciastek i orzechów.

Siedli przy stoliku. Gliniarze stali się rozmowni, pierwsze lody zostały przełamane. Miał jeszcze trochę martini gdzieś w szafce w kuchni, ale zrobił tylko herbaty.

– Mówili – zaczął ten najwyższy, z lubością wdychając aromat cejlońskiej liściastej – że tu było morderstwo, gdzieś jeszcze przed pierwszą światową. Tu mieszkali tacy tam młodsi technicy, zresztą to pan sam powiedział, dom kadry technicznej. Bo inżynierowie mieli gdzie indziej i tamtego domu już nie ma. Tu były nieduże mieszkania. Pan, jak ma całe piętro dwieście metrów dla siebie, to pan jest król. A oni się tu gnieździli jak szprotki w oleju, znaczy w puszce. Z rodzinami i dzieciakami, tak że nie mieli wcale lepiej niż ci w tych trzech kamienicach. – Machnął ręką za okno. – Bo tam to mieszkali zwykli robotnicy z rodzinami. Była jeszcze czwarta kamienica, trochę dalej, tam jest teraz taki trawnik i podsypane ziemią, ale kształt widać, bo to taki prostokąt. Ją we wojnę rozwalili, a potem niby mieli remontować, ale szło to wolno i jakoś rozebrali w końcu. A więc tu był taki technik, już starszy facet, i miał córkę. I on poszedł jakoś do fabryki i przyłapał robotników, jak z jakiejś maszyny części wykręcali czy coś. Doniósł na nich...

– Za pierwszym razem nie doniósł, bo był dobry człowiek – przerwał mu ten drugi, który mieszkał niedaleko. – Zagroził im znaczy, że na nich doniesie, jeśli się powtórzy. Ale to była cała szajka, podkradali różne rzeczy i on się dowiedział, i poszedł do Wawelberga, i powiedział: było tak a tak. I wszyscy, w sześciu albo ośmiu, bo jeszcze mieli wspólników na innych zmianach, wylecieli z roboty. No to postanowili się zemścić. Zaszli w nocy i tego technika i jego córkę zatłukli łomami czy rurami, ale ktoś to widział albo słyszał, bo przecież takich rzeczy się nie da po cichu, i wylecieli z mieszkań technicy, zbiegli się z kamienic ci zwykli robotnicy i ich tu zaraz przy wejściu złapali. Jak się dowiedzieli, że to ta dziewczyna, znaczy zabita, to ludzi szał ogarnął, bo ona prowadziła ochronkę, takie tam przedszkole dla ich dzieci, i jeszcze im coś tam pomagała dużo. I tych ośmiu zaraz, bez sądu, na miejscu pobili na śmierć. To carska ochrana nawet nie szukała, kto to zrobił, tylko tych osiem trupów zabrali i całą sprawę zatuszowali. Tak mi dziadek opowiadał.

Wysoki gliniarz skinął poważnie głową.

– Można by poszukać u nas w archiwum – powiedział w zadumie. – Tyle tylko, że te stare archiwalia po wojnie podobno spalili, a zostały te nowsze, takie od lat trzydziestych. A te najnowsze to są już zupełnie nieciekawe.

– Tu ich zabili, w tym budynku? – zapytał Paweł.

– Tak, ale może pan spać spokojnie, nic nie zostało. Ten świrnięty literat, co to remontował, to zdarł wszystkie tynki: tu w środku były wszystkie ściany wyburzane, bo zmienił całkiem rozkład. Nawet podłogi są nowe, stare stropy były nieco wyeksploatowane. A tam – machnął dłonią w stronę drugiego skrzydła – to w ogóle ściany popękały, fundament naruszony. Dopiero wsadzili w nie takie grube stalowe szyny, dwuteownik i zalali betonem; podobno pomogło. A fundament też jakoś wzmacniał. Wykosztował się facet, aż przykro.

– Ale ruderę odszykował nie do poznania – wtrącił ten trzeci, który dotąd się nie odzywał. – Bo jak tu zaglądałem trzy lata temu, czy się w piwnicy narkomaniaki nie zbierają, to strach było wejść. Cegły leciały na głowę, a tynk to leżał na ziemi jak śnieg. A tu, gdzie pan teraz siedzi, to leżała kupa ziemi, ot, takiej z próchnicy, starych desek, co zgniły, i z tego rosła sobie topola. Była prawie taka gruba jak moje ramię.

– W pokoju?

– Dachu nie było. Ładnie rosła. Topole są odporne na warunki.

– Czas na nas. Wprawdzie miło się gawędzi, ale jeszcze trochę trzeba pojeździć.

– Przepraszam, że tak zatrzymałem...

– Nic nie szkodzi. – Klepnął radiotelefon. – Jakby było coś pilnego, to daliby znać.

Wychodzili już, gdy wpadł mu do głowy jeszcze jeden pomysł. Wyłowił z pudła cztery notatniki produkcji swojej fabryczki.

– To na pamiątkę – powiedział. – I jeden dla kumpla w radiowozie.

– Ładne – ucieszył się wysoki gliniarz. – Pewnie niezły interes?

– Jaki tam interes, dwie hurtownie w całym mieście skusiły się na większe partie, a tak nikt tego nie chce brać. Na razie mam pieniądze, żeby jeszcze przez trzy miesiące płacić ludziom, a potem chyba trzeba będzie zawiesić produkcję.

– Ludzie nie mają gustu – stwierdził drugi gliniarz.

Podziękowali i poszli. Wrócił do salonu, pozbierał kawałki telewizora. Szklanki po herbacie wyniósł do kuchni. Potem raz jeszcze zajrzał do wszystkich pomieszczeń. Wszędzie było pusto. Poszedł spać.

To było w sobotę. Choć właściwie była już niedziela. Nowy telewizor szumiał cicho. Paweł siedział w fotelu ze słuchawkami na uszach. Rżał ze śmiechu, oglądając powtórkę z jakiegoś talk-show. Gościem programu był pieprznięty staruszek, wygrzebany przez prowadzących gdzieś na Lubelszczyźnie, niejaki Jakub Wędrowycz. Ubrany był w złachmanioną jeansową kurtkę, na nogach miał gumofilce posztukowane drutem i łatane krążkami gumy z dętek rowerowych. Przy plecionym ze sznurków od snopowiązałki pasie przytrzymującym spodnie, uszyte z czegoś w rodzaju płótna workowego, wisiała pękata manierka, z której od czasu do czasu pociągał łyk. Musiał tam mieć coś wysokooktanowego, bo rozkręcał się coraz bardziej. Z ust staruszka płynął stek tak potwornych bredni, że Paweł żałował już, że nie włączył magnetowidu.

– A niech pan powie – zagadnął prowadzący – co sprawiło panu w życiu największą trudność?

Staruszek zazezował w stronę kamery. Kamerzysta pokazał na zbliżeniu głęboko osadzone świńskie oczka gościa, po czym obraz odjechał trochę i na ekranie pojawiła się rosnąca kępkami, niegolona od trzech dni broda. W brodzie tkwiły wióry oraz kłaczki czegoś, co mogło być pakułami lub włóknem z konopi.

– Największą trudność? – zdziwił się staruszek, po czym poskrobał się z frasunkiem po głowie.

Gdy tak się drapał, Paweł przypomniał sobie, jak kiedyś, dawno temu, w zoo oglądał drapiącego się szympansa. Gest był niemal identyczny.

– No, chyba nauka pisania i czytania – powiedział Jakub. – Znaczy za cara to się uczyłem nie tego alfabetu, tylko tamtego, co nim Ruscy pisali, a teraz ten nowy to już kiepsko wchodził, bo chyba byłem za duży. Na małego dobrze wchodzi, potem już nie.

– To nie nauczył się pan czytać? – zaciekawił się prowadzący.

– Jak to nie? – zdenerwował się Jakub. – Ja nawet ze cztery książki w życiu przeczytałem!

Prowadzący uśmiechnął się szeroko, po amerykańsku, pokazując zęby. Usta zaproszonego do studia drgnęły kilkakrotnie. Coś subwokalizował. Paweł pomyślał, że chyba liczy zęby gospodarza programu.

– Dobrze, a co w życiu stanowi dla pana największe osiągnięcie? – zagadnął.

Jakub znowu poskrobał się po głowie.

– Tyle było tych sukcesów – powiedział w zadumie. – No, szacunek ludzi, który zdobyłem, różni tacy przyjeżdżają, zachodnimi maszynami, pieniądze dają, żebym pomógł. To pomagam. Na mnie nie ma mocnych, jeszcze się takie widmo nie wylęgło, żeby mi dało radę, choć bywało i ciężko – dorzucił. – Gdyby jeszcze gliniarze nie przeszkadzali, a tak nie mają pojęcia o niczym, a kota dostają na mój widok. Wiadomo, w tym zawodzie to trzeba czasem grób otworzyć i kołkiem gościa przyszpilić, a zaraz zarzucają brak poszanowania ludzkich szczątków, że ja hiena cmentarna i inne takie. A co w gazetach pisali! Że ja moje zęby... – Wyszczerzył się do kamery. Kamerzysta zrobił zbliżenie, prawie wszystkie były złote. – Że ja, te zęby znaczy, nieboszczykom powyrywałem i sobie wsadziłem. Ciemnota taka, przecież na tym byłby trupi jad, zresztą to nie każdy ząb pasuje. Trzeba na wymiar robić.

– Jak pan sądzi, czy grozi nam kolejna epidemia duchów, tak jak w latach trzydziestych?

Jakub zamyślił się.

– Może być – powiedział wreszcie. – Nowe morderstwa ludzie zrobią, to i straszyć potem będzie, choć ja nie słyszałem jeszcze, żeby straszyło w takim zwykłym bloku. Ale jest inne zagrożenie. – Zaszła w nim nieoczekiwana, subtelna przemiana. Zniknął silny wschodni akcent, zdania niespodziewanie zaczęły być poprawne gramatycznie. Przestał się drapać, a jego twarz była teraz skupiona. Oczy straciły swoją maślaność i patrzyły teraz przenikliwie w kamerę. – Pojawiło się dużo literatury dotyczącej magii – powiedział. – Większość tego to śmieci niewarte przeczytania, ale w niektórych pobrzmiewają niebezpieczne nuty. Mnoży się różnych nawiedzonych wyznawców New Age. W większości przypadków to niegroźni maniacy, ale nawet oni, usiłując rekonstruować dawne obrzędy, mogą zbudzić niebezpieczne moce. To samo dotyczy sekt. Ich ekspansywność, a zwłaszcza ogromne możliwości zaćmiewania umysłów adeptów wskazują, że jest tam coś więcej niż zwykłe wyłudzanie forsy. Obce siły usiłują zdobywać przyczółki w naszym kraju. Jeśli do tego dodamy upadek autorytetu Kościoła oraz spadek kwalifikacji duchownych egzorcystów, możemy któregoś dnia obudzić się z ręką w nocniku. Obym był fałszywym prorokiem, ale w Erę Wodnika wejść możemy jako społeczeństwo jeszcze normalne, a za dwadzieścia, może trzydzieści lat cały naród może być już zmanipulowany. Zanik świadomości chrześcijańskiej wzmocni sługi ciemności. To, co dla nas jest egzotyczną opowieścią rodem z amerykańskiego horroru, dla naszych dzieci może stanowić smutną rzeczywistość. Postępująca desakracja wielu starych cmentarzy wywoła falę. Niestety, ustawy okołokonkordatowe zezwalają na pochówki innowierców na cmentarzach katolickich. To tragiczny błąd, za który przyjdzie odpokutować następnym pokoleniom. Uważam, że należy wprowadzić ostre przepisy. Każdego byłego członka partii komunistycznej pogrzebać za murem, w niepoświęconej ziemi, i przebić osikowym kołkiem. Jedno bolszewickie ścierwo desakruje cały cmentarz, a wówczas mogą wstawać z grobów także ci, którzy byli prawie w porządku i z poświęconej ziemi nigdy by nie wstali. Ponadto uważam, że wszystkich pogrzebanych już komunistów należy ekshumować, przypalikować i pochować ponownie za murem. Tylko to daje nam gwarancję bezpieczeństwa. Ciała bezbożników można też palić i rozsiewać popioły, ale to nie zawsze pomaga – dodał po chwili.

Prowadzący siedział z otwartymi szeroko ustami i wpatrywał się w mówiącego. Widząc, że ten skończył, nabrał w płuca powietrza. Jakub powrócił do swojej pozy wioskowego przygłupa. Wyciągnął kapciuch z tytoniem, kawałek papieru pakunkowego i zaczął kręcić z tego koszmarnego skręta.

– Macie tu popielniczkę? – zagadnął.

– Znajdziemy – powiedział prowadzący, robiąc gwałtowny ruch ręką do kogoś, kto stał poza polem widzenia kamer. – A jak pan sobie wyobraża taką ekshumację? – zagadnął.

– W mieście to trudno, nikt nie wie, kim kto był i gdzie leży. Ale na wsi żaden problem.

Ktoś z personelu obsługującego postawił na stoliku puszkę po orzeszkach. Jakub podziękował mu kiwnięciem głowy. Wygrzebał z kieszeni metalową zapalniczkę. Była zaśniedziała i oblepiona jakimś czarnym syfem, który na zbliżeniu kamery wyglądał jak smoła. Pstryknął i zapalił swojego skręta. Zaciągnął się i puścił bardzo ładne kółko z dymu. Dym był czarny, jak z płonących szmat.

– Trzeba to zrobić tak. Najpierw wykonuje się spis pogrzebanych. Potem zbiera do kupy dziesięciu starych ludzi, z posterunku pożycza teczki, choć z własnego doświadczenia to tyle powiem, że mi nie dali. A potem wszystkich partyjnych wykreśla się z listy. Potem dalej, samobójców, rozwodników, świadków Jehowy, mormonów, żydów i innych takich. Następnie robi się weryfikację katolików i innych ochrzczonych, którzy zostali na listach. Kto głosił poglądy socjalistyczne – won. Kto wywieszał flagi na pierwszego maja – won. Kto chodził na pochody – won. Kto składał kwiaty utrwalaczom władzy ludowej – won. I tak aż do skutku.

– A co będzie, jeśli na takiej liście zostaną dwie albo trzy osoby?

– No to trzeba ich ekshumować i pochować pod kościołem. A cały cmentarz, jak leci, osikowymi kołkami. I już tam ludzi porządnych więcej nie chować. Zdesakrowany.

Strząsnął porcję popiołu do puszki. Potem ujął ją w dłoń i zaczął ciekawie czytać angielskie napisy.

– Orzeszki ziemne? – zdumiał się. – Na tym obrazku wyglądają jak fasola.

Prowadzący popatrzył na zegarek i widać było, że odetchnął z ulgą.

– Wysłuchali państwo wypowiedzi naszego gościa, egzorcysty amatora z Wojsławic, Jakuba Wędrowycza.

Rozległy się brawa siedzących na widowni klakierów. Jakub wrzucił skręta do puszki i powstał, po czym ukłonił się najpierw publiczności, a potem każdej z kamer po kolei. Na koniec podał rękę swojemu rozmówcy i potrząsał nią przez chwilę.

– Aż chce się żyć, jak sobie człowiek coś takiego obejrzy – stwierdził Paweł. Na ekran wskoczyła reklama pieluszek.

– Ciągle te reklamy o sraniu i szczaniu – zdenerwował się.

Wrażenie czyjejś obecności było bardzo silne. Kątem oka spostrzegł ruch. Tym razem tylko położył dłoń na rewolwerze i odwrócił powolutku głowę. Tak jak w poprzednich dwu przypadkach, ktoś pochylał się nad dywanem. Paweł miał nerwy jak postronki, ostatecznie jeździł kiedyś jako kierowca ciężarówki z konwojami pomocy humanitarnej do Czeczenii i Bośni. Tylko dlatego nie wrzasnął na całe gardło. Nad dywanem pochylały się dwie sylwetki. Były nieco ciemniejsze od ciemności panującej w pokoju. Widział przez nie listwy boazerii na ścianie.

Duchy, przemknęło mu przez myśl.

Większy duch podniósł się niespodziewanie i popatrzył prosto na niego. Paweł z rozpaczą wycelował z rewolweru i nagle odebrał płynące wprost do mózgu uczucie. Było to rozbawienie. Pstryknął przełącznikiem. Czerwona kropka lasera pojawiła się na ścianie za sylwetką, a jednocześnie zaistniał różowy poblask, tak jak wtedy, gdy promień lasera przechodzi przez mgłę. Duchowi musiało to sprawić przykrość, bo zszedł z linii strzału. Drugi podniósł się znad dywanu.

Przez chwilę jakby ze sobą rozmawiały, po czym podeszły do ściany i wtopiły się w nią. Na korytarzu za ścianą rozległo się kilka puknięć, jakby ktoś szedł w ciężkich butach po drewnianej podłodze. Paweł zapalił światło, po czym z szuflady pod telewizorem wydobył książkę telefoniczną. Zaczął szukać hasła „egzorcyści", ale nie znalazł. Sprawdził, czy jest hasło „duchy". Takiego też nie było. Rzucił ją zdenerwowany na podłogę. Miał dosyć. Wypił ćwiartkę wódki, a potem położył się spać. Znowu nic mu się nie przyśniło.

Następnego dnia rankiem znalazł w skrzynce na listy kopertę z pieczątką działu handlowego jednego z supermarketów. Rozpruł ją nożykiem i wydobył ze środka kartę formatu A4. Ci z supermarketu byli zachwyceni przesłaną im próbką towaru. Zamawiali tysiąc pięćset sztuk notatników ze skórzanymi grzbietami, okuciami na rogach i kapitałkami z cienkiego rzemyka. Chcieli jedynie, żeby wkleił do środka trzy kolorowe wstążeczki w charakterze zakładek. Policzył przypuszczalny zysk i widmo zamknięcia fabryczki odsunęło się o dwa miesiące. Zszedł do warsztatu z pismem w dłoni. Uderzył pałeczką w mosiężny gong.

– Mam dla was dwie wiadomości – powiedział do swoich pracowników. – Tradycyjnie jedna jest dobra, a druga zła. Po pierwsze dostałem grubsze zamówienie. Trzeba dostarczyć tysiąc pięćset sztuk, a złe jest to, że do końca przyszłego tygodnia. Abyście dotrzymali terminu, obiecuję wam premię po dwieście złotych na łepka.

Zawyli radośnie. Zostawił ich w warsztacie, a sam pojechał po kilka motków kolorowych wstążeczek.

Był sobotni wieczór. Na zewnątrz panowała dość paskudna pogoda. Padał deszcz i wiał wiatr.

– No, nie jest źle – powiedział Paweł przez telefon do swojego wspólnika Tomasza. – Boję się tylko, że nasi robole padną. Od tygodnia zasuwają na dwie zmiany. Jak nas dorwie inspekcja pracy, to nas to tak dupnie, że lepiej nie gadać.

– Innymi słowy, sugerujesz, żeby podwoić zatrudnienie?

– Powinno wystarczyć. Na razie. Rozejrzyj się tam u siebie na prowincji za jakąś budą i można by posadzić jeszcze ze dwadzieścia osób.

– Cholera, myślałem, że te pieniądze wydam inaczej... Jak ze zbytem?

– Idealnie. Dzisiaj dostałem czwarte zamówienie i znowu na tysiąc sztuk. Już chwyciło, teraz nie mogę się wycofać, bo stracimy wiarygodność jako partner handlowy. Do końca miesiąca muszę dostarczyć pięć tysięcy, robotnicy zrobią cztery maksymalnie. Muszę zwiększyć zatrudnienie.

– Zanim ci nowi się dotrą...

– To szybko pójdzie. Tydzień na naukę zawodu i zasuwać. Zresztą to wszystko jest przecież łatwe.

– Dobra. Posyłam ci piętnaście tysięcy nowych. Jutro z rana będziesz je miał na koncie. Tym samym mój wkład?

– Masz teraz czterdzieści dwa procent udziałów. Plus piętnaście tysięcy, to będzie równo czterdzieści dziewięć.

– Fajnie. No to do usłyszenia.

– Na razie.

Paweł odłożył słuchawkę. W tej chwili z parteru dobiegł go skowyt, jaki wydaje człowiek w obliczu czegoś strasznego.

– Jezu – jęknął. – Wypadek.

Pognał korytarzykiem do schodów. Po drodze troszkę się uspokoił. Najniebezpieczniejszym narzędziem tam, piętro niżej, była wiertarka. Nic się nie mogło stać, co najwyżej ktoś przytłukł sobie palec młotkiem. No, może niechcący wywiercił dziurę w ręce. Wszystkie składki na ZUS i dodatkowe ubezpieczenia były opłacone. Zbiegł po schodach. Robotnicy stojący kołem wokół jednego siedzącego na krześle rozstąpili się. Siedzący nie wyglądał na zranionego, ale miał obłęd w oczach.

– Co się stało? – zapytał Paweł łagodnie.

– Ona tam stała – wybełkotał robotnik. – Stała przy schodach, pomachała mi ręką!

– Kto?

– No ona. Była przejrzysta – dukał facet. – Popatrzyłem i, Jezu, ona pomachała do mnie.

– Co to było? – zapytał pozostałych. – Co widzieliście?

– No ducha – odparła dziewczyna, która zajmowała się pleceniem kapitałek. – Stał przy schodach.

– Kto jeszcze go widział? – zapytał.

Podniosły się tylko trzy ręce.

– Słuchajcie – powiedział spokojnie. – Jest późno, jesteście zmęczeni. To moja wina, bo gonię was do roboty ponad siły. Już prawie dwudziesta druga. Duchy pojawiają się dopiero o północy. Poza tym straszą raczej w zamkach, a nie w fabrykach. Musiało wam się przywidzieć...

Siedzący jęknął i jakoś tak dziwnie spadł z krzesła. Usta mu posiniały. Chyba zemdlał, bo raczej nie wyglądało to na zawał. Parę osób przeżegnało się zamaszyście. Wpatrywali się w coś za plecami Pawła. Obejrzał się ostrożnie. Coś, co przypominało obłok pary, stało koło schodów, jakby im się przyglądało. Nie wiedział, co to jest. To znaczy widział, ale nie dopuszczał do siebie tej myśli. Odwrócił się i odchrząknął.

– Musiała puścić rura z ciepłą wodą w piwnicy, tu jest chłodno, to i widzimy obłoki pary – nie wypadł zbyt przekonująco. Może dlatego, że głos mu drżał tak, iż ledwo mógł mówić. – Już późno, jesteście zmęczeni. Idźcie do domu, a ja zostanę i załatwię ten problem.

Nie kazali sobie tego dwa razy powtarzać. Gdy ucichł tupot, poszedł i zamknął drzwi. Wrócił do mieszkania naokoło, przez boczne wejście.

Następnego dnia rankiem Paweł pojechał na giełdę staroci na Koło. Kupił jedenaście ikon i wróciwszy do domu, porozwieszał je w mieszkaniu i w warsztacie. Od razu poczuł się nieco pewniej.

Ludzie zazwyczaj lubią zarabiać, w następnym tygodniu z pracy zrezygnowały tylko dwie osoby, ale udało się przyjąć dwie inne na ich miejsce. W Urzędzie Pracy na ul. Ciołka zostawił ofertę zatrudnienia jeszcze piętnastu osób. Zwolnieni z pracy nie umieli utrzymać języka za zębami. Poznał to bez trudu. Gdy wchodził do sklepiku spożywczego urządzonego na parterze jednej z kamienic fundacji Wawelbergów, ludzie milkli na jego widok. Chętni do roboty nie pojawiali się.

W środę przyszedł za to dziennikarz z „Super Ekspresu", żeby przeprowadzić z nim wywiad. Wywiad miał dotyczyć możliwości fabryczki, perspektyw na rynku artykułów papierniczych i innych takich, ale rozmowa szybko zeszła na sprawę duchów i Paweł zmuszony był usunąć pismaka z terenu zakładu, w czym spontanicznie pomógł mu uświadomiony aktyw robotniczy. W czwartek i w piątek pojawili się dziennikarze z „Wróżki", „Detektywa", „Nie z tej ziemi", „Skandali" i jakiegoś czasopisma poświęconego problematyce UFO. Pogonił ich wszystkich, po czym napisał na kawałku papieru oświadczenie, które rozplakatował na okolicznych przystankach, w sklepiku i na drzwiach zakładu. W sobotę jeden dziennikarz podszył się pod szukającego zatrudnienia, żeby tylko dostać się do środka. Paweł przyjął go do roboty, po czym przydzielił mu wyjątkowo niewdzięczne zadanie przybijania nitami okuć i narzucił taką normę, że dzielny wysłannik gazety po dwu godzinach sam się zmył. Biznesmen obserwował jego odwrót przez okno i chichotał.

– Pomogły ikony – powiedział sam do siebie.

Pod wieczór wypogodziło się wreszcie. Nalał sobie kieliszek Malibu i zasiadł przed telewizorem. Skończył oglądać gdzieś koło północy. Wziął butelkę z zamiarem wstawienia jej w kuchni do lodówki i ruszył w stronę drzwi. Stopy zapadały się w dywan jak w mech. Lubił to uczucie. Niespodziewanie grzmotnął jak długi. Fakt, że potknął się na zupełnie równym dywanie, zaskoczył go i zdezorientował. Upuszczona butelka toczyła się po parkiecie, a potem ktoś z niedbałym wdziękiem zatrzymał ją stopą.

Paweł poderwał się z rewolwerem w dłoni, ale ducha już nie było. Podniósł butelkę i obejrzał ją uważnie. Naklejka w kilku miejscach odbarwiła się. Odbarwienia układały się w ślad palców nogi – jednego dużego i czterech małych. Palce były drobne, stopa musiała być znacznie mniejsza niż jego. Noga młodej dziewczyny. Zaklął. Wyszedł z domu i przechadzał się między kamienicami. Drzewa szumiały nad jego głową. Dzielnica była podobno paskudna, ale miał przy sobie broń. Zresztą nawet najbardziej sceptyczni żule nie pojawiali się po zmroku na podwórku przed fabryczką. Uspokoił się. Przywidzenie. Tylko przywidzenie. Przecież duchów nie ma. To znaczy komuniści twierdzili, że duchów nie ma, a teraz nie ma komunistów, to może duchy jednak są? Odganiał takie myśli. Wracając, zajrzał do skrzynki. Tkwiło w niej coś małego. Otworzył ją. W dłoni trzymał wizytówkę wydrukowaną na kredowym papierze:

Nicolae Eminescu
Egzorcysta

Poniżej był numer telefonu. Telefon musiał znajdować się daleko, bowiem numer był dość długi, a zaczynał się kierunkowym do Rumunii. Paweł wrócił do domu i starannie zamknął za sobą drzwi. Wystukał numer egzorcysty. Odezwała się automatyczna sekretarka. Prośba o zostawienie informacji nagrana była po polsku, niemiecku i rumuńsku. Poprosił o przysłanie ekipy i usunięcie ducha. Im szybciej, tym lepiej.

Ta sobota była wolna. Ludzie nie dawali rady. Wspólnik Pawła bez problemów uruchomił produkcję na prowincji, a zbyt był niezły, bo fakt nawiedzania fabryki działał jak najlepsza reklama. Tomasz sugerował umieszczenie na opakowaniach nalepek przedstawiających trupią czaszkę albo ducha i Paweł zaakceptował ten pomysł.

Właściwie nie miał nic do roboty, więc siedział sobie i odpoczywał. Około ósmej, zaraz po pogodzie, usłyszał dzwonek do drzwi. Zszedł na parter.

– Kto tam? – zagadnął.

– Nicolae Eminescu, egzorcysta – odparł człowiek za drzwiami.

Biznesmen otworzył je i faktycznie zobaczył stojącego na progu egzorcystę. Ubrany był w płaszcz, a przez ramię przewieszoną miał ortalionową torbę wypełnioną czymś.

– Pan zamawiał usunięcie ducha? – zapytał.

Nieźle mówił po polsku. Ale obcy akcent był bardzo wyraźny.

– Tak. Proszę za mną.

Odwrócił się. W tym momencie zrobiło mu się zupełnie jasno przed oczyma, a zaraz potem zupełnie ciemno. Upadku na podłogę już nie czuł. Doszedł do siebie, gdy ktoś nim delikatnie potrząsnął. Otworzył oczy. Potrząsał nim ten wysoki gliniarz.

– Co się stało? – jęknął.

– Sami chcielibyśmy wiedzieć. Sąsiedzi usłyszeli strzały i zaraz potem kilku facetów wyskoczyło oknami. Jest tam na dole trochę krwi, świadkowie mówią, że któryś rozharatał sobie głowę.

Paweł usiadł z wysiłkiem.

– Wezwałem egzorcystę – powiedział. – Przyszedł. Zaprosiłem go do środka, a potem nic nie pamiętam. Chyba dał mi w łeb. – Pomacał się po potylicy. Wyczuł tam ogromnego guza i trochę krwi.

– Proszę sprawdzić, czy nic nie zginęło.

Wstał chwiejnie na nogi i wszedł na piętro. Srebrny dzbanek do kawy stał na kominku w salonie. Dywan leżał na podłodze. Szable wisiały na ścianie. Sejf za obrazem Malczewskiego był nietknięty.

– Nic nie zginęło – stwierdził. – A nawet jakby przybyło.

Na podłodze stała torba, z której wystawały lufa palnika acetylenowego oraz szlifierka kątowa.

– Proszę niczego nie ruszać, zaraz przyjedzie ekipa. Na pewno nic nie zginęło?

– Zupełnie nic.

– A sąsiednie pokoje?

– Zamknięte i nieumeblowane.

Popatrzył na wywalone okna. Żaluzje były połamane, szyby wytłuczone.

– Skakali bezpośrednio, nie marnując czasu na otwieranie – powiedział gliniarz. – A tak właściwie to po co był panu potrzebny egzorcysta?

Paweł uśmiechnął się smutno.

– Straszy.

W tej chwili do pomieszczenia weszło kilku policjantów pod wodzą energicznego oficera.

– Kapitan Sowa – przedstawił się. – Tylko proszę bez głupich komentarzy. Proszę opowiedzieć, co właściwie się stało.

Paweł opowiedział. Kapitan uśmiechnął się lekko.

– Banda Sierpagena.

– Co proszę?

– Grasuje taki Rumuniec. Świetnie zna polski, pracował jako psychiatra w Bukareszcie. Podobno jeszcze za Czauceski zajmował się badaniem jakichś prań mózgu czy czymś takim. Scenariusz zawsze ten sam. Urządza seanse spirytystyczne. W trakcie seansu hipnotyzuje ofiary i otwiera drzwi. Resztę robią jego kumple. Wynoszą, co się da wynieść, prują ściany w poszukiwaniu sejfów. Biorą wszystko, co ma jakąkolwiek wartość. Jak w garażu jest samochód, to też.

– Cholera.

– Tak, to już drugi egzorcyzm w ich wykonaniu. Poprzedni zrobili na Wybrzeżu. Facet był jeszcze bardziej łatwowierny niż pan. Zostawił egzorcystę na całą noc w swoim domu, a rano nie było tam nawet mebli, tylko w kącie jakiś taki cyganowaty z fachowo poderżniętym gardłem i kartka, że to on straszył. Jak się z panem skontaktował nasz ptaszek?

Paweł przeszukał kieszenie, ale nie znalazł wizytówki, musiała się gdzieś zapodziać.

– Szkoda – westchnął kapitan. – Można by dać znać Rumuńcom, żeby wzięli mieszkanie pod obserwację.

– Zaraz, nic straconego. Przecież można zażądać od telekomunikacji billingu moich rozmów, to wtedy będzie można ustalić numer. Ja do Rumunii dzwoniłem tylko raz w życiu, to znaczy wczoraj.

Gliniarz podziękował. Zebrali odciski palców oraz inne takie i poszli sobie. Paweł wystukał numer telefonu pogotowia szklarskiego. Do rana szyby były wstawione i znowu oklejone folią antywłamaniową, choć nocna próba pokazała, że wcale nie jest to taki dobry wynalazek.

Tej nocy spał przy zapalonym świetle.

– Ma pan coś o duchach?

Pytanie było zupełnie bezsensowne, bowiem znajdował się wewnątrz księgarni ezoterycznej, a wszelaka możliwa literatura wypełniała ciasno półki.

– A co panu konkretnie jest potrzebne? O duchach jest cały tamten regał. – Sprzedawca machnął ręką. – Mamy leksykony, katalogi, polskie i zagraniczne. Mamy historie nawiedzonych domów. Wszystko, co pan zechce. Oczywiście mamy też sporo beletrystyki. Horrory po polsku, angielsku, nawet kilka po rosyjsku. Ciekawa lektura.

– Wolałbym poradnik.

– Ma pan ducha w mieszkaniu? – sprzedawca nie okazał zdziwienia. – „Domowy Egzorcysta", przepraszam, pan czyta po angielsku?

– Tak.

– „Domowy Egzorcysta" Burcharda. Jest tam kilka cennych wskazówek, jak pozbyć się nieproszonych gości, takich co tupią po nocy i prześwitują na biało. Nie jest to nadzwyczajne, ale nie znajdzie pan nic lepszego, chyba że ma znajomych w policji.

– A jeśli mam?

– Ja tego nie czytałem, słyszałem tylko, ale w szkole policyjnej w Szczytnie mają rękopis książki Jakuba Wędrowycza.

– Słyszałem już gdzieś to nazwisko.

– Był program, jakoś tak na dniach. Na Polsacie, zdaje się. Swoją drogą, lepszy cyrk odstawiał, normalnie nie jest taki.

– Mówił pan o rękopisie.

– No właśnie. Kiedyś jeden z gliniarczyków zrobił odpis kilkunastu stroniczek. Te kilkanaście jest więcej warte niż cały ten sklep.

– Przepraszam, nie rozumiem. Dlaczego ten rękopis jest w szkole policyjnej w Szczytnie?

– Długa historia. Raz robili u niego rewizję, pędził bimber i szukali jeszcze broni. No więc któremuś gliniarzowi wpadł w oko zeszyt pokryty jakimiś koszmarnymi bazgrołami. Skonfiskowali go, czy może po prostu zabrali, bo sam pan wie, jakie to były czasy, i wysłali tam, żeby kryptolodzy i grafolodzy mieli na czym trenować. To jest napisane po polsku, częściowo cyrylicą, ma bardzo pomysłową ortografię i kaligrafię, o interpunkcji nie wspominając. Ale są tam rzeczy ciekawe. Gdyby udało się panu zrobić ksero, to dam tysiąc złotych.

– Obawiam się, że moje możliwości nie są wystarczające. Niech pan da tego Burcharda.

Dochodziła północ. Paweł stał w salonie z książką w ręce i czytał na głos straszliwe ciągi zaklęć. Duch wyjrzał ze ściany i przyglądał mu się bezczelnie.

– Cholera – zaklął wreszcie biznesmen. – Do dupy ta książka.

Duch pokiwał głową, a przynajmniej tak to wyglądało. Paweł otworzył drzwiczki kominka i już miał cisnąć dzieło w płomienie, gdy spostrzegł na okładce reklamę.

Zespół Fachowców Egzorcystów.
Zwalczanie wszelkiego rodzaju zjaw, widm i duchów.
Rutynowani specjaliści, 100% satysfakcji lub zwrot kosztów. Dożywotnia, a nawet pośmiertna gwarancja.
Ponad czterdzieści udokumentowanych przypadków powodzenia. Referencje.

Poniżej był numer.

– Yeah! – zawył Paweł.

Spłoszony duch zniknął bez śladu. Mimo późnej pory biznesmen sięgnął po telefon.

Był paskudny jesienny wieczór. Wiatr wył za oknem. Drzewa szumiały niepokojąco. W domu coś trzeszczało, jak to zwykle w starych, nawiedzonych budynkach. Rozległ się dzwonek do drzwi. Paweł zbiegł na dół i otworzył. W ciemności, na jasnym prostokącie światła pochodzącego z wnętrza budynku, stała trójka cywilnych egzorcystów, fachowców. Mieli na sobie długie skórzane płaszcze i kapelusze o szerokich rondach. W dłoniach trzymali walizki.

– Pan Paweł Skorliński? – zapytał najstarszy z nich, lekko posiwiały pan po sześćdziesiątce.

– Tak.

– To pan wzywał ekipę do usunięcia ducha?

– Tak. Proszę wejść.

Weszli do przytulnego, jasno oświetlonego holu.

– Jestem prezesem towarzystwa – powiedział siwy. – Nazywam się Janusz Biedermeier.

Uścisnęli sobie dłonie. Drugi egzorcysta zdjął kapelusz i okazał się kobietą.

– Małgorzata Koćko – przedstawiła się.

Drugi mężczyzna, którego twarz zniszczyła jakaś choroba podobna do ospy, wyciągnął dłoń wyschniętą jak ręka mumii.

– Józef Etter.

– Wspaniale, zapraszam na pokoje.

Goście zdjęli płaszcze i zostawili je w holu. Weszli do salonu, po czym siedli wygodnie w fotelach.

– Dobrze, na co się pan uskarża? – zapytał prezes.

Jego wygląd budził zaufanie. Na opuszkach palców miał wytatuowane kabalistyczne symbole. Na szyi wisiał mu jakiś dziwny amulet. W jednym uchu tkwił kolczyk z białym kamieniem.

– Stuka – powiedział Paweł.

– Tylko stuka? Jaki rodzaj stukania? Pojedyncze, czy może ciągi stuków?

– Nie tylko. Stuka, jakby szedł ktoś z drewnianą nogą. Takie jakby kroki. Czasami widać sylwetki. Pojawiają się pośrodku pomieszczenia i czasami idą w stronę ściany.

– Mężczyźni czy kobiety?

– Trudno powiedzieć.

– W porządku. Czy próbował pan ustalić listę dotychczasowych mieszkańców tego budynku?

– Szczerze mówiąc, nie. Ale z tego, co ludzie mówili, chodzi o technika zatrudnionego w zakładach Wawelberga oraz jego córkę.

Prezes pokiwał głową, skinął na Józefa. Ten otworzył walizkę i wydobył z niej całą furę rozmaitego sprzętu. Wziął w dłoń drewnianą różdżkę widełkową i obszedł pomieszczenie dookoła. Potem wyjął z walizki różdżkę uchylną, wykonaną z miedzianego drutu, po czym znowu zaczął chodzić po pomieszczeniu. Drut wychylał się w różne strony. Wyglądało to niezwykle fachowo.

– Spróbuję nawiązać kontakt – powiedział.

– Trzeba zgasić światło? – zapytał właściciel.

– Nie. To nie będzie konieczne.

Egzorcysta usiadł na środku dywanu. W dłonie wziął dwa kawałki kamienia przycięte w kształt graniastosłupów. Zamknął oczy.

– Jest kontakt – zaraportował.

W tym momencie zebrani zobaczyli, że przygląda im się duch. Wyszedł ze ściany. Był przeźroczysty. Wyglądał na mężczyznę. Zjawa wykonała ręką ostrzegawczy gest i zniknęła. Drugi duch pojawił się w miejscu, w którym kiedyś były drzwi. Wyglądał jak mglisty opar, ale stopniowo przybrał kształt młodej dziewczyny. Skrzyżował dłonie na piersi i przyglądał się siedzącemu.

– One się boją – powiedział Józef.

– To chyba dobrze – wtrącił Paweł – bo trzeba je...

– Wypowiada się pan w sposób skrajnie nieuświadomiony – zaprotestowała dziewczyna. – To przyjazne duchy. Takich nie należy ruszać. Mogą się przydać.

– To wyłazi – powiedział siedzący. – Co to, do diab...

– Ci! – upomniał go prezes.

– Siedzi w dywanie – powiedział Józef.

Zerwał się niespodziewanie i odskoczył w bok. Paweł przetarł oczy. Z miejsca, w którym wcześniej znajdował się egzorcysta, wystrzeliła macka. Wyglądała jak utkana z dymu. Musnęła uciekającego, wyrywając mu z koszuli na plecach kawał tkaniny. Dziewczyna wyszarpnęła ze swojej walizki pistolet skałkowy i wycelowała. Macka rozwiewała się w powietrzu. Opadła na dywan. Prezes podszedł i zebrał odrobinę pyłu do probówki.

– Wygląda jak ektoplazma – ocenił.

– Czy ektoplazma to nie jest przypadkiem wydzielina z istot żywych? – zaciekawił się gospodarz.

– Niekoniecznie. – Józef doszedł najwyraźniej do siebie. – Zasadniczo w niektórych przypadkach może ją wytworzyć dowolna materia organiczna. Na przykład wełna. Uuu, mam wrażenie, że wyrwał mi pół głowy.

– Obudziłeś go. – Prezes oskarżycielsko wyciągnął palec wskazujący. – Jasna cholera! Co teraz? Póki siedział, wszystko było w porządku. Załatwilibyśmy go po cichu.

– Sam by się obudził – odciął się Józef. – Przecież nie paliliśmy czarnego płomienia. Nie powinien był.

– Gdybyśmy zapalili czarny płomień, byłoby już po nas. Co mówią kamienie?

Józef zacisnął dłonie na graniastosłupach i skoncentrował się. Macka wystrzeliła ponownie. Uchylił się w ostatniej chwili i tylko rozszarpała mu nogawkę.

– Otwiera się przejście – powiedziała dziewczyna.

Ona także miała zamknięte oczy.

– Przejście do enklawy Ozark? – zapytał prezes.

Paweł usłyszał w jego głosie autentyczny lęk i sam przestraszył się jeszcze bardziej. Wyglądało na to, że fachowcy wpadli w jakieś szambo. Duchy mężczyzny i dziewczyny znowu stały na swoich miejscach.

– Nie, nie do enklawy Ozark – uspokoił go Józef. – On już raz został pobity i... Ach tak. Używali go jako mechanizmu napędowego do dywanu, ale był za słaby.

W tym momencie oba kamienne ostrosłupy w jego dłoniach rozprysły się niemal na pył.

– Proponuję dywan pociąć i spalić – powiedział prezes. – To pewnie arabski dżin. Jeśli go spalimy, to przejście się zamknie. Prawie na pewno – zaakcentował to „prawie".

W jego głosie zabrzmiała nadzieja.

– Czy dżiny nie mieszkają czasem w miedzianych lampach? – zagadnął ostrożnie Paweł.

– Za dużo się pan bajek naczytał.

– Zapłaciłem za niego siedem tysięcy – zaprotestował. – Nie da się tego jakoś zneutralizować?

– Niemożliwe. Będziemy mieli szczęście, jeśli da się go spalić – zaczął prezes, ale nie skończył.

Dywan eksplodował. Drobne kłaczki uniosły się w powietrze. Zalepiły drzwi i okna. Józef rzucił się i złapał za klamkę. Kłaczki pokryły jego dłoń. Zawył i zaczął je zdzierać. Gdy w końcu mu się to udało, jego ręka aż do łokcia pokryta była drobnymi krwawiącymi rankami. Duch dziewczyny zmaterializował się tuż koło ludzi. Był tak materialny, jak tylko zdołał. Nawet prześwitywały leciutkie kolory. Trochę różowości na policzkach, błękit na sukni. Coś mówiła, ale nic nie było słychać. Małgorzata stanęła naprzeciw niej.

– Jeszcze raz – poprosiła.

Dziewczyna mówiła, a potem zniknęła.

– Co powiedziała? – zapytał prezes.

– Jesteśmy tu uwięzieni. To coś pożywi się naszymi umysłami i wzrośnie w siłę. Od środka nie zdołamy pokonać zapory. To można zrobić tylko od zewnątrz. Mamy dwanaście godzin życia. Potem nas zeżre.

– Cholera, tyle to i ja wiem. Kiedy przyjdą pracownicy do warsztatu? – zapytał prezes Pawła.

– Mamy piątek wieczorem. Dopiero w poniedziałek rano.

Józef podszedł do telefonu i podniósł słuchawkę. Z obu sitek strzelił płomień. Odłożył ją na miejsce.

– To bardzo poważne? – zagadnął Paweł.

– Nic gorszego już chyba nie mogło nas spotkać.

– Jak to nie – zaperzyła się dziewczyna – a pamiętasz, jak Michała wciągnęło do enklawy? Wymóżdżyło go całkiem, zanim wrócił.

– Śmierć fizyczna właściwie mnie nie przeraża – powiedział prezes. – Ale te wszystkie diabelstwa niszczące duszę... Musimy się zastanowić, co robimy. Jeśli spróbujemy nawiać, to może mamy szanse. Tak z dziesięć procent. Może nie będzie nas gonił.

– Będzie – rzekł ponuro Józef. – Musiał być cholernie głodny, skoro chciał mnie capnąć. Przecież mam amulet z Dagonwoht.

– Trzeba będzie spróbować przez ścianę – zadecydował prezes. – Mamy szable. Może się przerąbiemy...

– Małe szanse – powiedział Paweł. – To wszystko jest z przedwojennych cegieł. Grubo na trzy.

– Alternatywą jest nic nie robić.

– Jeśli nie ma innej możliwości, to moja broń jest do waszej dyspozycji.

Prezes zdjął szablę ze ściany. Wyciągnął ją z pochwy. Metal był przekorodowany na wylot.

– Niemożliwe!

– Przedtem były dobre?

– Tak. Natarłem je towotem. Nie powinny zardzewieć.

Małgorzata wyjęła z walizki bryłę czegoś w rodzaju plasteliny.

– Wyrwiemy dziurę plastikiem – powiedziała.

– To chyba nielegalne – zaniepokoił się biznesmen. – Poza tym ja to mieszkanie tylko wynajmuję...

Cała trójka westchnęła ciężko. Dziewczyna przyklejała już wałek materiału wybuchowego do ściany, za którą był korytarz. Pociągnęła dwa długie kable.

– Połóżcie się na podłodze, zasłońcie uszy, zamknijcie oczy i otwórzcie usta – polecił prezes.

Wyjął jej z dłoni przewody, przykręcił je do zapalarki. Potem położył się za kanapą i wcisnął guzik. Eksplozja była straszna. Lampa pod sufitem zakręciła się jak szalona, ale nie zgasła na szczęście. Meble podmuch poprzesuwał bezładnie. Ściana jednak nawet się nie zarysowała. Szyby w oknach, pokryte strzępkami dywanu, także ocalały.

– O cholera – powiedział Paweł. – Już po nas.

– Nie, nie jest aż tak źle – odparł prezes. – Nawiążemy kontakt telepatyczny. Musimy połączyć siły. Usiądźcie w krąg.

Pośrodku pomieszczenia coś zaczęło wyłazić z podłogi. Wyglądało jak utkany z dymu fraktal.

– Gdy się odpowiednio zmaterializuje, załatwi nas – stwierdził Józef. – Na razie jest za słaby.

Coś na podłodze warknęło. Siedli w krąg i wzięli się za ręce. Małgorzata zamknęła oczy. Paweł poczuł, jak coś przesuwa się przez jego umysł. Wrażenie było nieprzyjemne. Zaraz jednak poczuł, że to działa. Stwór rosnący z podłogi wyraźnie się wkurzył.

To było święto. Jakub przepijał pieniądze zarobione za udział w programie. W knajpie było pół wsi. Wszyscy mu gratulowali, że tyle ciemnot udało mu się puścić w kraj. Oczywiście każdy chciał wypić z tak sławnym człowiekiem. Było koło dziesiątej. Większość towarzystwa straciła już poczucie rzeczywistości. To przyszło nagle. Żarówka zwisająca z sufitu zadrżała.

Jakub Wędrowycz przerwał wlewanie w siebie kolejnego kufla „Perły". Jedenaście poprzednich piw zaćwierkało w jego wnętrznościach.

– Nu co? – zapytał Semen. – Za dużo?

Jakub odchylił się do tyłu i poleciał na ziemię. Dwadzieścia centymetrów od podłogi krzesło zawisło niespodziewanie i trwało w pozycji niemożliwej do wyjaśnienia za pomocą praw fizyki.

– Ty, co z tobą? – zaniepokoił się Józef Paczenko.

Przez twarz Jakuba przebiegały delikatne skurcze.

– Natychmiast przybywam – powiedział całkiem wyraźnie.

Jego twarz odzyskała niespodziewanie właściwy kolor. Krzesło wróciło do pionu. Samo. Kumple wytrzeszczyli oczy. Jakub wypił „Perłę" i wstał.

– Ty, co się stało? – zapytał Semen.

– Troje egzorcystów w śmiertelnym niebezpieczeństwie – odparł Jakub. – Muszę natychmiast wyruszać.

– Przecież ty ledwo stoisz na nogach – jęknął Tomasz.

Jakub zamrugał oczkami.

– Daj jeszcze flaszkę spirytu na drogę – zawołał do ajenta.

– Na krechę?

– Oni zapłacą. – Zabrał butelkę i pozostawił kompletnie zbaraniałych kumpli.

Przed gospodą ścisnął głowę dłońmi. Ostatni pekaes do Chełma odszedł przed godziną. Jego motor akurat nie był na chodzie. Wypił długi, drażniący łyk spirytusu. Miał około jedenastu godzin i ponad trzysta kilometrów do przebycia. Mógł zrobić to tylko w jeden sposób. Poszedł pod sterczący przed apteką pomnik, postawiony kiedyś dla cara Aleksandra II. Na cokole widniał napis:

Błagoditielu – Narod.

Od przeszło siedemdziesięciu lat w miejscu cara na cokole stał niejaki Tadeusz Kościuszko, zaś napis zatarto artystycznie cementem. Jakub wygarnął z kieszeni monety. Pomiędzy aluminiowym PRL-owskim bilonem poniewierało się kilka złotych carskich świnek. Wdrapał się na cokół i dotknął dłonią zasmarowanego cementem owalu. Zaczął odmawiać dziwne, śpiewne frazy po starocerkiewnosłowiańsku. Pod cementem znajdował się wizerunek dwugłowego orła. Dłoń zaczęła świecić. Oderwał ją od kamienia. Blask ogarniał już całe jego przedramię. Nadal, bełkocząc coś pod nosem, zaczął obchodzić obelisk wokoło. Kumple, którzy wysypali się z gospody, obserwowali go zdumieni.

– Co on tam robi? – zdziwił się Semen. – Musi co zwariował.

– Może to delirium? – zastanawiał się Tomasz. – Bredził zupełnie od rzeczy.

W tym momencie Jakub zniknął.

– Co? – zdumiał się Paczenko.

Podbiegli pod pomnik, ale po ich kumplu nie było nawet śladu.

– Nie podoba mi się to – powiedział Semen.

A potem wrócili do knajpy. Jakub, jeśli przeżyje, pojawi się właśnie tutaj.

Egzorcyści puścili dłonie.

– Co się dało zrobić? – zapytał Paweł.

– Całkiem sporo – uśmiechnęła się dziewczyna. – Wezwałam na pomoc Jakuba Wędrowycza.

– Dlaczego właśnie jego? – zdenerwował się prezes. – To hochsztapler. Dupa wołowa, a nie egzorcysta. Nie potrafiłby wygonić nawet ducha pekińczyka.

– Tylko on odpowiedział na wezwanie.

– Trzeba próbować dalej. Zresztą, nawet jeśli dostał wiadomość, to i tak nie zdąży do nas dotrzeć. To trzysta kilometrów, a o tej porze nic już nie chodzi. Nawet jeśli dojedzie okazją, to zanim nas znajdzie w tym mieście...

– Zobaczymy – zaprotestowała.

– Przepraszam – zagadnął Paweł. – Kto to właściwie jest ten cały Jakub Wędrowycz? Ciągle ostatnio słyszę to nazwisko.

– Naciągacz i hochsztapler – powiedział prezes. – Oglądał pan może program sprzed paru dni?

– Aha.

– Podrywa tylko autorytet naszej profesji. Powinno mu się zakazać prowadzenia jakiejkolwiek działalności na tym polu. Zresztą to nałogowy alkoholik, połowę swoich przygód przeżył w postaci delirycznych omamów.

– A drugą połowę sam wymyślił – uzupełnił Józef. – W sam raz się nadaje, żeby zwalczać białe myszki, takie, jakie się pojawiają po dużej dawce alkoholu. Gdyby zobaczył w życiu jednego ducha, toby w portki narobił ze strachu.

– I jeszcze pieprzy w telewizji trzy po trzy – dorzucił prezes mściwie. – Jemu się wydaje, że ta Era Wodnika to będzie okres powszechnego upadku ludzkości. A tymczasem otwierają się przed nami nieskończone możliwości poznania. Era Wodnika stanie się okresem, w którym odrodzi się życie duchowe. Kto wie, może nawet zdołamy ukierunkować reinkarnację?

– Wydrzemy tajemnice bytów ponadzmysłowych – uzupełnił Józef. – Era Wodnika...

– Przepraszam, a na czym to polega? – zagadnął Paweł. – Bo słyszę o tych erach i...

– Obecnie mamy Erę Ryb – wyjaśniła Małgorzata. – To era chrześcijaństwa. Moce ponadzmysłowe uległy silnemu wytłumieniu. Obecnie słońce wejdzie w znak Wodnika. Otworzą się przed nami takie same możliwości, jakie istniały na Atlantydzie przed dwunastoma tysiącami lat.

– Zaraz, to era trwa tysiąc lat? Nie rozumiem.

– Słońce wędruje po nieboskłonie. Przesuwa się, zasłaniając kolejno pewne gwiazdozbiory zodiaku. Obecnie jest w znaku Ryb. Astronom wyjaśniłby to panu lepiej. Albo astrolog. Pobyt w każdym ze znaków trwa tysiąc lat. To jest jedna era. Znaków jest dwanaście. Dwanaście tysięcy lat temu także była Era Wodnika. Ludzkość osiągnęła stan powszechnej szczęśliwości. Doskonalono swoje moce ponadzmysłowe. Niestety, potem era się zakończyła. Miało to tragiczne konsekwencje dla Atlantydy. Działalność wulkaniczna w tym obszarze ziemi powstrzymywana była mocą umysłów jej mieszkańców. Gdy moc osłabła, Atlantyda zapadła się w morze.

Paweł pomyślał, że to jakieś brednie, i chyba nawet miał rację.

– To co robimy? – zagadnął.

– Gdyby już była Era Wodnika – westchnął Józef w rozmarzeniu – to załatwilibyśmy to bydlę jednym mrugnięciem powieki.

– Faktycznie, trzeba coś wymyślić, bo nie doczekamy Ery Wodnika – powiedział ponuro prezes. – Małgorzato, pani czytała całą literaturę New Age. Czy było tam coś na temat arabskich dżinów?

– Chyba nie, ale pamiętam, że w Leksykonie Ezoterycznym coś czytałam na ten temat. Muszę sobie przypomnieć.

Osiemdziesiąt lat wcześniej Jakub przestał okrążać pomnik. Oderwał od niego dłoń. Blask jego ciała przygasał. Miał na sobie mundur. Pomnik był nowiutki, prosto spod igły, a na jego szczycie stała głowa cara zamiast postaci ludowego bohatera.

– Udało się – powiedział sam do siebie.

Popatrzył na zegarek elektroniczny od syna. Jedenaście godzin czasu.

– Ano trza się pospieszyć – mruknął.

Obok pomnika znajdował się urząd pocztowy i jednocześnie stacja kurierska. Stacja była reliktem poprzedniej epoki, czasów sprzed skonstruowania telegrafu optycznego. Tędy szła najkrótsza droga z Kijowa do Warszawy, czasami jeździli tędy carscy kurierzy i tylko dla nich utrzymywano jeszcze stary szlak. Egzorcysta wszedł na podwórko. Z kantoru wychylił się prowadzący stację Żyd.

– Czego pan sobie życzy? – zapytał.

– Konia – odparł Jakub w jidysz. – Muszę się dostać do Warszawy. Jak najszybciej.

Po chwili osiodłany koń stał przed nim. Wędrowycz zapłacił pięć rubli za start i pożyczył róg. Alkohol trochę go rozbierał, ale wskoczył na siodło i zdołał się na nim utrzymać.

– Hylaja! – wrzasnął i ścisnął konia piętami. Koń pomknął pustą polną drogą na Krasnystaw. Piętnaście kilometrów dalej Jakub spostrzegł szyld kolejnej stacji. Zagrał na rogu i nim dojechał do budynku, kolejny koń czekał osiodłany. Egzorcysta nawet nie dotknął nogą ziemi. Przeskoczył na konia i rzucił opiekunowi stacji monetę. Ten odprowadził zmęczone galopem zwierzę do stajni, a Jakub pędził już dalej.

– Rośnie. – Prezes popatrzył na poruszającą się na podłodze masę. – Trudno. Na tego hochsztaplera Wędrowycza nie możemy liczyć. Zresztą i tak nie dałby rady nam pomóc. Bałwan i naciągacz. Zafajdany alkoholik, podrywa tylko autorytet naszej profesji.

– To co robimy? – zapytał Józef.

– Może jeszcze raz wysadzimy ścianę. Może teraz pójdzie.

– A może spróbujemy przebić się przez podłogę do warsztatu – zaproponowała Małgorzata.

– To betonowa wylewka – zaoponował gospodarz. – Czterdzieści centymetrów grubości. I jeszcze zbrojenia.

– A sufit?

– Sufit jest cieńszy, ale jak tam się dostać?

Faktycznie, sufit był wysoko, a grubo tapicerowane meble nie dałyby odpowiedniej stabilności.

– Trudno, czekamy – powiedział prezes. – Jak się zmaterializuje do końca, to stanie się bardziej podatny na urazy. Podziurawimy go srebrnymi kulami. Może się uda.

– A co by zrobił Wędrowycz na naszym miejscu? – zagadnął biznesmen.

– Gówno by zrobił. On by się nawet nie zorientował, że coś tu jest. My się wprawiamy od lat, żeby odczuwać zmiany w aurze budynków. Szkolimy się w postrzeganiu ponadzmysłowym i czasami jesteśmy w stanie nawet obserwować złe astrale. A co może taki Wędrowycz? Odkopie co najwyżej trupa i wsadzi mu kołek w pierś. Gdyby znalazł prawdziwego wampira, toby się sfajdał ze strachu. A dostrzegać to może co najwyżej białe myszki i różowe słonie. Zresztą my mamy naukowe podejście. Robimy zdjęcia, pobieramy próbki ektoplazmy, spisujemy spostrzeżenia. Wie pan, że na sąsiednim domu siedzi astralna sowa?

– To dobrze czy źle?

– Najlepszy jest astral złocisty, sowa była trochę przydymiona. Ale nie jest zła. Raczej obojętna dla tamtego budynku.

– A tu jest coś astralnego?

– Nie, ale dom ma złą aurę. My to czujemy.

– A można się tego nauczyć?

– Tylko jeśli ma się naturalne predyspozycje. Ale gdy nadejdzie Era Wodnika, to będzie dużo łatwiej. Już teraz możliwości zwiększają się z roku na rok. Na przykład łatwiej jest patrzeć w przeszłość.

– I wszystko można tak zobaczyć?

– Nie, tylko jakieś detale związane z przedmiotem, który jest przewodnikiem.

– Pewnie kiedyś zbudują wehikuł czasu.

– Niemożliwe. Z fizycznego i logicznego punktu widzenia. To się nigdy nie uda, choć oczywiście pojawią się hochsztaplerzy w rodzaju Jakuba Wędrowycza, którzy będą twierdzili, a to że wzbudzili prąd elektryczny w podkowie podgrzewanej świeczką, a to że mają perpetuum mobile w garażu. Naciągaczy nie brak. Dlatego my staramy się o udokumentowanie każdego przypadku. Mamy listy z referencjami od czterdziestu osób, którym pomogliśmy. Pana też poprosimy o krótki opis naszych możliwości – tu spostrzegł, że troszkę się zagalopował. – O ile wyjdziemy z tego żywi – dodał.

Ciemności, droga widoczna w postaci jaśniejszej smugi na ziemi. Dobrze, że przyświeca księżyc. Kolejna stacja. Ręka namacała w kieszeni dno. Ile jeszcze do Warszawy? To już Otwock. Jakub zeskoczył z konia. Zapłacił ostatnią złotą pięciorublówką i oddał trąbkę. Popatrzył na zegarek. Jeszcze dwie godziny. Pociągnął łyk spirytusu. Dotknął zegarka i zaczął okręcać się w kółko. Po dziesiątym obrocie stał w ogródku jakiegoś domu. Pies czuwał. Wypadł z ciemności i skoczył na niego.

Jakub machnął w powietrzu pętlą z linki hamulcowej i po chwili psisko miotało się jak ryba złapana na wędkę. Egzorcysta zawirował jak bąk. Jego przeciwnik – skomląc – leciał w powietrzu jak na karuzeli, potem przestał skomleć. Jakub przelazł przez ogrodzenie i niosąc zdobycz pod pachą, wszedł na dworzec kolejowy. Zdjął pętlę, pomacał grzbiet i boki. Pies był nadzwyczajnie tłusty. Staruszek uśmiechnął się obleśnie, ale położył go na peronie. Trudno. Nie będzie przecież targał ze sobą kundla przez całe miasto. Zwierzę otworzyło oczy i zawarczało.

CYSTY-OSZUSTA
AM- ALE NIE

Jakub też zawarczał. Pies sprężył się do skoku. Chciał złapać przeciwnika za gardło.

– Nawet nie próbuj – powiedział egzorcysta.

Spróbował. Jakub kopnął go dziurawym gumofilcem w bok i pokazał linkę trzymaną w lewej dłoni. Na stację wjechał pociąg. Po chwili zwierzę zostało samo. Chyba ucieszył je taki obrót sprawy.

Materializacja dobiegała końca. Niespodziewanie ktoś od zewnątrz nacisnął klamkę. Drzwi otworzyły się, a po chwili zatrzasnęły. Jakub Wędrowycz wszedł do pokoju. Ubrany był w czarną esesmańską kurtkę mundurową, zszarganą do nieprzyzwoitości, na nogach miał spodnie od ortalionowego dresu i rozpadające się gumofilce z wywiniętą cholewą, cerowane tu i ówdzie drutem.

– Co jest? – zdenerwował się, szarpiąc za klamkę.

Dywan ugryzł go w rękę, po czym sczerniał i opadł na podłogę. Stężenie alkoholu we krwi Wędrowycza było zbyt silne. Jakub zrobił krok do przodu i potknął się o materializujące się na podłodze coś.

– O karwia! – zaklął, wlepiając arabskiemu demonowi kilka kopów kaloszem. – Żebyś mi więcej nóg nie podstawiał – pogroził.

Podszedł do grupki skulonej pod ścianą.

– A wy co? Ocipieli?

– Pan Wędrowycz? – zapytał ostrożnie prezes.

– A kto inny? Wy dzwonili po pomoc telepat... no tym, tego?

Od gościa ziało wonią piwa, stęchlizny, dawno niepranych skarpetek i zagonionego konia.

– Hmm... Bardzo nam miło. Nie tyle może dzwoniliśmy, co... Może mógłby nam pan pomóc?

– A w czym?

Dziewczyna wskazała na widmo.

– To? – w głosie Wędrowycza odbiło się rozczarowanie i miażdżąca pogarda. – I wy nie możecie tego załatwić?

– Gdyby pan mógł pomóc... – nieśmiało wtrącił gospodarz.

– Ty tu szef?

– Nie, właściciel.

– Pół litra się znajdzie?

– Tak.

Jakub podszedł do dżina. Kopnął go raz jeszcze. Kalosz zadymił.

– Swego czasu kumpel poprosił mnie o pomoc w załatwieniu czegoś takiego, co mu się zagnieździło w bimbrowni – powiedział i wyciągnął z kieszeni flaszkę z resztą spirytusu. – Oczywiście przyjechałem do niego. Można prosić zapalniczkę? Dziękuję. A więc wleźliśmy do piwnicy i pojawiło się takie sukinsyństwo. Wypisz, wymaluj takie jak to. – Polał stwora spirytusem. – Łaziło i łaziło, a potem ja podpaliłem go zapalniczką, o tak.

Przypalił demona. Rozległ się skowyt, a po chwili na podłodze została tylko kupka popiołu. Dywan zalepiający okna i drzwi opadł na ziemię, życie opuściło go całkowicie. Egzorcyści zebrali sprzęt i natychmiast zwiali. Drzwi na dole trzasnęły.

– Partacze – rzucił za nimi Jakub. – Cholera, co za ciemnota, żeby nie wiedzieć, że ektoplazma się pali. Moje pół litra?

Paweł mechanicznym krokiem podszedł do barku i podał mu litrową butelkę Johnie Walkera. Jakub popatrzył nieufnie na żółtą zawartość.

– Musi co kiepsko destylowana – zauważył.

– Ile się należy? – Właściciel wyjął z kieszeni portfel.

– Czterdzieści rubli złotem. Jazda konno za cara była droga.

Gospodarzowi wypowiedź wydała się nie na temat, ale nie skomentował.

– Co się stało z tym duchem u pańskiego przyjaciela?

– Też się zhajcował, ale od niego zajęła się cysterna z osiemdziesięcioprocentowym bimbrem. Nu i chałupa wyleciała w powietrze.

A jakbyś jeszcze kiedyś potrzebował egzorcysty – puścił oko do dziewczyny, która wyjrzała ze ściany i przyglądała mu się z wyraźnym obrzydzeniem – to sprowadź sobie fachowca. Tylu się tych hochsztaplerów namnożyło...

Rewizja

Gwałtowne walenie do drzwi wyrwało Jakuba Wędrowycza ze snu. Otworzył leniwie oko i popatrzył na fosforyzujące w ciemności wskazówki budzika. Jakub nigdy nie przywiązywał wagi do tego, o której godzinie się obudzi, zegar był prezentem od syna.

– Mała wskazówka na czwartej, duża wskazówka na dwunastej – wymruczał egzorcysta. – Znaczy czterdzieści minut po północy. Kogo niesie o tej porze?

Łomot do drzwi nie ustawał.

– To na pewno gliny – wydedukował staruszek. Wygrzebał się spod pierzyny, przygładził włosy kawałkiem skórki od boczku, strzepnął okruchy słomy z waciaka. – Kto tam? – zapytał.

– Policja! – poznał głos Birskiego. – Otwierać w imieniu prawa!

– Diabli nadali – mruknął Jakub. Sięgnął ręką za łóżko i pociągnął sporą drewnianą wajchę do siebie. Włączył radio, nastawił je prawie na cały regulator, po czym poczłapał do drzwi. – A nakaz macie? – zapytał.

– Podpisany przez prokuratora – oświadczył Birski z dumą. – No otwieraj, bo wywalimy drzwi.

– Naciśnij na klamkę, imbecylu, to same się otworzą – powiedział Jakub i nalał sobie szklankę serwatki z kanki stojącej pod oknem, bo coś go paliło pragnienie. Gliniarze sforsowali pozbawione zamka drzwi. Było ich ośmiu.

– Ścisła rewizja – zarządził Birski.

– Nakaz – rzekł Jakub, wyciągając dłoń.

Posterunkowy podał mu papier. Jednocześnie ktoś zapalił światło. Jakub wpatrzył się w równe rządki literek, ale jakoś nie mógł ich poskładać w wyrazy.

– Trzymasz do góry nogami – poinformował go życzliwie gliniarz.

– Sam przeczytaj – zezłościł się egzorcysta i oddał mu papier.

– Jesteś oskarżony o produkcję bimbru – wyjaśnił Birski. – Mamy nakaz rewizji i aresztowania w zależności od wyników.

Radio wydzierało się na całego, a siedmiu gliniarzy buszowało po chałupie. Po jakichś dziesięciu minutach jeden z nich podszedł do komendanta.

– Ani kropli.

– Jak to ani kropli? – zdziwił się Birski. – Co ty, Jakub, zostałeś abstynentem?

– Tak – wyjaśnił z godnością bimbrownik. – A co, nie wolno?

– Musi tu być chociaż parę butelek – posterunkowy wydał dyspozycje podwładnym. – W donosie pisali, że wczoraj przepuścił przez destylarkę pięć stulitrowych beczek zacieru.

Jakub zanotował sobie w pamięci, że znowu ktoś napisał na niego donos. Birski stał i nasłuchiwał.

– Uciszcie się – zarządził.

Gliniarze przerwali opukiwanie ścian i rozbieranie pieca.

– Wyłącz któryś to przeklęte radio!

Radio zostało wyłączone. W ciszy nocy wszyscy usłyszeli dziwne bulgotanie.

– Co to jest? – zapytał Birski Jakuba.

Wędrowycz wzruszył ramionami.

– Dobiega spod podłogi – powiedział Rowicki, przykładając ucho do glinianego klepiska.

– Jakubowski, skocz do radiowozu po kilofy.

– Czy to nie lekka przesada? – zaniepokoił się Jakub.

– Zamknij się. Jeśli będzie trzeba, rozbierzemy tę chałupę belka po belce.

– A kto wam rączki rozbuja?

Wrócił Jakubowski. Przyniósł cztery kilofy. Niebawem w podłodze ziała spora dziura. Odgłos bulgotania ucichł.

– Deski – zameldował z dziury Rowicki. – Coś jakby strop piwnicy.

– Rozwalić!

Rozwalili.

– Pod deskami jest cysterna wykładana kafelkami – raportował aspirant. – Pojemność jakieś trzysta litrów. Czuć tu spirytusem, ale jest sucha. Cała zawartość spłynęła taką dziurą w dnie gdzieś niżej.

Jakub wyszedł przed dom. Odetchnął głęboko chłodnym nocnym powietrzem. Słyszał, jak w środku domu wścieka się Birski.

– Rozwalcie to betonowe dno i kopcie dalej, za kanałem. Założę się, że ma pod spodem drugą cysternę! O, nawet widać, tu jest zatyczka, a sznurek idzie do dźwigni za łóżkiem. Musiał spuścić bimber, gdy tylko zaczęliśmy walić do drzwi.

Wyszedł i stanął obok Jakuba. Zapalił papierosa.

– No to znowu trzy lata odsiadki – powiedział z mściwą satysfakcją.

– Za co? – zdziwił się Jakub.

– Za bimber. Taka cysterna...

– Za sam zapach bimbru w piwnicy nie macie szans mnie posadzić.

– Zdobędziemy i dowody. Dokopiemy się do drugiej cysterny. Lepiej się napij na zapas, bo przez następne trzy lata...

Jakub wzruszył ramionami.

– Zaskarżę was o bezprawne wtargnięcie. O dewastację domu. A drugiej cysterny nie ma. To spust awaryjny. Nigdy tego nie znajdziecie.

– Ty nas zaskarżysz? – zdziwił się Birski.

Zaciągnął się jeszcze raz, a potem pstryknięciem wyekspediował tlącego się peta w ciemność.

– Uważaj! – wrzasnął Jakub, ale już było za późno. Niedopałek wpadł do studni.

Ogłuszająca eksplozja poderwała na równe nogi mieszkańców trzech okolicznych wsi. Studnia na podwórzu Jakuba zionęła trzydziestometrowej wysokości błękitnym płomieniem i upodobniła się do płonącego szybu naftowego w Kuwejcie. Gliniarze wysypali się z chałupy.

– Kapitanie, co pan zrobił? – zawył Rowicki.

Birski, ogłuszony eksplozją, leżał na ziemi i wpatrywał się w niebo.

– Ponieważ wasz szef właśnie spalił dowody rzeczowe – powiedział Jakub znużonym głosem – może byście sobie tak już poszli. Siać rano będę, wyspać się trzeba.

Studnia dogasała.

Świńska rebelia

Kropla wybielacza Ace wpadła do flaszki z denaturatem. Jakub Wędrowycz popatrzył w zadumie na zachodzące w butelce procesy i uśmiechnąwszy się promiennie, wpuścił kroplomierzem jeszcze jedną porcję. Fioletowy barwnik powolutku znikał. Usta egzorcysty wykrzywiły się w triumfalnym uśmiechu.

Ból przyszedł nagle. Jakub jęknął i kopnął konwulsyjnie, trafiając w wiadro z karmą dla świń, a ono odbiło się od podłogi i potoczyło, rozlewając zawartość. W chwilę później on sam uderzył o klepisko, aż dom zadrżał. Walcząc rozpaczliwie z ogarniającym go bezwładem, zdołał założyć blokadę mentalną. Zrobił to w ostatniej chwili, bo nastąpiło kolejne uderzenie. Słoiki i gliniane garnki stojące na szafce rozprysły się w pył. Jednocześnie wyleciały szyby w oknach, a żarówka wisząca pod sufitem zapaliła się bez niczyjej pomocy i po chwili także rozpadła na kawałki. Ogień pod płytą wygasł. Samego Jakuba obróciło kilkakrotnie wokół jego osi, po czym wyrzuciło przed dom, na skróty przez ścianę. Na szczęście w tym miejscu belki były trochę przegniłe.

Zetknięcie z pylistą powierzchnią podwórza było średnio przyjemne. Egzorcysta amator znieruchomiał i udawał nieżywego. Miał nadzieję, że wróg, niezależnie, kim jest, zostawi go teraz w spokoju. Niespodziewanie poczuł, jak czyjaś myśl wciska mu się do mózgu. Wróg istotnie sprawdzał, czy jeszcze żyje. Jakub uśmiechnął się lekko, wiedział już, co zrobi. Umieścił sobie zegarek w zasięgu wzroku, po czym wyłączył myśli. Wyłączania mózgu nauczył się kiedyś w knajpie po kilkunastu głębszych i teraz ta umiejętność mu się przydała. Myśl wroga wtargnęła do środka jego ciała. Zbadała uszkodzenie, a potem skontrolowała stan mózgu.

Mózg nie pracował. Uspokojony nieprzyjaciel wycofał się. Wskazówka zegarka dotknęła dwunastki. Punkt szósta rano. Myśli Jakuba włączyły się samoczynnie. Nie lubił telepatii i innych takich nowomodnych sztuczek, ale jak musiał, to potrafił. Założył nową blokadę, po czym zbadał stan swojego ciała. Pomijając drobne otarcia i stłuczenie, było dokładnie tak zdewastowane jak zwykle. Wróg, grzebiąc w jego umyśle, zostawił ślad.

Przejście było nadal aktywne i właśnie nim Jakub puścił kontrę złożoną z najbrudniejszych myśli, jakie tylko przyszły mu do głowy. Następnie chytrze zerwał połączenie między umysłami. Wstał i otrzepał się z wszelakiego śmiecia, które przywarło do niego na podwórku, po czym zadowolony z siebie podreptał do kuchni. Eksperyment naukowy nie wyszedł, bo butelkę z denaturatem rozerwało na kawałki. Troszkę go to zmartwiło, ale miał jeszcze odrobinę wybielacza, a z „jagodzianką na kościach" nie było problemu, można ją było nabyć w każdym z okolicznych sklepików.

Zza pieca wyciągnął nowiutką, nigdy jeszcze nieużywaną szufelkę do śmieci, (podarował mu ją syn, ale staruszek nie bardzo wiedział, jak się tego używa, i na wszelki wypadek nie używał), po czym za jej pomocą pozgarniał do wiadra rozchlapaną karmę. Chcieli go zabić czy nie chcieli, zwierzaki trzeba było nakarmić.

Dochodził właśnie do chlewika, gdy dosięgnął go trzeci strzał. Upuścił wiadro i znowu zawartość wylała się na ziemię, po czym wyprowadził potężne kontruderzenie. Tym razem był gotowy. Dwie moce o zbliżonym potencjale starły się nad wsią.

Dla postronnego obserwatora to, co się działo, musiało wyglądać jak potop, pożar i huragan jednocześnie. Wreszcie wróg się wycofał. Tym razem musiał zdrowo oberwać. Jakub poszedł po szufelkę i raz jeszcze pozgarniał świńskie żarcie do wiadra.

We wsi ludzie zaczęli ostrożnie wychodzić z ruin swoich domostw. Kilkunastosekundowe wyładowanie mocy przepaliło wszystkie korki, pozrywało dachy i wybiło szyby. Stare chałupy poprzekrzywiały się, nowe murowańce stały gołe, pozbawione całkowicie tynku. Liście drzew zalegały ziemię, a powalone płoty niczego już nie ogradzały. Mieszkańcy, jak zwykle gdy działo się coś dziwnego, podnieśli oczy na stojące na wzgórzu domostwo Wędrowycza.

Wśród powszechnego zniszczenia jego chałupa i okalające ją budynki stały sobie wesoło, bielejąc, no, prawie bielejąc, w słońcu. Nietknięte. Ale tak to już w życiu bywa. Przypadki chodzą po ludziach, jednego rozdepczą, a drugiego nie.

Jakub z wiadrem wszedł do chlewu. Pierwotnie budynek ten pełnił funkcję rupieciarni. Gospodarz naściągał tu wszelkiego możliwego szmelcu w rodzaju starych telewizorów, pralek, części różnych maszyn i innego badziewia pozyskanego z gminnego wysypiska śmieci. W wolnych chwilach w przypływie dobrego humoru zamykał się w środku z kilkoma flaszkami i aż do rana w świetle lampy naftowej zgłębiał zasady działania współczesnej techniki.

W kącie szopy zbudował kojec, w którym przybierały stopniowo na wadze jego dwa prosiaki: Mielony i Schabowy. Jakub sam wymyślił im te imiona i był z siebie bardzo dumny.

Podszedł, jak zwykle, do barierki kojca i przechylił wiadro, celując do koryta. A potem stało się coś tak zaskakującego, że po raz trzeci upuścił kubeł. Schabowy przemówił do niego ludzkim głosem:

– Słuchaj no, Wędrowycz, musimy sobie ustalić pewne zasady.

Oczywiście zdarzało się czasami, zazwyczaj gdy był bardzo pijany, że słyszał głosy zwierząt, ale zdawał sobie prawie zawsze sprawę z tego, że to tylko urojenie. Tym razem był trzeźwy jak niemowlę i nawet nie miał kaca, a to działo się naprawdę.

– Czego chcesz, świnio? – zapytał.

Postarał się, żeby to „świnio" zabrzmiało odpowiednio pogardliwie, i chyba nawet mu się udało.

– Mamy pewne uwagi natury formalnej – powiedział Mielony. – Musimy to przedyskutować.

Jakub nie lubił dyskutować, a zwłaszcza z trzodą chlewną. Zastanawiał się przez chwilę.

– Czego? – zagadnął prawie uprzejmie.

– No cóż – stwierdził Mielony – nie odpowiadają nam ogólne warunki bytowania i wyżywienie.

– Do tego ciekawi jesteśmy, dlaczego nosimy takie dziwne imiona – rąbał słowo po słowie Schabowy.

– A za bezprawne wykastrowanie nas przed trzema miesiącami chcemy uzyskać zadośćuczynienie. Finansowe.

– O kurde – jęknął Jakub, po czym chyłkiem wybiegł z chlewika i zatrzasnąwszy drzwi, podparł je kołkiem.

– Diabli nadali – powiedział sam do siebie. – Zachciało mi się na stare lata hodowlę zakładać.

Była środa. Dzień targu. Od siedemdziesięciu lat, nie opuszczając ani jednego tygodnia, spędzał ten dzień w knajpie.

Jakub Wędrowycz idzie przez zrujnowaną wieś. Ludzie schodzą mu z oczu. Domy to tylko cegły i drewno, a życie ma się jedno. Każdy, kryjąc się w zgliszczach chałupy, robi rachunek sumienia. Jakub nigdy nikogo nie zaatakował pierwszy. Musiał być jakiś powód.

Egzorcysta potknął się o kawał belki leżącej w poprzek drogi. Wstrząs wyrwał go z zamyślenia. Rozejrzał się wokoło, spostrzegł uszkodzone chałupy.

– O cholera, trzęsienie ziemi przegapiłem? – zdziwił się.

Już świtało, gdy przyczłapał z powrotem. Był zalany bardziej niż w trupa, ale przed uwaleniem się spać pomyślał sobie, że przecież w sumie nieważne, czy świnie mówią czy nie, ale nakarmić je na noc trzeba. Wziął do ręki wiadro, nawrzucał do niego różnych różności i zaniósł do chlewa. Otworzył drzwi i zmrużył oczy porażone nagłym blaskiem. Cicho warczał spalinowy agregat. Żarówka u powały oświetlała Mielonego, który trzymając w racicy ołówek, szkicował na pobielonej ścianie jakiś skomplikowany rysunek techniczny.

– A, Jakub! – ucieszył się prosiak. – Mógłbyś nam odpalić tak z pół litra benzynki? Jakoś się odwdzięczymy.

Egzorcysta zawsze lubił pomagać znajomym, więc poszedł do drugiej szopy, gdzie oparty o ścianę drzemał jego motocykl. Ponieważ Jakub nie wiedział, jak przynieść benzynę, nie wylewając jej z baku, przetoczył go w całości do chlewa.

– Sami sobie spuścicie – powiedział.

– Silnik o dużej mocy – pokiwał głową Schabowy. – Zbudujemy samo...

– Ci – uciszył go drugi tucznik. – Później...

– Czego jeszcze wam potrzeba? – zagadnął Jakub. – Bo idę już spać.

– Nic, nic, śpij sobie – uspokoiła go trzoda.

I poszedł spać. Obudził się w środku nocy i przypomniał sobie jak przez mgłę, że na targu widział kobietę, która kupowała kurczęta. Same czarne.

– Czary – mruknął.

Zwlókł się z łóżka i podreptał do kuchni. Do dużego emaliowanego garnka wrzucił garść suszonych muchomorów sromotnikowych, dodał koński pączek i kilka własnych włosów, następnie zagotował to wszystko i wyszedłszy przed dom, sporządzonym wywarem wymalował wielki, dziwny znak na ziemi.

– Mełgełe – rzucił w przestrzeń i złożył palce w odpowiedni sposób.

W promieniu czterdziestu kilometrów do rana padły wszystkie czarne kury.

Jakub wyszedł przed chałupę i przeciągnął się. Uniósł ku wschodzącemu słońcu butelkę z denaturatem. Barwnik wytrącił się na dno. Przytknął ją do nosa. Zapach nie zmienił się jakoś specjalnie, a nawet jakby obrzydliwość jego wzrosła.

– To by było na tyle – mruknął, odstawiając flaszkę na kamień koło schodów. I wtedy ją zobaczył. Kobieta z targu stała przed nim.

– Nu, czego? – zagadnął.

– Pan Jakub Wędrowycz? – spytała.

– A któż by inny?

– Chcę się tu osiedlić.

Jakub usiadł na schodkach i ścisnął głowę dłońmi. W zasadzie to sprawami meldunkowymi zajmowali się gliniarze z posterunku w Wojsławicach, ale był pewien wyjątek.

– A czym się pani zajmuje? – zapytał uprzejmie.

– Potrzebuję miejsca, gdzie mogłabym się uczyć. – Zmaterializowała z powietrza niedużą kulę ognia.

– Ach. Miło. Najpierw usiłuje mnie pani zabić...

– Nie zabić, tylko podporządkować.

– To się nie uda. Nie znalazł się jeszcze nikt, kto byłby ode mnie silniejszy.

– Nie ma tu kolizji interesów. W tej gminie nie ma czarownika. Nie ma też znachora.

Jakub skrzywił się.

– Gdzieś dzwoniło, tylko nie wiadomo, w jakim kościele – powiedział w zadumie. – Struktura jest inna. Po pierwsze nie liczy się obecny podział administracyjny kraju. My, ludzie obdarzeni, stosujemy sieć parafialną. I w danej parafii może być tylko jeden. Jeden obdarzony. Nie ma znaczenia, że nie ma tu nikogo poza mną. Ja jestem, a tym samym brak wolnych miejsc.

Oczy nieznajomej zwęziły się w szparki.

– A znachorka z Grabowieckiej? Ona umarła, ale tyle lat żyła tu pod twoim bokiem.

Egzorcysta skrzywił się.

– Była moją daleką krewną. W rodzinie pewne rzeczy załatwia się inaczej. Poza tym ona nie dysponowała mocą.

– Ty też nie dysponujesz.

– Najpierw zajrzyj do swoich kurczaków, a potem pogadamy, kto czego nie ma.

Zamknęła oczy i skoncentrowała się. Jej astral opuścił ciało i poleciał gdzieś na północny wschód. Do Wojsławic. Po chwili otworzyła oczy.

– Cofam to, co powiedziałam. Masz moc.

– Dobra. Teraz sobie idź.

– Ja nie zrezygnuję. Jedno z nas pozostanie na tej ziemi, a drugie w niej.

– Niech będzie i tak – odparł Jakub. – Nigdy jeszcze nie zabiłem kobiety, ale jeśli trzeba, to chyba mogę spróbować.

Wykonała gest ręką w powietrzu i zniknęła. Coś nieśmiało zabrzęczało mu pod czaszką. Nie był to tym razem atak. Tylko informacja.

Zajrzyj do chlewika.

Poskrobał się po głowie i poszedł. Zaraz za drzwiami czatował jakiś taki człekopodobny sukinsyn zmajstrowany z różnych takich tam elektronicznych gówien. Jakub przyładował mu kopa gumofilcem i robot wywalił się jak długi. Jeden prosiak siedział w fotelu i coś stukał w klawisze komputera, a drugi bebeszył stary telewizor. Stosik części leżał obok na stole.

– Czego? – zagadnął ten od komputera. – Proszę się umówić na wizytę. Nie widzi, że pracujemy?

– Przepraszam – wymamrotał Jakub.

Postawił robota na nogi i wycofał się speszony. Usiadł na progu domu i ścisnął głowę rękami. Folwark Zwierzęcy, psiakrew.

Wypił łyczek odbarwionego denaturatu i poprawił zaraz swoim bimbrem. W głowie mu szumiało. Ale trzeba było walczyć. Zastanawiał się przez chwilę, a potem wszedł do chałupy.

Kiedyś, dawno temu, podczas okupacji, usłyszał taką historię. Do domu jego kumpla przyszło dwóch wermachtowców i zażądało wiadra gorącej wody. Zagrzał im takie na piecu. Gdy woda się zagotowała, jeden z Niemców wsypał do niej garść dziwnego proszku i wiadro wody zamieniło się w wiadro wódki. Niemcy zabrali je i poszli. Jakub pytał o to wielu ludzi, niektórzy byli nawet uczeni, i wszyscy zgodnie twierdzili, że to niemożliwe. Nie zraził się tym. Nakupił różnych odczynników chemicznych i spróbował samemu sporządzić cudowny proszek. Męczył się pięć lat i nie zdołał tego dokonać. Ale przy okazji odkrył coś ciekawego. I tego właśnie potrzebował teraz.

Z szafki wydobył słój szarego pyłu. Pył wyglądał podejrzanie i miał obrzydliwy zapach. Z szafy wyciągnął garnitur i lakierowane półbuty. Z torby papierowej olśniewająco białe skarpetki. Westchnął ciężko jak zawsze, gdy musiał postąpić wbrew swoim zasadom. Umył się, przezwyciężając swój wstręt do wody i mydła (zawsze sądził, że mydło produkowane jest ze zdechłych krów). Wyszczotkował włosy i na swój codzienny strój naciągnął garnitur. Następnie stanął przed zamglonym lustrem, nabrał stołową łyżką proszku ze słoika i wsypawszy do gęby, zalał zaraz bimbrem.

Stał i czekał. To nadchodziło. Niespodziewanie zatoczył się. Przez jego ciało przelatywały skurcze. Gdy wreszcie zmusił się, by spojrzeć w lustro, był już kim innym.

Tomasz Ochyd strzepnął niewidoczne pyłki z garnituru. Założył tkwiące w kieszeni druciane okulary. Spojrzał na trzymaną w wąskiej, wypielęgnowanej dłoni flaszkę i z wyrazem głębokiego obrzydzenia odstawił ją na szafkę. Poprawił węzeł krawata.

– Nareszcie – mruknął sam do siebie. – Nareszcie wolny.

6
KRA
HOrror na targu

Otworzył w zamyśleniu radziecką lodówkę rzężącą w kącie. W lodówce tkwiła wbita na sztorc półtusza z wilczura. Wybiegł na zewnątrz i porzygał się. Wypłukał twarz w rudej wodzie, leniwie kapiącej z kranu. Żaden z ręczników nie nadawał się do użytku. Wytarł się wiszącą w szafie szmatą, którą jego drugie wcielenie uważało za odświętną koszulę.

– Dobra – powiedział. – Po pierwsze do Chełma po lewe papiery. Potem słoik z dolarami i hajda na ziemie odzyskane albo przez góry do RFN. Życia dużo nie zostało, ale może jeszcze zdążę dochrapać się magistra.

Przypomniał sobie poprzedni raz, przed trzydziestu laty. Dlaczego wówczas musiał ustąpić? Nie mógł sobie przypomnieć.

– Ochyd, ty sukinsynu! – rozległo się pod jego czaszką. – Nie myśl tyle, tylko do roboty.

Rozpoznał głos Jakuba Wędrowycza.

– Wała – powiedział głośno i z przekonaniem.

Rysy twarzy wykrzywiły mu się w nieoczekiwanej męce. Umysł Jakuba opanowywał niepokorne ciało. Po chwili wstał i ruszył sztywno do Wojsławic. Szedł jak zombie, nie myślał o niczym. Godzinę później dotarł do wsi. Jakub, siedzący wewnątrz, przełączył mózg na postrzeganie ponadzmysłowe. Czarownica pozostawiała za sobą wyraźny ślad. Dogonił ją na targu, gdzie bezskutecznie szukała czarnych kurcząt. Poczuła jego myśl i odwróciła się gwałtownie. Rozglądała się przez dłuższą chwilę zdezorientowana. Jakuba Wędrowycza nigdzie nie było. Uspokojona odwróciła się do sprzedawcy.

Wówczas Ochyd wyciągnął spod garnituru maczetę i jednym płynnym ruchem odciął jej głowę. Ludziska zawyli ze zgrozy. Gdzieś od strony budki z piwem błysnął flesz. Ochyd rzucił się do ucieczki, wymachując zakrwawioną maczetą. Wpadł w gęste krzaki porastające brzegi rzeczki i zniknął.

W chwilę później uzbrojona w co popadnie wataha wdarła się w gąszcz. Na brzegu rzeczki moczył nogi Jakub Wędrowycz.

– Co się stało? – zagadnął uprzejmie.

Woń denaturatu niosła się wokoło.

– Widziałeś tego faceta? – zawył ktoś.

– Tam pobiegł. – Jakub machnął ręką w kierunku krzaków po drugiej stronie.

Tłum, wyjąc, zaczął się przeprawiać. Egzorcysta uśmiechnął się leciutko. Garnitur leżący na dnie został z całą pewnością wdeptany w muł. A nawet jeśli nie, nie miało to najmniejszego znaczenia.

Powróciwszy do domu, ruszył prosto do chlewika. Spodziewał się, że po usunięciu czarownicy wszystko wróci do normy, ale najwyraźniej nie wróciło. Oba prosiaki kończyły właśnie budować coś w rodzaju samolotu odrzutowego.

– Wybieracie się gdzieś? – zagadnął złośliwie.

– Tak – odparł Mielony. – Zamierzamy wyemigrować do Zjednoczonych Emiratów Arabskich. Tam nie jada się wieprzowiny.

– A ja co będę jadł, ha?

– Dla pana, panie Wędrowycz, zbudowaliśmy syntetyzator żywności – odezwał się przymilnie Schabowy. –

To ta maszyna w kącie. Wystarczy wsypać piasku i dolać wody, a ona zrobi, co tylko pan sobie życzy.

Jakub popatrzył nieufnie na dwa rzędy przycisków, pokrętła i mrugające kolorowo lampki. Przypomniał sobie, jak dawno temu usiłował zrozumieć zasady działania pralki „Frania".

– To zbyt skomplikowane jak dla mnie – powiedział.

– Nauczymy pana...

– Ech, nie.

W jego dłoni błysnął rewolwer. Szopa była mała, a robot nie działał. Sąsiedzi usłyszeli dwa strzały i ukryli się pod łóżkami. Przez następny miesiąc Jakub jadł wyłącznie kotlety. Na przemian schabowe i mielone.

Implant

Siedzieli przy stole w gospodzie w Wojsławicach. Jakub Wędrowycz oraz pułkownik radzieckich wojsk MSW, który przypadkiem zaplątał się do tej dziury, wracając z wizytacji garnizonu w NRD. Na stole stały butelki. Butelki były po winie, piwie i spirytusie. Obaj siedzący toczyli pojedynek. Pojedynek polegał na tym, kto więcej wypije.

Dwaj sekundanci Jakuba i dwaj sekundanci Ruska leżeli pod stołami nieprzytomni. Jak to przy pojedynku. Tłumek wokoło, złożony z kumpli Wędrowycza i podkomendnych Rosjanina, zawierał zakłady. Koło północy pułkownik przerwał opróżnianie nie wiadomo której szklanki.

– Słuchaj, Lasze – powiedział. – Piłeś ty kiedyś po schodach?

– Jak to się robi? – zaciekawił się Jakub.

– Na każdym stopniu stawia się kieliszek i sprawdza, kto wyżej wejdzie.

– Dobra – zgodził się egzorcysta. – Tak skończymy zawody.

Kumplom nie trzeba było tego dwa razy powtarzać. Lokal opustoszał błyskawicznie. Przez niewielki park przeszli do starej cerkiewnej dzwonnicy. Na parterze dzwonnicy urządzony był przystanek pekaesu, część, w której znajdowały się schody prowadzące na górę, zamknięto. Ukręcenie kłódki było kwestią chwili. Naszykowano ukradzione z gospody kieliszki. Specjalna mieszana komisja napełniła je wódką.

– Tylko jak spadniemy i stanie nam się jakaś krzywda, to pamiętajcie, żeby nie chować tego bolszewika obok mnie – zapowiedział Jakub swoim nowym sekundantom.

Ruszyli. Schody były strome, a oni mieli w sobie już po kilka litrów. Ruski po przebyciu dwu kondygnacji położył się na podeście i zapadł w sen. Jakub był już na tyle zalany, że nawet tego nie zauważył. Wdrapywał się coraz wyżej i wyżej. Wreszcie zatrzymał się wysoko, tam gdzie kiedyś wisiał cerkiewny dzwon, zakopany obecnie na austriackim cmentarzu. Wypił swój ostatni kieliszek i wyjrzał przez wąskie okienko.

Miasteczko spało. Czekał przez chwilę na Ruskiego, ale widząc, że nie nadchodzi, ruszył na dół, wypijając po drodze jego kieliszki. Gdy osiągnął poziom ziemi, był już tak pijany, że poruszać się mógł jedynie na czworaka. Jego sekundantów już nie było. Kawałek dalej starali się przywrócić pułkownika do życia. Niezbyt im to wychodziło. Jakub zaszczekał do księżyca i ruszył na czworaka do swojej chałupy na Starym Majdanie, oddalonej o, bagatela, osiem kilometrów.

Kierował nim instynkt naprowadzający go na jego małą bimbrownię jak gołębia pocztowego do domu. Ciało szło posłusznie, podczas gdy umysł roztrząsał niezwykle skomplikowane problemy akcyzy i państwowego monopolu na alkohol.

Wysoko na wzgórzach przystanął, aby odpocząć. Lodowaty wiatr przywrócił mu na chwilę świadomość. Stwierdził, że oblazły go małe, złośliwe pieski. Pieski były białe i coś śpiewały. Tarzał się przez dłuższą chwilę po ziemi, starając się ich pozbyć. Nic z tego. Trzymały się fest. Wobec niepowodzenia zapatrzył się w gwiazdy, usiłując wśród nich odnaleźć drogę do domu. Z chwilą gdy jako tako doszedł do siebie, instynkt naprowadzający wygasł.

Jedna z gwiazd zaczęła spadać. Robiła się coraz większa i większa, aż opadła gdzieś w okolicy Starego Majdanu. Jakub wyrzucił z żołądka część zawartej w nim cieczy i chwiejnie wstawszy na nogi, ruszył w tamtą stronę. Gwiazda, jak się okazało, spadła całkiem blisko. Leżała w niewielkim zagłębieniu terenu i połyskiwała. Jak się z bliska przekonał, nie była pięcioramienna, ale okrągła. Poszedł w jej stronę, a ona okazała się być bliżej i tryknął w nią twarzą. Osunął się i dobywszy z kieszeni kozik, zaczął ją delikatnie skrobać. Wydawało mu się, że metal, z którego była wykonana, to srebro. Widać jednak gwiazdy są bardzo twarde, bo w ogóle nie dawało się jej zarysować.

A potem otworzyły się z boku gwiazdy drzwi i wyszli gwiezdni ludzie. Czegoś takiego Jakub nie przewidział. Obserwował ich przez chwilę. Byli mali, zieloni i mieli po trzy nogi. Zdjął z siebie kilka piesków i poszczuł ich, ale pieski nie chciały go słuchać. Potem padł jak długi, ale nie na ziemię, tylko w powietrze. I zapadł w sen.

Sześciu kosmitów pochyliło się nad nieprzytomnym ciałem ziemianina. Dowódca uruchomił skomplikowaną aparaturę diagnostyczną.

– Bracie dowódco – odezwał się jeden z oficerów – nie jestem pewien, czy jest to odpowiedni obiekt dla naszego eksperymentu.

– Znajduje się w stanie dalekim od przytomności, ale to o niczym nie świadczy. Jak wynika z danych zebranych przez misje etnograficzne, tubylcy raz w miesiącu obchodzą hucznie święto nazywane przez nich wypłatą. Z reguły wówczas piją specyfik wywołujący u nich ostre zaburzenia czynności życiowych.

– Hmm, to niebezpieczne dla ich białkowych organizmów?

– Tak, zdarzają się przypadki śmiertelne. Nasi etnografowie sądzą, że w ten sposób te istoty usiłują się skontaktować z wyższymi siłami. Nadzieja na pełen kontakt jest tak silna, że gotowi są przyjąć na siebie ryzyko. Dokonamy teraz próby odczytania zasobów jego pamięci.

Specjalna pięciowymiarowa sonda zagłębiła się w mózgu Jakuba.

– Wyniki testów? – zapytał.

– Tak, bracie dowódco. Oto one. – Technik podał mu kilka arkuszy złotej folii. Dowódca wczytał się w ich treść.

OZRYWKA
NA
11
ANDRZEJ BĄSKI

– Stężenie alkoholu we krwi dwanaście promili – stwierdził. – To trzy razy więcej, niż wynosił rekord zanotowany przez grupę etnograficzną działającą w Rosji.

– Ba, nastąpiła już częściowa denaturacja białka.

– Przeżyje?

– W jego umyśle znaleźliśmy ślady kilku podobnych stanów. Prawdopodobnie tak. Ponadto mamy ciekawe wyniki pomiarów jego inteligencji.

– Tak?

– Sprawność umysłu sto siedemdziesiąt jednostek przy normie sto czterdzieści. Pamięć sto dwadzieścia jednostek przy normie osiemdziesiąt. Zdolności kojarzenia faktów sto dwadzieścia przy normie osiemdziesiąt.

– Przyjęte. Referuj dalej.

– Agresywność dwieście przy normie pięćdziesiąt. Nastawienie do kontaktów z przybyszami z kosmosu zerowe. Nigdy o nas nie słyszał.

– To jakaś bzdura. Przecież każdy chyba słyszał.

– Widocznie on nie. Co robimy?

– Założymy mu implant do mózgu. Z jednej strony będzie go trochę hamował w niszczeniu swojego organizmu, z drugiej będziemy mieli świeże informacje, co robi i gdzie się znajduje.

– Dobrze. Model J-23?

– Myślę, że tak.

Jakub czuł się dziwnie. Z reguły gdy pił, nic mu nie szumiało w uszach. A dzisiaj czuł jakieś wibracje. Siedział w gospodzie w Wojsławicach. Naprzeciw niego za stołem siedział radziecki generał, który zapragnął wygrać pojedynek z Jakubem dla ratowania honoru jednostki. Pułkownik siedział na krześle na miejscu dla sekundantów. Nie pił. Lekarze zabronili mu przez pół roku brać alkohol do ust.

Jakub przerwał na parę minut picie wódki, aby dla odmiany popić piwem. Brzęczenie w uszach nasiliło się. A potem niespodziewanie z jednego ucha poszedł mu dym.

Zjawisko dostrzegł tylko generał. Chyba mam delirium, wydedukował ze zdziwieniem. Jeszcze nigdy nie miał delirium po czterech butelkach. Zawsze potrzebował co najmniej sześciu.

– Chyba się starzeję – powiedział w zadumie do Jakuba.

– A ile masz lat? – zagadnął Wędrowycz.

– Sześćdziesiąt.

– E, to jeszcze nie wiek. Ja mam osiemdziesiąt trzy.

Jakub wypił jeszcze szklankę wódki. Poczuł przez moment dziwny ból głowy, a potem uczucie ustąpiło. Zniknęło też uparte brzęczenie.

Wysoko na orbicie geostacjonarnej dowódca ze smutkiem popatrzył na ekran.

– Koniec emisji – powiedział.

– Co się stało? – zaniepokoił się technik, który obserwował na sąsiednim ekranie innego osobnika.

– Spalił implant.

Hotel pod Łupieżcą

czyli wakacje Jakuba Wędrowycza

Ściany chałupy Jakuba, pobielone po raz pierwszy od siedemdziesięciu lat, lśniły blaskiem. Miedziane kociołki i patelnie, wypolerowane popiołem, piaskiem i ruską pastą diamentową, wisiały w karnym rządku. Słoneczko wpadało przez umyte po raz pierwszy od wstawienia szyby w oknach. Odbiwszy się od wycyklinowanego blatu stołu, zapalało w rondlach małe słoneczka. Dziurawą, pogryzioną przez myszy podłogę przykrył kupiony w geesie dywan, a żarówka wisząca na kablu pod sufitem została zręcznie zamaskowana chińskim lampionem. Barłóg Wędrowycza, nakryty dobrze wyprawioną krowią skórą, zmienił kształt i teraz wyglądał z grubsza jak tapczan.

Sam Jakub, umyty i ogolony, wbił się w nowiutki ortalionowy dres. Jego wierna kurtka spoczywała dobrze ukryta na strychu. Z tegoż strychu egzorcysta ściągnął wyszabrowane kiedyś w pałacu Poletyłłów srebra i sztućce. Zastawa lśniła. Egzorcysta całą noc polerował ją pastą do zębów. Pasta wprawdzie była jeszcze przedwojenna, ale, jak się okazało, do czyszczenia sreber jeszcze mogła się nadać. Na kominku piekły się szaszłyki, a w kieliszkach czerwieniło się prawdziwe francuskie wino kupione od Ukraińców.

– Pachnie znakomicie – pochwaliła synowa.

Jakub uśmiechnął się, prezentując rząd nieskazitelnie białych zębów. A potem poprawił okulary w szylkretowej oprawie. Zarówno sztuczną szczękę, jak i okulary pożyczył od Semena.

– To bardzo stary przepis – powiedział.

– Dziadku, a gdzie ty jedziesz w tym roku na wakacje? – zapytał wnuk Jakuba, Maciuś.

Egzorcysta spojrzał na niego zdziwiony.

– A co to są wakacje? – zagadnął.

– No, jak nie ma szkoły, to można wyjechać gdzieś nad morze albo w góry...

Staruszek zadumał się. Szkoła. Faktycznie, chodziła tu ostatnio taka jedna jędza z PCK i mówiła, że jak ktoś się chce nauczyć czytać albo pisać, to będzie organizowany kurs dla byłych pegeerowców. Jakub wyśmiał ją wtedy i napisał z pamięci połowę alfabetu kredą na stodole. Baba była wyjątkowo źle wychowana, bo na widok jego artystycznie wyrysowanych liter strasznie się zaczęła śmiać. No i musiał ją poszczuć pytonem.

– Ale ja już nie chodzę do szkoły – wyjaśnił wnukowi. – Zresztą nigdy nie lubiłem... A potem, w wojnę, szkoła się tak jakoś spaliła. – Uśmiechnął się do swoich wspomnień.

– A jak jeszcze chodziłeś, to gdzie jeździłeś? – wnuk drążył temat.

Egzorcysta przymknął oczy. Szkoła. Pamiętał ją dobrze: zielone ławki, pedel z kijem i dzwonkiem, nauczyciele... Nawet przypomniał sobie, jak stał przy tablicy. Poskrobał się po głowie.

– W wakacje chyba robiłem w polu – powiedział wreszcie. – Albo pomagałem ojcu pędzić bimmm... barabam... Znaczy gotować powidła. Chyba nigdy nie byłem na wakacjach...

– O, to szkoda. – Maciuś pokręcił głową. – Koniecznie powinieneś pojechać.

– A jak to wygląda? – zaciekawił się dziadek. – Znaczy gdzie się jedzie i co się robi?

– No, na przykład na kemping nad morzem. Wynajmuje się domek, a potem leży na piasku na plaży i opala. Albo można też, jak człowiek chce bardziej aktywnie, pojechać w góry. Zatrzymuje się człowiek w schronisku.

– I codziennie świeżego pieska na obiad – rozmarzył się Wędrowycz.

– Nie, to inne schronisko, taka buda dla turystów. Albo nawet, jak ma się dużo pieniędzy, można nocować w hotelu. W hotelach jest dobre jedzenie i luksusowe alkohole, a potem można chodzić po górach naokoło i podziwiać ładne widoki...

– Aha – mruknął Jakub i zaczął nakładać szaszłyki na talerze.

Wnuk i synowa zjedli, po czym zaczęli zbierać się do drogi. Egzorcysta odprowadził ich na przystanek i wsadził do PKS-u, po czym wrócił do swojej chałupy.

– Wakacje – mruknął, zdzierając z obrzydzeniem wykwintny strój.

Cisnął go na barłóg, zmiótł sztućce i srebra na podłogę, a na stół rzucił obrus ze świeżej (tygodniowej) gazetki. Siepnął na nią kawał kaszanki, pociachał bagnetem na kawały, urżnął pajdkę chleba i wreszcie pożywił się jak człowiek. Popił, oczywiście, nie jakimś tam cierpkim płynem, tylko uczciwą siwuchą własnej roboty.

– Wytrawne – warknął pod adresem butelki, która ciśnięta przez okno spoczęła na klepisku podwórza. – Nazwa tego wińska pewnie od tego, że wytrawia wnętrzności tym jadem.

Odkorkował sobie truskawkowej pryty i pociągnął z lubością solidny łyk.

– Oto jak powinno smakować wino! – huknął. – Słodkie jak cukier, smaczne i jeszcze trochę siarką walące po nosie.

Wziął paczkę papierosów przywiezionych przez synową, rozdarł na pół i wsadził do gęby od razu dziesięć. Podpalił je benzynową zapalniczką i zaciągnął się potężnie.

– Słabe gówno – mruknął. – Ale miała kobita dobre zamiary.

Wino odrobinę go rozgrzało. Spod łóżka wydobył odrapaną walizkę.

– Wakacje – mruknął. – Trzeba będzie pojechać. Kurde, coś mi się należy po osiemdziesięciu latach od zakończenia nauki. Luksusowy hotel w górach... Żarcie, alkohole, pełna obsługa, wanna z Sowietskoje Igristoje. Będę żarł sardynki z miodem, pieczone ananasy, melona z kawiorem, wysuszę parę flaszek koniaku, zaproszę panienki i w ogóle zafunduję sobie nieziemską balangę! A czy to ja gorszy niż uczniowie? Podpaliłem szkołę? Podpaliłem. To i na wakacje sobie zapracowałem.

Wrzucał do walizki rozmaite graty przydatne w podróży. Niebawem jednak alkohol wziął górę i staruszek, padłszy na barłóg, zasnął snem sprawiedliwego.

Jakub stał na przystanku PKS-u i studiował w zadumie rozkład jazdy.

– Lublin, byłem; Krasnystaw, byłem; Chełm, byłem; Zamość, byłem... Cholera, co za dziura, nigdzie daleko nie można stąd pojechać...

– A dokąd chcesz jechać?

Jakub odwrócił się i zobaczył swojego przyjaciela Semena.

– No, pojechać na wakacje chciałem – powiedział. – Ale sam zobacz, nigdzie się nie da...

Semen założył na chwilę okulary i przestudiował rozkład jazdy.

– Faktycznie – mruknął. – Trzeba by z przesiadką.

– Co to jest przesiadka? – zainteresował się Jakub.

– Jak jedziesz gdzieś, a tam wsiadasz w następny pekaes...

– A, to tak jak do Warszawy – mruknął. – To rozumiem. No, można by i z przesiadką.

– A co cię tak nagle przypiliło, żeby jechać na wakacje?

– No bo jeszcze nigdy nie byłem. – Jakub lekko się zaczerwienił.

– To faktycznie najwyższy czas – kiwnął głową Semen. – Wiesz co, trzeba się dobrze zastanowić, dokąd chcesz jechać. A tak myśleć na sucho to raczej trudno...

– Faktycznie – zgodził się Jakub, patrząc na drzwi pobliskiej gospody.

Minęło trochę czasu... Przed Semenem stało osiemnaście opróżnionych kufli od piwa, przed Jakubem dwadzieścia.

– Wakacje – wrócił do tematu egzorcysta. – Jedzie się nad morze albo w góry, oddycha świeżym wiejskim powietrzem, wypoczywa na łonie przyrody...

– Widzę tu pewien problem – powiedział Semen. – Tu też mamy wiejską przyrodę, znaczy powietrze i łono też by się znalazło. – Szczypnął przechodzącą kelnerkę w pośladek.

– Ale trzeba odpocząć po trudach szkoły – ciągnął Wędrowycz. – A do tego koniecznie muszę gdzieś wyjechać. Przecież to żaden odpoczynek w domu. Wiem coś o tym, bo już tyle lat bąki zbijam...

Kozak kiwnął głową.

– A co byś jeszcze chciał? Staw jest, po wzgórzach można się wspinać... No, prawie można, to nawet lepiej, bo do przepaści nie wpadniesz.

– Ale nie ma tu hotelu z barkiem i striptizem... – poskarżył się Jakub.

– A po co ci striptiz? Przecież masz dziewięćdziesiąt lat.

– No to co. Jest taki niebieski proszek, co się wigry nazywa...

– Coś ci się popieprzyło, Wigry to nazwa roweru.

– A ja myślałem, że na cześć jeziora. No, nieważne. Jest taka niebieska tabletka, a potem nawet staruszek może iść podrywać młode dupcie.

– Aż tak zmienia wygląd zewnętrzny? Coś podobnego – zdumiał się Semen. – A więc hotel, barek, striptiz...

– I jeszcze basen hotelowy z podświetlaną wodą. I sauna...

Do gospody weszli Józef Paczenko i Tomasz.

– O, nieźle zatankowaliście – zauważył Józwa. – Problem jakiś macie, że tak...? – Gestem wskazał kufle.

– Mam problem – płaczliwie powiedział Jakub. – Chcę na wakacje do hotelu.

– Wot te na. Też ci się na starość odwidziało... Hotel. To drogo kosztuje.

– Ale ostatni raz byłem jeszcze przed wojną – mruknął egzorcysta. – I niezbyt pamiętam. A forsę mam.

– Czekajcie – odezwał się Semen. – Coś mi się zdaje, że widzę rozwiązanie naszych problemów.

Nastawili ciekawie uszu.

– Pamiętacie, co pisali w gazecie?

– Które? – zapytał Tomasz.

– O tym przejściu granicznym na Ukrainę, co je koło Mircza uruchomili.

– Pamiętam – mruknął Józef. – To dlatego tyle ruskich samochodów jeździ teraz przez naszą wiochę.

– Właśnie. To najbliższa droga na Krasnystaw i Lublin. Co powiecie na to, żeby założyć własny hotel? Koło szosy...

– Ale ja chciałem gdzieś dalej pojechać – westchnął Jakub. – Przecież nie jeździ się na wakacje do własnej wsi.

– To też przemyślałem – powiedział Józef. – Pamiętacie, niedaleko stąd, w Uchaniach, jest opuszczony pałac. W sam raz miejsce na taki interes...

– Ten, co był kiedyś Herbapol? – domyślił się Tomasz. – To jest myśl. Tylko trzeba wyremontować deczko.

– Zrzucimy się po stówaku i wynajmiemy na trzy dni kilku Ukraińców. Kupimy trochę najpotrzebniejszych mebli... Pomyślcie: turyści, forsa, własny biznes...

– Hy! – ucieszył się Jakub. – To kiedy możemy zaczynać?

– Jutro. – Semen walnął pięścią w stół. Część kufli pospadała. – Jutro zabierzemy się za urządzanie hotelu. Trzeba oblać pomysł. Barman, szampana!

Ajent nadszedł, niosąc butlę gazowańca. Korek huknął w sufit, a do rżniętych w krysztale kieliszków polała się struga aromatycznej pryty jabłkowej z bąbelkami.

Był ranek. Czterej przyszli hotelarze stali przed zrujnowanym pałacem. Po całonocnej balandze bardzo bolały ich głowy.

– To tutaj – z przepalonego spirytusem gardła Jakuba wydobył się zachrypnięty głos...

– Więc wejdźmy. – Semen przyładował siekierą w kłódkę zamykającą solidne, przedwojenne jeszcze drzwi.

Wkroczyli do holu. Myszy z piskiem uciekały im spod nóg.

– Ciekawe, dlaczego ten pałac został porzucony – zamyślił się Tomasz. – Pamiętam, ludziska gadali, że tu straszy.

– E, pierdoły – mruknął Jakub.

Jednak gdy przekraczał próg, poczuł, jak ostrzegawczo podnoszą mu się włoski na ręce.

Na parterze było kilka niedużych pomieszczeń oraz salon z zapadniętą podłogą i kuchnia. Na piętrze jeszcze kilka. W pokojach stały połamane meble, głównie, niestety, biurowe. Szyby w oknach były trochę popękane, farba nieco odłaziła ze ścian, ale wszystkim czterem wczasowiczom przyszły hotel bardzo się spodobał.

– Można by zrobić i sanatorium – rozmarzył się Semen. – Będzie sauna, gabinet masażu, hydroterapia, kąpiele błotne...

– Są tu uzdrawiające błota? – zdziwił się Tomasz.

– A czy ja powiedziałem, że to mają być uzdrawiające kąpiele błotne? – odparł kozak. – To będą zwyczajne kąpiele błotne. Pacjenci i tak nie zauważą różnicy. A błoto jest zaraz za pałacem.

– Hydroterapia... – Jakub wydukał świeżo przyswojone słowo. – Co to jest?

– Leczenie wodą. Jak w Krynicy Górskiej – wyjaśnił jego przyjaciel.

– Wody mineralne czy bicze wodne? – zagadnął Tomasz.

– Wody mineralne. Wprawdzie takich tu nie ma, ale to nie problem. Z braku naturalnych wód mineralnych sami zrobimy tu mineralne źródło. Wsadzimy kawał soli bydlęcej do spłuczki w kiblu – wyjaśnił Semen. – Sól wolno się rozpuszcza i ma mikroelementy. Po każdym pociągnięciu za sznurek będziemy mieli kilka litrów świetnej wody leczniczej... Do tego ziołolecznictwo. Zioła z górskich łąk...

– Tu nie ma gór – zauważył Józef przytomnie.

– Ale za to cały strych zawalony jest suszonymi ziołami z czasów, jak był tu Herbapol. A w razie gdyby zaczęło brakować, rozcieńczymy sianem! I trzeba ustawić reklamę przy szosie... Niech ludzie wiedzą, że tu teraz nasz hotel.

Do wieczora zamietli budynek, namalowali i wywiesili szyld oraz urządzili jeden pokój dla potencjalnych gości.

Czterej hotelarze spali snem sprawiedliwych, gdy w pokoju na piętrze, umieszczonym dokładnie nad recepcją, zmaterializowały się dwie przeźroczyste sylwetki.

– Obcy w naszym pałacu – wymamrotała ta bardziej przejrzysta.

– Trzeba wykurzyć – warknął drugi duch. – Jak się udało wygonić stąd tych z Herbapolu, to i z nimi nam jakoś pójdzie.

Semen ocknął się z dziwnym wrażeniem, że coś mu się przygląda. Wsłuchał się w ciemność. Gdzieś w trzewiach budynku rozległy się ciężkie kroki. A potem zabrzęczał łańcuch wleczony po kamiennej posadzce. Semen zbudził Jakuba.

– Co jest? – mruknął Wędrowycz. – Wódkę przywieźli?

– Posłuchaj tego...

Egzorcysta usiadł na wyrku i wsłuchał się w ciemność.

– Hy, poltergejsty – zidentyfikował.

– Gadaj po ludzku.

– Duchy. Obudź mnie, jak się naprawdę zbliżą.

– Uch, ty hieno cmentarna od siedmiu boleści! – zawył Semen, budząc pozostałych wspólników. – Idź je załatw, jak jesteś egzorcystą!

– Są wakacje – zaprotestował staruszek.

– Jak ich nie pogonisz, zacznę ci wystawiać rachunki za pobyt w naszym hotelu – warknął kozak. – Jak się umawialiśmy? Pracujemy razem i dzielimy się zyskami... A ty lekceważysz swoje obowiązki.

– No dobra, już dobra, pójdę.

Wędrowycz wygrzebał się spod poplamionego koca i poczłapał na piętro. Wszedł do pokoju i przez dłuższą chwilę patrzył ponuro na dwa duchy.

– No, co jest? – warknął. – Egzorcysta przyszedł.

– Gówno tam, a nie egzorcysta – powiedział wyższy duch. – Słyszeliśmy wszystko. Masz teraz wakacje, to nie możesz pracować.

Jakub poskrobał się po głowie.

– No to chyba faktycznie nie można – mruknął. – Załatwimy to inaczej.

Wyjął z cholewy gumofilca piersiówkę i szklankę. Nalał sobie po brzegi.

– Ja się z wami napiję, a wy już nie będziecie nas straszyli – powiedział surowo.

Stuknął szklanką o ścianę i wychylił ją duszkiem. Obie zjawy rozwiały się w powietrzu.

– Rany Julek – jęknął stojący w drzwiach Semen. – To taki z ciebie egzorcysta?

– Ważne, że poszły sobie w diabły – mruknął Wędrowycz. – Idę spać...

– Ale czy to skuteczne?

– Oczywiście. Na Ukrainie tak właśnie pozbywają się duchów z nawiedzonych domów...

Cały następny dzień czterej wspólnicy spędzili bardzo pracowicie. Zamietli cały budynek, zaklajstrowali gliną mysie dziury, wykarczowali chwasty.

Zmierzchało już, gdy przed hotelem zatrzymał się z piskiem opon fiat „cienkocienko". Jakub przerwał oliwienie mózgu szampanem.

– Goście – poinformował Semena.

Stary kozak uśmiechnął się.

– No, nareszcie – mruknął. – Już się obawiałem, że nam ten interes splajtuje...

Z samochodu wygramoliła się parka ubrana w adidasy i dresy. Przy paskach wisiały im telefony komórkowe.

– Kurde – powiedział w zadumie Jakub. – Takich to ja nie lubię.

– Co poradzić. To klienci... Musimy ich gościć, ale że ja też takich nie lubię, postaramy się, żeby cały interes nam się odpowiednio opłacił.

– He, he, he – roześmiał się Józwa. – No to do dzieła.

Semen wyszedł na ganek i stanął pod kolumnami. Uśmiechnął się czarująco, pokazując zęby odzyskane od Jakuba. – Może pokój z widokiem na góry?

– Dawaj – warknął dresiarz. – Byle jaki.

Dostali najlepszy, to znaczy jedyny już urządzony.

– Kurwa, co za jebana nora – stwierdził gość.

– Misiaczku, musimy tu zostać – powiedziała dresiarka uwieszona jego ramienia. – Zmęczyło mnie to jechanie.

– Co sobie państwo życzycie na kolację? – zapytał Tomasz.

– A co jest? – mruknął dresiarz.

– Mamy praktycznie wszystko. Oczywiście w granicach rozsądku. Ale piwo nam się skończyło. To prowincja. Są kłopoty z regularnymi dostawami.

– Macie sake?

– Mamy.

– Dawajcie, więc dwa kotlety schabowe, bakłażany i po kieliszku sake. Jakoś nigdy nie mieliśmy okazji tego pić.

– Na pewno nie będą państwo rozczarowani. – Uśmiechnął się z przymusem.

A potem wyobraził sobie rachunek i poczuł się odrobinę lepiej. Pobiegł do kuchni przekazać zamówienie.

– Co to są bakłażany? – zdziwił się Jakub.

– Takie zielone kalafiory – wyjaśnił Semen. – Pamiętam, jadłem takie w klubie oficerskim, jeszcze przed pierwszą światową...

– Wy róbcie schabowe, a ja zajmę się bakłażanami – zaproponował Tomasz.

Jego propozycja została przyjęta z wdzięcznością.

– Jak tego dokonasz? – zaciekawił się Jakub. – W gminie takie nigdzie nie rosną. Zauważyłbym...

Wspólnik wybiegł na chwilę. Wrócił z butelką w ręce. Do garnka wrzucił zwykłego kalafiora, a następnie zalał go cieczą z flaszki.

– Zielona bejca – wyjaśnił z dumą.

– Chcesz go pomalować? – zdziwił się Semen.

– Gdy dodam do wody barwnika, kalafior, gotując się, złapie barwę. Jeśli chcecie, to mogę zrobić nawet czerwone.

Czerwonych akurat chwilowo nie potrzebowali.

– A jeśli się otrują? – zadumał się Józwa.

– Mamy lekarza na pokładzie! – Tomasz klepnął go po ramieniu.

– No faktycznie, w wojsku byłem pomocnikiem pielęgniarza – uśmiechnął się staruszek.

– Przy zatruciu zakopuje się chyba do ziemi – Semen usiłował przypomnieć sobie zatarte coniebądź wiadomości z dziedziny medycyny.

– Do ziemi zakopuje się porażonych prądem – sprostował Jakub. – Ziemia wyciąga elektryczność. Ze wszystkiego. Nawet piorunochron się do ziemi doprowadza, znaczy i piorun może łyknąć – wyraził swój pogląd. – Na zatrucie stosuje się okłady z ciepłych jeszcze końskich pączków.

– Końskie pączki są dobre tylko na ból zęba – zaprotestował Tomasz, leczony w ten sposób swego czasu przez dziadka. – Przy zatruciu stosuje się lewatywę z mleka.

– Nie mamy mleka.

– To może z mleka w proszku? – zaproponował.

– Na sucho?

– Na razie jeszcze się nie otruli, więc nie dzielmy skóry na niedźwiedziu, zanim go przeskoczymy.

– To nie tak. Lepszy niedźwiedź w garści...

– A przeskakuje się dołki, które się kopie – wyraził swój pogląd Józef. – A tak właściwie to co to jest ta sake?

– Chińska wódka z ryżu – wyjaśnił Semen. – Piliśmy taką w Mandżurii w 1904...

– To chyba japońska? – zdziwił się Jakub. – Wojna była z Japończami... Ale z ryżu?

– Tak. Dresy wspominali, że nigdy jeszcze nie mieli okazji tego pić, więc myślę, że możemy poeksperymentować w granicach rozsądku.

– Musi mieć odpowiedni smak i zapach. I chyba jest oleista – dodał Tomasz.

– Jesteś pewien?

– Chyba czytałem o tym w jakiejś książce. Ale głowy bym nie dał. Jak piliście w Mandżurii, to smakowała olejem?

– Nie pamiętam – wyznał Semen. – To było sto lat temu...

Jakub przymknął oczy. Wchodził w trans. Po chwili wiedział już, co zrobić. Wlali do garnka bimbru, dodali kleiku ryżowego i oleju silnikowego, po czym ubili to mikserem w homogeniczną ciecz. W smaku było fatalne.

– Może to i lepiej – zauważył stary kozak. – Przynajmniej nie będą prosili o dolewkę. Co ze schabowymi?

– Racja. – Jakub palnął się w głowę. – Mięso...

Zlazł po drabinie do lochu pod kuchnią. Miotało się tu kilka schwytanych we wsi kundli.

– No, pieski, który najbardziej przypomina w smaku prosiaczka? – zapytał, wyciągając z cholewy buta bagnet.

Wreszcie kolacja była gotowa. Tomasz zaniósł ją do pokoju gości i postawił na stole.

– Życzę smacznego.

– To brokuły, a nie bakłażany, ty głupi dziadu. – Kobieta pokazała palcem soczyście zielonego kalafiora.

Brwi Tomasza uniosły się w niemym pytaniu.

– Bakłażany to takie podłużne i fioletowe – wyjaśnił dresiarz. – Za taką głupotę warto by was bejsbolem po łbach pomacać.

– Mam to zabrać?

– Jasne, ty idioto!...

Personel, znużony całodzienną harówką, udał się na spoczynek. Jednak zaledwie po kilku godzinach nastąpiła pobudka. Robota czekała. Jakub i Józef, trąc niewyspane oczęta, zjawili się w kancelarii. Semen promieniał.

– Duchy – oświadczył głośno i dobitnie.

– Duchy przyszły? – zdziwił się egzorcysta. – Zaraz je wykurzę... Albo może lepiej niech duchy wykurzą nam gości...

– Nie. My jako duchy będziemy straszyli – wyjaśnił kozak. – Dobry plan, nie sądzicie?

– A po co? – zdumiał się Wędrowycz. – Nie lepiej prawdziwe wywołać?

– Skoro zapłacili, to należy im się atrakcja. A co do prawdziwych, potrafisz im kazać robić coś konkretnego?

Jakub poskrobał się po głowie.

– Nigdy dotąd nie próbowałem – mruknął.

Wszedł Tomasz. Usłyszawszy instrukcje, był lekko zaskoczony, ale mimo zaspania natychmiast pojął piękno i genialną prostotę tego planu.

– Jak to zrobimy? – zapytał.

– Józef będzie chodził w podkutych butach piętro wyżej i pobrzękiwał łańcuchem. Ty, przyjacielu, podniesiesz im na kiju kościotrupa do okna.

– Skąd wezmę?

– Pożyczyłem ze szkoły – wyjaśnił Semen z dumą. – W czasie wakacji i tak niepotrzebny. Stoi w szafie za tobą.

– Z pracowni biologicznej – domyślił się Józef. – Hy, hy. Całkiem jak prawdziwy. A ty co będziesz robił?

– Ja ubrany w firankę będę straszył wewnątrz.

Rozeszli się do swoich zadań. Obaj kombinatorzy właśnie zajęli swoje stanowiska, gdy z pokoju gości rozległ się przeraźliwy krzyk, a zaraz potem huknął strzał.

– Łoj, coś nie poszło – zafrasował się Jakub i ruszył pędem w stronę pokoju.

Gdy nadbiegł, jego szef leżał nieruchomo na podłodze korytarza, a dres stał w drzwiach pokoju z dymiącym jeszcze pistoletem w ręce.

– Jak żeś mógł? – krzyknął egzorcysta. – Zabiłeś, kutasie, człowieka!

– Co on robił w środku nocy w moim pokoju ubrany w prześcieradło? – warknął dresiarz.

– To nie prześcieradło, tylko firanka! Chciał ją zawiesić, żeby było miło i przyjemnie, jak rano wstaniecie, a ty mu od razu kulę w brzuch...

Nadbiegł Tomasz.

– Gdzie ranny? – zapytał. – Jestem doktorem!

Józef, który też nadszedł, miał na końcu języka, że to on miał być doktorem, ale się powstrzymał. Tomasz przyklęknął koło ciała szefa i zręcznie wycisnął mu na koszulę pół tubki keczupu. Semen widocznie dochodził do siebie, bo nieznacznie puścił do niego oko.

– On nie żyje – powiedział, obracając ciało tak, aby gość mógł na własne oczy zobaczyć „wielką krwawą plamę".

– To tylko straszak – dres stracił całą pewność siebie.

– Wytłumaczysz się w sądzie!

– Ja nie chciałem... – Łzy zaczęły kapać na dres.

– Minimum osiem lat – powiedział Wędrowycz ponuro. – I należy ci się... A za sam dres jeszcze ze dwa lata dołożą... Z drugiej strony – mrugnął – niby świadków nie ma...

– Aha! – ucieszył się gość.

– Ale... – Józef zrobił palcami gest liczenia pieniędzy. – Oczywiście nasz biedny przyjaciel... Przeżył dwie wojny światowe. Razem wiele butelek wysuszyliśmy. A teraz trzeba go będzie zakopać w lesie jak psa...

– Ile? – zapytał morderca ochoczo.

– Pięć tysięcy nie jest chyba zbyt wygórowaną sumą – mruknął „przyjaciel zmarłego".

– Nie mogę dać wam wszystkich moich pieniędzy.

– Uważam, że zważywszy na okoliczności, wszelkie targi są tu nie na miejscu.

Dresiarz popatrzył na ciało, które znachor nakrył firanką, i z westchnieniem wydobył z kieszeni grubaśny portfel. Pracownicy zanieśli ciało szefa do kancelarii. Semen ściągnął z siebie pobrudzoną koszulę i założył czystą.

– Jesteś ranny? – zapytał Jakub.

– Nie, ten patałach spudłował. Swoją drogą, to nisko mnie wyceniliście... Pięć tysięcy... Trzeba było zażądać więcej.

– Doliczymy jeszcze rano za pogrzeb – uśmiechnął się Tomasz. – Tak czy siak, nasza firma, można powiedzieć, rozkwita. Pięćdziesiąt starych milionów za jeden dzień pracy...

Niestety, rankiem okazało się, że pechowi goście ulotnili się w nocy.

– Kurde – skwitował to Semen. – Nie będzie pogrzebu...

A potem wysłał swoich wspólników po piwo.

Jakieś dwie godziny później Jakub i Józef zatrzymali wypakowany flaszkami dziecięcy wózek przed budynkiem i wbili zdumione spojrzenie w dwa samochody na niemieckich numerach zaparkowane przed wejściem, na trawniku.

Wszystko wskazywało na to, że ich właściciele są wewnątrz.

– Mercedes i nowiutka toyota – zauważył Jakub. – Ciekawe, ciekawe.

– Widać są już pierwsze ofia... to znaczy pierwsi goście – zawyrokował jego kumpel.

– Przecież hotel nie jest jeszcze wykończony.

Obaj pracownicy udali się do kancelarii. Dyrektor, czyli Semen, siedział za biurkiem i pogwizdywał radośnie.

– Jakie instrukcje?

– Przyjechali Niemcy. Cztery sztuki. Jeden stary hitlerowiec i jego trzej, chyba, synowie. Strasznie agresywna hołota. Cały czas drą na mnie mordy. W dodatku po szwabsku, więc nic nie rozumiem. Chyba coś im się nie podobało.

– Ja słabo znam niemiecki – zastrzegł Józef.

– A ja bardzo słabo – mruknął Jakub.

– Nie szkodzi. Tomasz trochę mówi. Wy dwaj na razie nie pokazujcie im się na oczy – nachylił się i szeptem przekazał szczegółowe instrukcje. Obaj staruszkowie pobrali ze skrzyni broń i wymknęli się z hotelu.

Do kancelarii wszedł Tomasz. Przez ostatnie dwadzieścia minut czytał rozmówki polsko-niemieckie, teraz uznał, że jest gotów. Niemcy bez przerwy dzwonili dzwonkiem i coś wywrzaskiwali.

– Co robimy? – zapytał Tomasz. – Nie lubię szkopów...

– Ja też nie, ale zanim ich spławimy, muszą uiścić należność za pobyt... Idź i zapytaj, czego, do cholery, im się zachciewa, a potem zaoferujesz im pomoc medyczną.

– A jeśli nie będzie im potrzebna?

– Żaden problem. Po prostu zaprawimy czymś obiad i stanie się absolutnie niezbędna.

– Na przykład środek na przeczyszczenie?

– Dobry pomysł. Należy im się. Ponadto myślę, że, tak czy siak, należy nauczyć ich grzeczności.

– Mały nocny atak, hmm... weteranów?

– Myślę, że to wręcz nasz patriotyczny obowiązek.

Obaj hotelarze roześmiali się ponuro.

Niemcy siedzieli w pokoju i klęli metodycznie pod adresem obsługi hotelowej. Wszedł Tomasz.

– Dzień dobry – powiedział. – Jakie panowie mają życzenia? – mówił z fatalnym akcentem, ale jakoś zrozumieli.

– Ty świnio niemyta! – wydarł się stary. – To ma być hotel? Szyb w oknach nie ma! Mebli też nie ma! Ponadto chcemy się umyć, a wy, brudasy, nie macie tu nawet łazienki!

– My nie brudasy – sprostował z godnością. – Rzeka jest dziesięć minut drogi stąd. Woda w niej nie jest zimna, jak już człowiek przywyknie...

Bluzgali przez dobrą chwilę, nie przebierając w słowach. Gdy skończyli, mógł przystąpić do dalszych rokowań.

– Co panowie sobie życzą na obiad?

– Macie niedźwiedzie mięso?

– Mamy – zełgał bez zmrużenia oczu.

– Cztery porcje niedźwiedziej łapy. Do tego kartofle, sałata i piwo.

– Jakieś choroby? Ja lekarz. A tu i sanatorium.

– Ja mam reumatyzm – powiedział były esesman. – Ale tego nie wyleczysz. Proszki przeciwbólowe możesz przepisać?

– Do obiad wy zdrowy. Ja fachowiec od reumatyzm!

Niemiec zdziwił się.

– Donnerwetter – powiedział. – Jak wy to leczycie?

– Mamy bardzo nowoczesne metody medycyny ludowej – wyjaśnił Tomasz. – Szybko i skutecznie to nasza dewiza...

Niemiec na swoje nieszczęście uwierzył w zapewnienia Tomasza. Ale jak tu nie wierzyć człowiekowi ubranemu w taki ładny biały fartuch. O tym, że fartuch był nie lekarski, ale rzeźnicki, Tomasz nie wspominał. Zresztą i tak nie znał odpowiednich słów...

Poszli razem do gabinetu zabiegowego. Semen oczekiwał swojego pracownika w korytarzu.

– No i czego chcą? – zapytał, gdy Tomasz i jego pacjent przechodzili obok.

– Szyb w oknach, mebli i coś zjeść. Głodni, znaczy...

– Szyby? Przecież dostali pokój z szybami. No, może trochę są popękane, ale czego to im się zachciewa... Mebli i tak więcej nie dostaną, a do jedzenia?

– Pieczeń z niedźwiedziej łapy, sałatę, kartofle i piwo.

– Bezczelni. Czy oni naprawdę uważają, że będę niszczył przyrodę, zabijał malutkie misie tylko po to, aby mogli sobie napchać kałduny? Biedne niedźwiadki błąkające się samotnie po górach... Zresztą najbliższe góry sto kilometrów stąd...

– To co robimy? Powiedziałem, że będą misie. Może z zoo w Zamościu skombinować...?

Semen machnął ręką.

– No cóż. Klient nasz pan. Zarżnie się pieska, sałata rośnie, kartofle mamy, Jakub przywiózł skrzynkę piwa. Cholera wie ile wychlają, zresztą ja też lubię piwo...

Ruszył do kuchni, a konował samozwaniec i pechowy pacjent poszli do gabinetu zabiegowego.

Semen nie zdążył jeszcze zarżnąć psa, gdy budynkiem wstrząsnął przeraźliwy, pełen bólu i urażonej godności skowyt. Dobiegał z gabinetu zabiegowego.

– Oj, coś Tomasz przesadził – mruknął dyrektor. – Owce należy strzyc, ale nie obdzierać ze skóry...

Rzucił się do drzwi gabinetu. Młodzi Niemcy byli już na miejscu. Kopali z furią butami. Drzwi jednak były, o dziwo, mocne. Tylko futryna się obrysowała.

– Rozwalą mi hotel – jęknął Semen.

Ale zaraz spłynął na niego spokój.

– Jak rozwalą, to będą musieli zapłacić – uspokoił sam siebie.

Skowyt zamienił się w jęk.

– Elektryczność nie pomogła? – usłyszeli z wnętrza głos znachora. – Nie szkodzi. Mamy jeszcze ludowe metody. Ja tam szwabów nie lubię, ale jak obiecałem, to dotrzymam słowa.

Synowie kopali w drzwi z coraz większym zapałem. Wreszcie drzwi puściły. Młodzi wpadli do wnętrza. Oczom ich ukazał się zabawny i pouczający widok. Staruszek leżał przywiązany do stołu, zaś konował smagał go po plecach i pośladkach wiechciem pokrzyw.

– Jak sobie przypomnę tę świnię Hitlera, to aż mam ochotę przeprowadzić dwutygodniową kurację – mruczał sam do siebie.

Stary znowu zawył. Synowie rzucili się bić doktora. Semen doszedł do wniosku, że najwyższy czas interweniować. Wystrzelił z rewolweru w sufit. Huk podziałał na gości jak kubeł zimnej wody.

Emocje opadły.

– Jak wam się nie podobają nasze zabiegi lecznicze... – zaczął Tomasz.

– Wynosimy się stąd! – zawył stary Niemiec. – Dość tego. Jeszcze tu wrócimy... z Wehrmachtem!

Oblicze Semena rozjaśnił uśmiech. Zrozumiał prawie wszystko.

– Żałujemy, ale to wolny kraj, nie będziemy więc panów zatrzymywali. Rozumiecie jednak, że należy uiścić rachunek.

– Jaki znowu rachunek? – wściekli się goście, gdy Tomasz przetłumaczył im jego słowa.

Staruszek nie przestawał się promiennie uśmiechać. I ciągle trzymał w dłoni rewolwer.

– Pobyt w hotelu dwa tysiące złotych za dobę.

– Jesteśmy tu od godziny!

– Za każdą rozpoczętą dobę – uściślił. – Ponadto koszta zabiegów lekarskich jeszcze tysiąc.

– Co!? – wściekł się były pacjent. – Za tego znachora, konowała, mordercę?

– Prąd sto złotych, pokrzywy sto. Robocizna trzysta. I jeszcze pięćset na podatki w ramach dostosowywania naszej medycyny do norm Unii Europejskiej. Ponadto opłaty parkingowe, pięćset za samochód, czyli jeszcze tysiąc. Do tego obiad.

– Przecież nie jedliśmy! – wściekł się któryś.

– Ale zaczęliśmy już szykować. Zmarnuje się, a niedźwiedzie nie rosną na drzewach. Tak więc w sumie jesteście nam winni...

– Nic nie będę płacił! – wrzasnął Niemiec.

Coś szczęknęło metalicznie w rewolwerze.

– Jestem spokojnym, pokojowo nastawionym człowiekiem – powiedział Semen (Tomasz cały czas dzielnie tłumaczył). – Ale gdy wychodziłem z zakładu dla umysłowo chorych, lekarze ostrzegali mnie, abym unikał stresów. A ja nie mogę unikać stresów. Za każdym razem, jak sobie przypomnę przygody z partyzantki...

Stary Niemiec przypomniał sobie ciężkie walki toczone w pobliskich górach z członkami polskiej i ukraińskiej partyzantki i zadrżał. Zapłacili wszystko i wynieśli się w diabły.

– Ładne wozy – westchnął Tomasz, gdy znikli za zakrętem.

– Nie wszystko stracone – uspokoił go Semen.

A potem wyjął z kieszeni rakietnicę i wystrzelił zieloną racę. Kilka kilometrów dalej Jakub Wędrowycz i Józef Paczenko przeciągnęli w poprzek drogi dwieście kilogramów drutu kolczastego odczepionego z płotu byłego pegeeru. Oba samochody musiały się zatrzymać. Zagraniczni turyści wysiedli. Wówczas obaj panowie wyłonili się z krzaków. Mieli na sobie kurtki z owczej skóry, wywrócone sierścią na wierzch, co przyjemnie kontrastowało z ciemnymi okularami i kapeluszami borsalino. Wyglądali jak skrzyżowanie Janosika z gangsterem z Chicago z lat trzydziestych. Do tego mieli pepesze wiszące na konopnych sznurkach. Stary Niemiec na ten widok poczuł przypływ wspomnień... Wtedy pod Stalingradem Hans podniósł z ziemi porzuconą pepeszkę i spróbował wystrzelić. Odrzut okręcił go dookoła osi... Wielu dzielnych chłopaków padło na ziemię skoszonych tą serią. A na koniec zginął też Hans... Pepesza rozerwała mu się w rękach... A tu były aż dwie.

– Jesteśmy rozbójnikami – powiedział Józef, tak dla porządku. Właściwie nie było to potrzebne, napadnięci sami się już tego domyślali.

– Ile? – zapytał zgaszonym głosem któryś.

– Wszystko.

– Jak to wszystko?

– Jesteśmy ubogimi emerytami – wyjaśnił Jakub bardzo łamanym niemieckim. – Wszystko nam się przyda.

Po długich targach pozwolili Niemcom zatrzymać slipki, ale bez gumek.

Jakieś pół godziny później koło przystanku PKS stanął zdobyty na Niemcach mercedes z wymalowanym na burcie napisem „Taxi". Wewnątrz siedział Tomasz, tylko on miał aktualne prawo jazdy, i jak przystało na taksówkarza, czytał gazetę. Pierwsza ofiara pojawiła się dość szybko. Dobrze zbudowany facet w garniturze z teczką w ręku.

– Macie tu gdzieś niedaleko nowo otwarty hotel? – zagadnął.

– Ano jest tu coś takiego – uśmiechnął się Tomasz.

– Więc zawieź mnie do hotelu – polecił przybysz, sadowiąc się w aucie.

Do pałacu z przystanku nie było daleko. Niecałe trzysta metrów.

– Ile się należy? – zapytał, sięgając po portfel.

Wyobraźnia Tomasza, podbudowana ostatnimi wypadkami, pracowała wyjątkowo szybko.

– Pięćset złotych – palnął.

Facet obrzucił go fachowym spojrzeniem.

– Jako przedstawiciel Urzędu Skarbowego widzę tu pewne, nazwijmy to, niedociągnięcia – powiedział, cedząc słowa. – Na przykład brakuje w tej taksówce taksometru. A poza tym powinieneś mieć kasę fiskalną, bo jak wystawisz rachunek? A tak w ogóle to chętnie rzuciłbym okiem na twoją licencję.

Tomasz przez sekundę szukał rozpaczliwie wyjścia z sytuacji.

– Niczego takiego nie potrzebuję – powiedział z godnością. – Ja jestem szara strefa.

– Wobec tego czuję się zwolniony z płacenia – oświadczył urzędnik.

– Wolna wola. Liczę do trzech – warknął taksówkarz. – Ale od razu powiem, że taxi-mafia nie puszcza takich klientów żywych...

W otwartej skrytce na rękawiczki ponuro zabłysła lufa rewolweru. Obok leżał jeszcze granat. Pasażer zbladł i zapłacił, ile się należało. Taksówka odjechała. Dyrektor Semen stał przed budynkiem.

– Widzę, że i pana oskubała miejscowa taxi-mafia – zauważył z udawanym smutkiem.

Urzędnik zdążył się otrząsnąć.

– Uch, jak go dorwę...

– Co pan! Wykończą pana, jak wielu już w tej okolicy. – Stary kozak gestem ręki pokazał poletko zastawione gęsto prostymi krzyżami z desek.

– Co to jest?

– Czasami porzucają zwłoki na drodze albo w lesie. Naszym chrześcijańskim obowiązkiem jest grzebanie tych, których nie udaje się zidentyfikować.

– Dlaczego się nie udaje?

– Mafia często obcina głowy. Gotują je potem, aż odpadnie mięso, i sprzedają studentom medycyny albo satanistom. Niektóre tortury, jak na przykład przypalanie, też mogą zniekształcić twarz tak, że staje się nierozpoznawalna.

Łgał oczywiście. Krzyże na polu były pozostałościami rusztowania, na którym ubiegłego roku ktoś hodował fasolkę. Spora odległość i brak rozpiętych drutów utrudniały właściwą identyfikację zjawiska.

– Ach tak...

– Życzy pan sobie pokój z widokiem na góry?

Tu znowu lekko przesadził. Porośnięte lasem pagórki jako żywo gór nie przypominały.

– Nie. Nie zamierzam tu nocować.

– To może coś do zjedzenia?

– Nie.

– Mamy też różne napoje... – Semen zaczął się dziwić. Gość był jakiś podejrzany.

– Ja tu przyjechałem w zupełnie innej sprawie. Jestem przedstawicielem Urzędu Skarbowego. Wpłynął właśnie donos, że prowadzicie tu panowie działalność gospodarczą i ciągniecie z tego gigantyczne zyski. Tymczasem w naszych aktach brak informacji o zarejestrowaniu pana firmy. Co więcej, inspektorat ZUS poinformował nas, że firma ta nie odprowadza należnych składek... Oczywiście, będziemy musieli nałożyć grzywnę, a jeśli to nie pomoże, grozi wam także odsiadka. Możemy również zająć budynek. Nawiasem mówiąc, ten pałac to prawdopodobnie samowola budowlana, bo w aktach mamy wpis, że na tym wzgórzu znajdował się zamek. Sądzę, że ten obiekt trzeba będzie wyburzyć...

Semen spokojnie wyciągnął z kieszeni granat i podsunął urzędnikowi pod nos.

– Spierdalaj, pachołku – powiedział prawie czule. – A prijti tu jeszczo raz, kak ja tiebia uże proklataja!

Inspektor zamarł w pół słowa i ciężko łapiąc powietrze, patrzył na cytrynkę. Semen spokojnie docisnął łyżkę i wyciągnął zawleczkę.

– Liczę do dwóch – powiedział. – Raz...

Wróg rzucił się do ucieczki i po chwili zniknął za zakrętem. Nie zdołał zwiać daleko. Koło drogi znajdowała się kępa krzaków, przy której mijaniu spotkał trzech zamaskowanych drabów. Draby mieli w rękach pepesze.

– To jest napad – poinformował go Jakub. – Dawaj portfel!

– Ty draniu – powiedział drugi z napastników, którym był oczywiście Józef. – Na polecenie bezlitosnego systemu fiskalnego, sterowanego przez wiadome zachodnie agentury, łupiłeś nasz naród, wysysałeś krew tej ziemi i z tego ludu. Ale my, Komunistyczna Partia Naśladowców Janosika, nie dopuścimy do tego, aby tacy jak ty, pachołkowie imperializmu wszecheuropejskiego, niszczyli nasze społeczeństwo! Dopóki my istniejemy, w tych stronach zło nie zatriumfuje!

– Za swoje zbrodnie przeciw klasie robotniczo-chłopsko-kapitalistycznej zostałeś skazany na śmierć! – dodał Jakub.

Schwytany przypomniał sobie poletko krzyży. Zbladł. Paczenko wydobył zza pazuchy zwój linki alpinistycznej z naszykowaną pętlą. Inspektor wyrwał się i krzycząc, pobiegł w dół. Nie gonili go – ściągnęli maski.

– Cholera, żałuję, że dopiero na starość postanowiłem wreszcie pojechać na wakacje – westchnął Wędrowycz. – Ile fajnych przygód mnie ominęło...

Józef parsknął śmiechem. Urzędnik był już daleko, ale usłyszawszy ten wybuch wesołości, jeszcze bardziej zwiększył tempo ucieczki.

– To nie dla mnie robota – mruczał sam do siebie. – Jeśli wyjdę z tego żywy, to rzucę w diabły to zajęcie i zostanę listonoszem.

Ze zdobyczną forsą Jakub i Józef udali się do pobliskiej knajpy. Tymczasem jakieś pół godziny później pojawili się nowi goście. Było ich trzynastu i byli ubrani na czarno. Na ubraniach naszyte mieli tajemnicze symbole. W dłoniach trzymali walizki ozdobione srebrnymi okuciami.

– Hy, masoni – stwierdził Semen, obserwujący ich nadejście przez okno.

Pomylił się. To nie byli masoni...

– Witam panów – zagaił, wychodząc im na spotkanie. – Czego panowie sobie życzą?

Z bliska okazało się, że domniemani masoni mają brody przycięte w szpic. W ich oczach było coś, co bardzo mu się nie spodobało.

– Jesteśmy prześladowaną mniejszością religijną – oświadczył ten z najbardziej spiczastą brodą.

– Wszyscy prześladowani znajdą tu schronienie.

– Jesteśmy satanistami – wyjaśnił inny członek sekty.

MINALNA
oszust
wycza

Semen zmarszczył czoło i przeszukał swoją pamięć. Nie znalazł tam nic na ten temat, ale nie przejął się tym specjalnie. Ostatecznie od dawna podejrzewał, że ma sklerozę.

– I co z tego? – zapytał ostrożnie.

Sataniści uśmiechnęli się szeroko.

– Ile to będzie kosztowało? – zapytał przywódca.

– Za całą grupę? Myślę, że tysiąc dziennie. Posiłki extra.

– Możemy zostać miesiąc?

– Ile zapłacicie, tyle zostaniecie. – Semen wzruszył ramionami, ale uśmiechnął się do swoich myśli.

Jeśli faktycznie posiedzą tu miesiąc, może nawet opłaci się dla nich uruchomić w hotelu małą bimbrownię.

– Czy jest tu miejsce, w którym będziemy mogli składać ofiary? – zapytał inny członek sekty.

Semen zdziwił się. Nie dość, że zaakceptowali cenę, to jeszcze chcą coś dorzucić?

– Ofiary wrzucajcie do puszki – odparł.

– Czy pod hotelem są piwnice? – zapytał przywódca.

– Oczywiście.

– Wobec tego je także bierzemy.

Sataniści szybko rozlokowali się w hotelu. Niebawem z knajpy nadeszli Jakub i Józef. Deczko się zataczali, ale szło im się bardzo przyjemnie.

– O, goście są? – zdziwił się Jakub, potykając się w holu o czarną walizkę z namalowanym pentagramem.

Weszli do kancelarii, gdzie Semen właśnie suszył flaszkę pryty.

– Goście? – zagadnął Jakub.

– Aha, przemili ludzie, trzynastu... Powiedzieli, że są satanistami – wyjaśnił stary kozak. – Inżynierowie czy co, ładnie ubrani, w czarne płaszcze...

– Sataniści – powtórzył Jakub w zadumie. – Coś mi to mówi.

Nagle palnął się w głowę.

– Sataniści! – wykrzyknął. – Czciciele diabła.

– Nie gadaj głupot – ofuknął go Józef. – Nikt nie jest chyba na tyle głupi, żeby aż tak się pomylić. Modlić się do...

– Oni tak robią. I jeszcze zarzynają ludzi na ofiary...

– Wspominali coś o ofiarach – mruknął Semen. – Więc im wystawiłem w holu skarbonkę...

– Stary, a głupi – westchnął Jakub.

– Mam prawo. Skończyłem już sto lat... To co, wygonimy ich? Tylko jak? Mają nad nami czterokrotną przewagę liczebną...

– Naślemy na nich bojówkę ZChN! – zaproponował Józef.

Wędrowycz zamyślił się głęboko.

– Mam pewną koncepcję.

Myślał jeszcze przez dłuższy czas, a potem zszedł do lochów pod pałacem. Piwnica, w której siedzieli czciciele diabła, posiadała masywne drzwi zaopatrzone od zewnątrz w potężną zasuwę. Nie namyślając się długo, zasunął skobel, a potem przyniósł trochę cegieł i wiaderko zaprawy, po czym zabrał się za murowanie. Na tym właśnie przydybali go wspólnicy.

– Co ty, u diabła, robisz? – zapytał Semen.

– Sam zgadnij.

– Chcesz ich żywcem pogrzebać?

– Coś tak jakby. Z kancelarii prowadzi do piwnicy klapa. Będziemy im wrzucać żarcie, oczywiście za obopólną korzyścią. Żadnych ludzi tam nie będą mogli męczyć, więc niech sobie siedzą. Co najwyżej powyrzynają się nawzajem.

– A jeśli będą problemy?

– Napuścimy im gazu łzawiącego albo zalejemy wodą.

– Bo ja wiem?

– Do tego będziemy mieli atrakcję turystyczną. Zoo w podziemiach z ciekawymi eksponatami.

– Może to i niegłupi pomysł.

W holu stała część bagaży. Obaj pracownicy firmy przeszukali je starannie w celu zbadania, czy nie zawierają niebezpiecznych przedmiotów. W walizach i plecakach znaleziono osiem niebezpiecznych portfeli zawierających około dwóch tysięcy złotych oraz trzy niebezpieczne zegarki. Zostały oczywiście skonfiskowane. Jakub długo walczył z pokusą przywłaszczenia sobie fioletowych spodni i czarnej skórzanej kurtki, ale wreszcie zrezygnował. Za to piękny miecz, pokryty wygrawerowanymi rysunkami, zabrał do krojenia chleba.

Tę część bagażu, która nie stanowiła zagrożenia, upchnięto w piwnicy obok. Minęła jeszcze godzina, zanim uwięzieni zrozumieli swoją sytuację. Z podziemia dobiegły klątwy, wycia i buchnęły kłęby paskudnego dymu śmierdzącego siarką. Opary bez trudu przeniknęły przez klapę i zatruły powietrze w kancelarii.

– Cholera – zauważył, prawie dusząc się, dyrektor. – Zhajcują mi interes!

– Spokojnie. Długo tego nie wytrzymają. Tam na dole stężenie musi być wielokrotnie silniejsze! – uspokoił go Jakub.

– A może oni przyzwyczajeni do siarki? – zadumał się Józef.

Istotnie, kłęby dymu wkrótce zrzedły. Około czwartej po południu Semen czuwał właśnie nad bezpieczeństwem chronionego obiektu, co przejawiało się tak, że siedział na dachu i wypatrywał kolejnych ofiar, gdy niespodziewanie spostrzegł dużą grupę ludzi zmierzającą prosto w stronę jego interesu.

– Oj – powiedział sam do siebie i pobiegł ostrzec wspólników.

Jakub siedział sobie w kancelarii i pracował, to znaczy ozdabiał strony książki przychodów i rozchodów rysunkami zajączków.

– Co się stało? – zapytał, widząc wzburzenie swojego szefa.

– Goście!

– Już idę.

– Smerfy!

– Smerfów nie ma. Za dużo skosztowałeś bimbru, że ci się zwidują małe niebieskie ludziki?

– Gliny!

– Ach, rozumiem. Ilu?

– Wszyscy!

– To znaczy?

– Dwa radiowozy i jeszcze ze czterech pieszo.

– Tylko spokojnie – powiedział egzorcysta, idąc w stronę drzwi wejściowych. – Może przyjechali coś zjeść. Albo zanocować. Gliny też ludzie.

Naraz spostrzegł, że przyjaciel gdzieś zniknął. Wzruszył ramionami. Czego tu się bać? Policja nigdy nie aresztuje niewinnego. Wyszedł spokojnie przed budynek. Policjanci otaczali wejście, celując w jego stronę z pistoletów zwykłych i maszynowych. Wędrowycz miał już wcześniej liczne kontakty ze służbami mundurowymi i teraz doszedł do wniosku, że to takie skrzywienie zawodowe. Nerwowe chłopaki, to i do hotelu idą z bronią i w mundurach.

– Witam licznie zgromadzonych przedstawicieli organów ścigania – zagaił. – Nasz hotel oferuje luksusowe pokoje z widokiem na okoliczne wzgórza. Nasza kuchnia słynie na całą okolicę... Mamy też piękną salę konferencyjną, wprost wymarzoną do prowadzenia konferencji na temat zwalczania przestępczości w naszym pięknym powiecie...

W tym momencie spostrzegł, że koło jednego z radiowozów stoją czterej Niemcy i inspektor nasłany z Urzędu Skarbowego.

Pryta ulotniła się z jego mózgu i teraz wydało się nagle, że zapraszanie policjantów do zatrzymania się w hotelu nie było szczególnie dobrym pomysłem.

– Imię i nazwisko – rzucił pytanie kapitan Wilkowski.

Jakub siedział na krześle w pokoju przesłuchań komendy w Uchaniach i czuł się podle. Wspólnicy gdzieś zwiali. Byli klienci bezczelnie oskarżyli go o całą masę rozmaitych przestępstw. W dodatku policja dała mu mały łomot. Właściwie to mieli trochę racji, bo protestował energicznie, gdy dokonywali aresztowania, na skutek czego jeden z radiowozów stracił przednią szybę, a drugi miał wgniecione drzwiczki, jeden z funkcjonariuszy stał się podobny do psa Reksia z dobranocki (Jakub podbił mu oko), zaś drugi do Misia Uszatka (jedno ucho zupełnie mu oklapło po Jakubowym ciosie), no ale tak to już bywa.

– Imię i nazwisko – powtórzył kapitan.

Ponieważ Jakub nie był na tyle głupi, aby nosić przy sobie jakiekolwiek dokumenty, policja miała pewne problemy identyfikacyjne. Postanowił jeszcze bardziej utrudnić im życie.

– Jestem Jan Kowalski – zełgał.

– Czy wiecie, obywatelu, za co zostaliście aresztowani?

– Nie mam pojęcia.

Kapitan popatrzył mu w oczy. Błękitne, wodniste oczy egzorcysty przypominały porcelanowe kulki. Spojrzenie aresztanta było tak czyste i niewinne, że funkcjonariusz aż się zmieszał. Jednak wszyscy świadkowie rozpoznali starca podczas konfrontacji. Kapitan westchnął.

– Proszę zgadnąć.

Jakub zamyślił się. Które z rozlicznych przestępstw, jakie popełnił w swoim życiu, zasługiwało na tak surową karę?

– Kłusownictwo?

– Nie. Proszę zgadywać dalej.

– Przemyt?

– Przemyt czego?

– Niczego nie przemycałem. Ja tylko sprawdzam możliwości.

– Za przemyt też. Zgadujesz dalej?

– Poddaję się.

– Jesteś aresztowany pod zarzutami: wyłudzeń majątkowych i rabunku z bronią w ręku. Jeśli jednak zgodzisz się współpracować z organami ścigania, postaramy się wpłynąć na sąd, aby nie orzekał najwyższego wymiaru kary przewidzianego za te przestępstwa. Zamiast ośmiu lat posiedzisz maksymalnie pięć...

W tej chwili wszedł drugi gliniarz. Niósł wydruk z komputera.

– Mamy tu akta tego Kowalskiego – powiedział. – Niezły ptaszek, trzydzieści wyroków...

Egzorcysta uświadomił sobie ze zdumieniem, że gdzieś w Polsce grasuje jakiś Jan Kowalski, który w dodatku narozrabiał więcej niż on. A to mu się nie spodobało.

– Poddaję się – powiedział ze znużeniem. – Jestem Jakub Wędrowycz. Chcę odpowiadać tylko za moje winy...

– Proszę sobie nie żartować! – huknął kapitan.

– Pragnę odpowiadać przed sądem za popełnione przez siebie przestępstwa, a nie za czyny jakiegoś wymyślonego Kowalskiego! – wrzasnął rozpaczliwie Jakub.

Policjant westchnął ciężko.

– Zaczniemy jeszcze raz – powiedział łagodnie. – Proszę odpowiadać zgodnie z prawdą.

– Dobrze.

– Czy jest pan właścicielem fabryki proszku do prania, tej w Sochaczewie, gdzie robiliście amfetaminę?

– Nie.

– Czy jest pan właścicielem fabryki tapet w Otwocku? Tej fabryki, gdzie drukowaliście fałszywe dolary...

– Nie.

– Czy jest pan członkiem organizacji terrorystycznej „Zieloni Mściciele"?

– Nie.

– Panie Kowalski. Obiecał pan mówić prawdę! To, co pan wygaduje, to najgłupszy sposób obrony...

– Nie jestem Kowalski! – zawył Jakub, rzucając się na śledczego.

Trochę miał pecha, bowiem po drodze potknął się o kabel i rąbnął czołem o kant biurka. Minęło wiele minut, zanim udało się go docucić. Posadzono go na krześle.

– Zaczniemy jeszcze raz. – Kapitan Wilkowski był wcieleniem nieskończonej cierpliwości. – Zgoda?

– Tak.

– Imię i nazwisko?

– Nie pamiętam.

Tym razem mówił prawdę. Uderzenie o kant mebla na krótko odebrało mu pamięć.

– Jan Kowalski. Prawda?

Słowa kapitana były jak balsam dla zamroczonego umysłu aresztanta.

– Skoro tak pan twierdzi, to chyba tak – uśmiechnął się egzorcysta. – Policja chyba nie kłamie...

– Czy należy pan do organizacji terrorystycznych zmierzających do obalenia siłą obecnego ustroju naszej ojczyzny?

Jakub zamyślił się. Terror. Coś mu chodziło po głowie. Znał to słowo.

– Tak – powiedział z uśmiechem i gliniarz też się do niego uśmiechnął.

To wyznanie przyniosło mu ulgę. Był teraz święcie przekonany, że jest terrorystą.

– Jakie funkcje pan w nich pełni?

To pytanie przysporzyło Jakubowi kłopotu. Nie był pewien. W jego umyśle kotłowały się różne oderwane rzeczowniki, ale tylko jeden pasował.

– Jestem tam egzorcystą.

Policjant zignorował kolejny, jak mniemał, wygłup aresztanta.

– Ile ich jest? Jakie mają nazwy?

Ponownie wysilił pamięć. Do głowy przychodziły mu jednak tylko jakieś niesprecyzowane zbitki słów. Wyobraźnia podsunęła mu wizję regałów z książkami. Ale było to wspomnienie z czasów, gdy będąc w podstawówce, spędził całą noc zamknięty omyłkowo w bibliotece. Wszystko mu się plątało.

– Nie pamiętam.

– Na dzisiaj starczy.

Odprowadzono go do celi. Zwalił się na łóżko i zapadł w sen. Obudził się w porze kolacji. Pamięć mu wróciła. Pozostał tylko ból głowy. Do celi wszedł praktykant z kolacją. Jakub obrzucił go uważnym spojrzeniem. Praktykant nie wyglądał na ideowca.

– Chcesz sobie trochę dorobić? – zapytał.

Próba korumpowania policji powiodła się.

– W jaki sposób? – praktykant połknął haczyk.

– Dam pięć starych milionów, znaczy pięćset złotych za klucz od tych drzwi.

– To będzie trudne.

– Tysiąc?

– Ja bardzo chętnie, tyle tylko, że tu nie ma zamka, tylko zasuwa.

Wyszedł, zanim Jakub wpadł na jakiś pomysł. Najpierw długo klął, a potem zaczął przeszukiwać kieszenie. Kieszenie zawierały wszystko to, co miał w nich w chwili aresztowania. Widocznie wcale nie został zrewidowany. Sprawdzono jedynie, czy ma przy sobie broń. W tylnej znalazł pilnik ślusarki typu iglak, którego używał czasem do ostrzenia paznokci. Popatrzył w zamyśleniu na kratę w oknie, a potem zaczął ją piłować. O jedenastej w nocy poddał się ostatni pręt.

– No to do dzieła – szepnął sam do siebie i wyskoczył oknem. Znalazł się na cichej, spokojnej uliczce na tyłach komisariatu.

– Jestem wolny! – krzyknął na całe gardło.

Syrena radiowozu ryknęła mu tuż za plecami. Jakub z wrażenia upuścił trzymaną w ręce kratę i rzucił się do panicznej ucieczki.

Wspólnicy Jakuba obserwowali zza krzaków jego aresztowanie.

– Cholera – zaklął Semen. – Stary, a głupi i teraz go zwinęli...

– Myślę, że trzeba go po prostu na chama odbić – zaproponował Tomasz. – Zanim nas sypnie. To nie może tak być, że człowiek pojechał na wczasy i go zwijają...

– Pomysł znakomity – zauważył Semen. – Tyle tylko, że bardzo trudny do zrealizowania. Co ty na to?

Józef zamyślił się. Niewątpliwie w przeszłości musiały zdarzać się udane próby odbicia więźniów, ale nie znał żadnych przykładów. Prawdę mówiąc, jego nieznajomość takowych wynikała z faktu, że czytanie książek nigdy nie było jego mocną stroną.

– Myślę – powiedział – że trzeba by obejrzeć na wideo jakiś film, z którego moglibyśmy czerpać dobre pomysły podczas akcji.

– Nie mamy wideo – zauważył stary kozak.

– To nie problem. Ja mam – pochwalił się Tomasz. – Sony. Od syna dostałem, jak z Ameryki wrócił.

– A masz jakiś film?

– Mam jeden o więzieniu dla kobiet. Fajne babki z wielkimi cyckami ryćkają się ze strażnikami. Ale ten się nie przyda. One nie uciekają...

– Panowie, wróćmy do tematu – poprosił Semen. – Jak sądzicie, gdzie go trzymają?

– Na posterunku w Uchaniach, oczywiście – mruknął Tomasz. – Widziałem z taksówki, jak go tam wlekli. A potem reszta radiowozów gdzieś pojechała.

– Ilu tam jest policjantów?

– Dużo.

– A konkretnie? Dziesięciu? Piętnastu?

– Ze sześciu. Co najmniej.

– A może by odwrócić ich uwagę? – zaproponował Józef.

W tym momencie analityczny, sklerotyczny umysł Semena przeszyła błyskawica. Doznał olśnienia. Nachylił się i zaczął wyjaśniać szczegóły swojego planu.

Operacja odbicia Jakuba Wędrowycza rozwijała się pomyślnie. Około dziesiątej przez Uchanie przejechała dziwna kolumna pojazdów. Na jej przedzie jechał mercedes taksówka. Za nim podążała nowiutka toyota, ciągnąc za sobą na lince holowniczej barakowóz, z którego buchała w niebo pieśń masowa. Barakowóz hotelarze ukradli z budowy w Hrubieszowie. Ukradli razem z budowlańcami. Załoga dostała kanister bimbru i teraz była na najlepszej drodze do całkowitego zalania. Barakowóz zatrzymał się przed szkołą. Józef wygonił właścicieli ze środka. Wyłazili trochę opornie, musiał parę razy użyć siły. Wreszcie udało mu się ustawić roboli w rządku.

– Oto wasze nowe miejsce pracy. – Wskazał gestem budynek szkoły podstawowej.

– Ale to już zrobione – zauważył któryś.

– Nic nie szkodzi. Wasza praca polegała będzie na rozwaleniu tego w drzazgi.

Budowlańcy poskrobali się brudnymi łapami po przetłuszczonych czuprynach.

– Co to drzazga? – zapytał któryś.

– Rozwalcie to po prostu na kawałki. Stawiamy tu skrzynkę smacznej wódeczki. Jak się szybko uwiniecie, to się szybko napijecie. A rano przyjdzie tu ktoś z kierownictwa i da wam dolewkę. No to do roboty.

Robotnicy złapali za kilofy i zaczęli kuć ściany. Robili przy tym dużo hałasu. Z okolicznych domów wybiegli mieszkańcy.

– Dlaczego rozwalają szkołę? – zapytał Józefa jakiś dzieciak.

– Cięcia w budżecie oświaty spowodowały, że zamykamy wszystkie szkoły, i to na zawsze.

– To znaczy, że mamy wakacje, dopóki nie dorośniemy? – upewnił się drugi dzieciak.

– No pewnie! Pomóżcie robotnikom.

Banda ofiar systemu powszechnej edukacji włączyła się ochoczo do dzieła.

– Robotne dzieciaki – zauważył Józef z melancholią. – Do nauki pewnie nigdy się tak nie przykładały.

– Sądzisz, że to wystarczy, by odwrócić uwagę? – zapytał z niepokojem Tomasz.

– Myślę, że tak.

Jakiś dzieciak podbiegł do nich z pochodnią w ręce.

– Ma pan ogień?

Paczenko podał mu zapalniczkę.

– Spaliliśmy za sobą wszystkie mosty – rzucił filozoficznie.

– Nawet kości zostały rzucone – dodał wesoło Semen, obserwując, jak szkielet wywalony przez okno z sali biologicznej rozbija się o ziemię.

– Panowie, czas na nas – Tomasz uciął ich rozważania.

Czas istotnie był już najwyższy. W oddali słychać było wycie syren kilku radiowozów. Dźwięki nasilały się, co mogło oznaczać, że ich źródło się zbliża.

– Godzina X plus jakieś piętnaście minut – powiedział Józef, patrząc na zegarek.

Wsiedli do samochodów i ruszyli. Minęli po drodze radiowóz spieszący pod szkołę i zatrzymali się przed posterunkiem. Komisariat wydawał się wymarły. Brama na podwórze była otwarta.

– Zaczekajcie. – Semen powstrzymał gestem wspólników, którzy właśnie zamierzali zaatakować. – Nie można tak na chama, głównym wejściem.

– Dlaczego nie?

– Trochę ich tam musiało zostać. Rozgromią nas. Trzeba użyć jakiegoś fortelu.

Uwierzyli mu. Ostatecznie tylko on miał wykształcenie wojskowe, co prawda zdobyte jeszcze za cara, ale lepsze takie niż żadne. Wzrok kozaka prześliznął się po murach.

– Chyba mam. – Wskazał dość brudne drzwi na lewo od bramy. – To pewnie wejście zapasowe. Tędy dostaniemy się do środka!

– To do dzieła, bo czas ucieka – ponaglił go Tomasz.

– Musimy liczyć się z oporem wroga i być gotowi ponieść niezbędne ofiary – powiedział z namaszczeniem Józef, unosząc pepeszę. – Niech żyje wolność!

Stanął przed drzwiami i wygarnął w ich stronę długą serię. Nawet trafił. W drzwiach powstały liczne otwory. Wyczerpawszy połowę zawartości magazynka, przerwał ostrzał i rzucił się do ataku. Walnął w drzwi ramieniem, chcąc je wyważyć, ale, niestety, mimo iż były mocno podziurawione, nie poddały się.

– Może otwierają się na zewnątrz? – Semen doszedł do wniosku, że jako szef powinien udzielić dobrej rady.

Paczenko natychmiast to sprawdził. Szarpnął potężnie. Drzwi nie były nawet zamknięte, toteż odrzuciło go do tyłu. Zerwał się i z rozognioną pepeszą w ręce runął w głąb ciemnego i wąskiego korytarza. Pociski poodbijały tynk ze ścian.

Jego kumple chcieli pobiec za nim, ale tak się pechowo złożyło, że pozostali na posterunku funkcjonariusze wybiegli właśnie przez główną bramę, zwabieni wrzaskami i strzałami. Gangsterzy wskoczyli do samochodów i oddalili się w pośpiechu.

Korytarz zakręcał, więc dzielny bojownik też zakręcił i wówczas stwierdził, że to chyba jego pechowy dzień, bowiem spostrzegł dwie rzeczy. Po pierwsze ku swojemu zdziwieniu przekonał się, że kumple nie podążyli za nim, po drugie zauważył, że korytarz kończy się ślepo, a dokładniej – dolnym wylotem zsypu. Zawył i w ekstazie zaczął strzelać do kubłów na śmieci. Tymczasem dzielni funkcjonariusze zaryglowali drzwi, przez które wpadł do środka.

– Co tu się dzieje? – zapytał kapitan Wilkowski, który powrócił właśnie z dziwnej akcji, polegającej na rozproszeniu dzikiego tłumu, który z bliżej niewyjaśnionych przyczyn zaczął w środku nocy rozwalać szkołę.

– Wariat z karabinem ostrzeliwuje się ze śmietnika – wyjaśnił mu usłużnie jakiś szeregowiec.

– No to rozbrójcie go i zapudłujcie.

– Nie ma jak podejść. Strzela, ludzie poginą...

– Po to właśnie bierzemy dodatek za niebezpieczną służbę, żeby poginęli – mruknął Wilkowski.

Westchnął ciężko. Wbiegł na posterunek i wdrapawszy się na drugie piętro, wrzucił w czeluść zsypu granat gazowy. Gdy strzelanina ustała, dwaj policjanci weszli w maskach przeciwgazowych do wnętrza śmietnika i wyciągnęli zemdlonego terrorystę.

Klika minut wcześniej i kilkaset metrów dalej Jakub nawiewał przed radiowozem. Samochód niemal najeżdżał mu na pięty. Naraz uciekinier spostrzegł po swojej lewej stronie niski kamienny murek. Sprężył się i udało mu się go przeskoczyć. Wbiegł na cmentarz. Policjanci wysiedli z radiowozu i na piechotę ścigali go dalej. Uciekinier skakał z nagrobka na nagrobek, ale jego biała koszula stanowiła dla ścigających wyraźny drogowskaz.

– Stój, zaraz cię capniemy!

– Jak się nie macie za co łapać, to się złapcie za ptaszka! – odgryzł się.

Nie mogli ścierpieć takiej strasznej zniewagi. Zaczęli strzelać. Nawet trafili. Kamienny anioł dostał kulę prosto w serce. Drugi stracił prawą dłoń. Trzeci pocisk urwał drzemiącemu w krzakach kotu ogon. Jakub przesadził kolejny mur i znalazł się na ulicy.

Policjanci zaprzestali strzelania. Teraz nie mógł już im uciec. Zbieg też to wiedział. I nagle stał się cud. Ulicą przejechał mercedes na ukraińskich numerach. Egzorcysta rzucił się za nim.

– Postoj! Pomiłuj!

Samochód zatrzymał się. Tylne drzwiczki otworzyły się na moment. Uciekinier wskoczył i pojazd ruszył ostro do przodu. Po chwili policjanci byli tylko wspomnieniem. Nasz bohater odwrócił się, aby zobaczyć, komu zawdzięcza ocalenie, a przy okazji podziękować. W mercedesie siedzieli trzej ukraińscy biznesmeni. Światło ulicznych latarni wydobywało z półmroku szczegóły. Świeciły odblaskowe białe paski na spodniach od dresu, z cienia wyskakiwały mniej zmiętolone płaszczyzny skórzanych kurtek. Czasem promień lizał nagi, umięśniony tors widoczny tam, gdzie kurtki były rozchełstane.

Srebrne suwaki i guziki rzucały miniaturowe zajączki na poplamioną tapicerkę. Znad czarnych lakierków błyskały oślepiająco białe skarpetki. Broń nie połyskiwała. Lufy oksydowane były na czarno. Jeden z nich wyjął z kieszeni portret pamięciowy i porównywał przez chwilę z obliczem pechowego gościa.

– Eto on! – stwierdził.

Jakub poczuł się odrobinę niepewnie.

– Imię i nazwisko? – zapytał kapitan, gdy aresztanta doprowadzono na przesłuchanie. Tomasz zamyślił się na chwilę. Nie miał przy sobie żadnych dokumentów...

– Jan Kowalski jestem – rzucił pierwsze nazwisko, które przyszło mu do głowy.

Reakcja śledczego zaskoczyła go.

– Kłamiecie, obywatelu. Imię i nazwisko?

– Jestem Jan Kowalski – postanowił iść w zaparte.

– Tak? Zaraz cię, robaczku, wyjaśnimy. Przyprowadźcie tu tego Jana Kowalskiego, którego złapaliśmy rano.

Jeden z szeregowców wyszedł wypełnić rozkaz. Wrócił po chwili. Wyglądał na nieco zdenerwowanego.

– Obywatelu kapitanie...!

– Co się stało?

– Cela jest pusta, a w oknie nie ma kraty!

– Uciekł – wydedukował Wilkowski. – Szkoda. Już go złamałem. Do rana wszystko by wyśpiewał.

Tomasz od razu poczuł się pewniej.

– Ten w tamtej celi to był Kowalski? – upewnił się.

– Tak.

– Sam pan widzi, kapitanie. Ja jestem tu, a nie w tamtej celi, bo tamten tam nie jest.

– To znaczy?

– Jest tylko jeden prawdziwy Jan Kowalski, to znaczy ja. – Dumnie uderzył się w pierś.

Wilkowski trochę zgłupiał, ale nie dał tego po sobie poznać.

– Nieważne. Jesteś aresztowany. Masz prawo do adwokata...

– Wiem. Wszystko, co powiem, zostanie użyte przeciwko mnie. A tak właściwie to za co jestem aresztowany?

– Za terroryzm, posiadanie niezarejestrowanej broni palnej, napad na komendę... Potraktujemy to jako napad na zatrudnionych tu funkcjonariuszy... dziesięć osób razy pięć lat... Pięćdziesiąt lat pudła! – syknął mściwie.

– Ale u nas chyba nie ma sumowania wyroków?

Kapitan od dawna podejrzewał, że aresztant kpi sobie w żywe oczy. Teraz nie wytrzymał.

– Won! – ryknął.

– Znaczy się na wolność? – ucieszył się pechowy hotelarz.

– Zabrać go, zanim zastrzelę!

I zabrali go, i to nie do piątej celi, z której zwiał Jakub, tylko do siódmej, w której wcale nie było okna.

Jakub stał przywiązany do kolumny podtrzymującej chór w jakiejś opuszczonej cerkwi.

– Panowie, może się dogadamy? – zaproponował.

Trzej ukraińscy biznesmeni, Pawło, Mykoła i Ihor, roześmieli się ponuro, ale nie przerwali swojego zajęcia, które polegało na ostrzeniu bagnetów od kałasznikowa o piaskowcowe schodki ołtarza. Zajęcie to sprawiać im musiało dużą przyjemność, bo uśmiechali się błogo i pogwizdywali przy tym przez zęby marsz żałobny.

– Popełniacie poważny błąd...

Nie zwrócili na niego uwagi.

– Te schodki są brudne. Tam jest pełno zarazków.

– To już twoj probliem – powiedział Ihor.

W jego głosie słychać było życzliwe nutki.

– Tylko mnie oskalpujecie? – upewnił się więzień. – Ewentualnie odetniecie mi uszy?

– Niet tolko – obiecał Mykoła.

Ihor przeciągnął nożem po owłosionej łapie. Włosy posypały się na ziemię.

– Hy! – ucieszył się. – Jak brzytew!

– Może niepotrzebnie ostrzymy – zauważył Pawło. – Tępymi bardziej boli.

– Posypiemy solą i będzie gut – powiedział Mykoła. – Trzeba było przynieść beczułkę z samochodu.

– Ale za co? – jęknął jeniec.

– Ty inspektora z Urzędu Skarbowego rabował – wyjaśnił Ihor – a Urząd Skarbowy najął nas...

Jakub już dawno podejrzewał, że urzędnicy są w stanie wymyślić dowolną bzdurę, ale teraz wreszcie zdobył jednoznaczny dowód.

– Polski Urząd Skarbowy wynajmuje ukraińską mafię?!

– Inaczej by tych wyrąbanych w kosmos podatków w ogóle nie ściągnął – mruknął Mykoła.

– Panowie, może się dogadamy? – Jakub nie lubił tortur.

– No to gadaj – zezwolił Mykoła.

– Jestem właścicielem hotelu w Uchaniach. Piękna, zadbana rezydencja... Dwanaście pokoi, można zarobić, ile się zechce. Na miejscu jest kuchnia i bimberek można w piwniczce nastawić...

Trzej Ukraińcy popatrzyli po sobie i poskrobali się po głowach.

– Hotel – mruknął Ihor. – Można by turystów pakować do piwnicy i brać okupy! To brzmi sensownie. Dobra – zwrócił się do Jakuba. – Bierzemy to. Napiszesz nam upoważnienie do zarządzania w twoim imieniu.

Uwolnili mu jedną rękę i napisał im, co chcieli. Mykoła schował papier i wyciągnął z pochwy bagnet.

– Co ci obciąć na początek? – zapytał rzeczowo.

– Zaraz, zaraz! – zdenerwował się więzień. – Dlaczego chcecie mnie wykończyć? Przecież oddałem wam hotel.

– Hotel wzięliśmy, ale sam rozumiesz, forsę Urząd Skarbowy dał z góry...

– To nieuczciwe!

– To całkowicie uczciwe – zaprotestował Ihor. – Nie mówiliśmy nic na temat darowania ci życia.

– Dranie! I wy jesteście Ukraińcami, tak jak mój pradziadek? On się chyba jednak mylił co do swojego pochodzenia! To nie fair!

– Fajer też będzie. – Mykoła potrząsnął stojącym nieopodal kanistrem. Zachlupotało. Benzyna.

– Nie możecie mnie zamordować w cerkwi! – zawył. – To desakracja!

Trzej mafioso zmarkotnieli.

– Ma rację, huncwot – stwierdził Pawło. – Rzeczywiście, w cerkwi to nieładnie.

– No właśnie – ucieszył się Jakub. – Bardzo nieładnie. Po prostu okropny grzech.

– Dobra – podjął decyzję Ihor. – Odwiążcie. Załatwimy go na zewnątrz.

Odwiązali go i wywlekli. Po drodze Jakub zaczął przekonywać ich, że zabójstwo poza cerkwią to też grzech. Przed świątynią leżało trochę materiałów budowlanych. Widać jakiś sponsor szykował się do remontu.

– Wiecie co? – powiedział Ihor. – Jesteśmy dzielnymi ukraińskimi mafioso.

– No, jesteśmy – przyznał Pawło.

Jakub na wszelki wypadek energicznie pokiwał głową.

– Ukraina zawsze była przedpolem Europy, a my co? Zachowujemy się jak dzikusy z rosyjskiej mafii. Oni rżną nożami albo strzelają.

– Co chcesz przez to powiedzieć?

– Myślę, że powinniśmy działać bardziej po europejsku.

– To znaczy wypuścić? – ucieszył się Jakub.

– Wbetonujemy mu nóżki w wiadro i zrzucimy z mostu. Niech rybki połowi.

– Gdzie najbliższy most?

– Sto metrów stąd!

– Do dzieła!

Jak postanowili, tak też zrobili. W ostatniej chwili życia Jakub Wędrowycz zachował się godnie.

– Będę was straszył po nocach – obiecał.

A potem zepchnęli go z barierki i pojechali w stronę hotelu.

Kapitan Wilkowski wszedł do celi Tomasza.

– Dojrzał pan do normalnej rozmowy? – zapytał.

– Oczywiście. Może się dogadamy? – aresztant rzucił korupcyjną aluzję.

– Jak dogadamy? – kapitan Wilkowski był całkowicie nieprzekupny.

Jego nieprzekupność wynikała z tego, że studiując na akademii policyjnej, zamiast na zajęcia z zachowań aresztantów zapisał się na wykłady z filozofii. Na skutek tego pechowego wyboru umiał cytować z pamięci dwudziestu różnych myślicieli, natomiast aluzje i pewne gesty, którymi posługiwali się ujęci przez niego kryminaliści, były dla niego zupełnie niezrozumiałe. Tomasz jednak nie wiedział o tym.

– Załatwmy to – powiedział, puszczając oko.

Wilkowski był od niedawna na służbie. Nie miał jeszcze tej twardości, która cechuje starych gliniarzy. Można powiedzieć, że, jak na policjanta, był bardzo życzliwie nastawiony do problemów ludzkich.

– Jeśli coś panu wpadło do oka, to dam panu chusteczkę – powiedział łagodnie.

Tomasz zrobił palcami energiczny gest liczenia pieniędzy.

– Jeśli coś pana oblazło, to proszę się drapać bez skrępowania. Mieliśmy tu zrobić dezynsekcję, ale brakuje środków chemicznych...

Były ochroniarz przeszedł do aluzji słownych. Nie miał pojęcia, że i one stanowią dla kapitana prawdziwą tabula rasa.

– Może potrzebuje pan samochodu? – zagadnął.

– Na służbie nie jestem panem, tylko obywatelem.

– Obywatelu kapitanie. Może potrzebujecie samochodu?

– Właściwie to nie. Mam służbowy.

– A nie chcecie mieć własnego?

– A po co? Tylko podatki trzeba płacić, a i benzyna drogo ostatnio kosztuje.

– A może potrzebujecie mieszkania?

– Mam służbowe. Wystarczy mi.

Problem okazał się trudniejszy, niż się wydawało. Ale Tomasz był twardy.

– Nie wybrałby się pan na wycieczkę do dalekich krajów?

– A po co? Góry wystarczą, a są blisko.

– A wie pan, że w Honolulu dziewczyny chodzą po ulicach w samych kostiumach kąpielowych?

Brwi kapitana uniosły się.

– Niech pan poda adres tego Honolulu, to wyślę tam ekipę i wlepimy im tyle mandatów za sianie zgorszenia...

– Ale to za granicą.

– Polska policja dotrze nawet do piekła, jeśli zajdzie taka potrzeba!

Parę dni później kapitan miał się na własnej skórze przekonać o prawdziwości tego twierdzenia.

– Dziewczyny chodzą prawie nagie – drążył temat więzień. – A morze jest cały rok ciepłe. Można pływać na łódkach z dziewczynami. Można się opalać.

– A gdzie to tak właściwie jest?

– Niedaleko Ameryki. Na Hawajach.

– A po jakiemu tam gadają?

– Po angielsku.

– Ja znam tylko niemiecki. I ruski.

– Nic nie szkodzi. Ja znam angielski bardzo dobrze.

– W samych kostiumach na ulicach? Chciałbym to zobaczyć.

Tomasz uznał, że rybka złapała haczyk. Więc naciskał dalej...

– Możemy jechać nawet jutro. Razem. Będziemy chodzić po bulwarach, a dookoła nas stada ślicznotek.

– Szkoda, że pan dostanie dwadzieścia pięć lat – powiedział kapitan, wstając. – Równy z pana gość, że zabrałby mnie pan ze sobą.

A potem wyszedł.

Aresztant walił głową w ścianę tak długo, aż go rozbolała. Gdy skończył, ktoś cicho zapukał do drzwi celi.

– Kto tam?

– Jesteśmy ubogimi policjantami. Chcesz jeszcze tej nocy dostać klucz od swojej celi?

– Jak bardzo ubodzy jesteście?

– Tysiąc złotych nam wystarczy.

Odliczył dziesięć banknotów z forsy zdobytej poprzedniego dnia i podał im przez judasza.

– Ale mi się udało – szepnął sam do siebie, zacierając ręce z zadowolenia. A potem zaczął czekać. Oczekiwanie przedłużyło się. Widocznie mieli problemy ze zdobyciem klucza. Usiadł na pryczy i dalej czekał. Czas wlókł się strasznie wolno. Położył się, żeby jeszcze poczekać.

A potem przysnął na moment. Gdy się obudził, potrząsał nim kapitan Wilkowski i był ranek następnego dnia.

– Wstawaj, terrorysto. Złapaliśmy Jana Kowalskiego i zaraz wam zrobimy konfrontację!

A było to tak: rzeka, do której ukraińska mafia wrzuciła przybetonowanego Jakuba, nie należała do głębokich. Prawdę mówiąc, była zupełnie płytka. Pod mostem było akurat tyle wody, by egzorcysta wpadł po kolana. Stanie przez całą noc po kolana w wodzie nie należy może do przyjemności, ale nie zagraża życiu. Do rana cement zmiękł na tyle, że więzień zdołał uwolnić nogi. Potem wyprał spodnie i ruszył w stronę Uchań. Plan szatańskiej zemsty układał całą noc. Pech chciał, że tą samą drogą wracał z całonocnych poszukiwań patrol, przed którym udało mu się uciec. Zbyt był zmęczony, aby powtórzyć wyczyn, więc capnięto go od razu i...

– Kto to jest? – zapytał Jakuba kapitan.

Jego ręka dramatycznym gestem wskazywała Tomasza. Ten ostatni mrugnął. W drodze z celi do gabinetu przesłuchań całkiem się załamał i teraz postanowił się przyznać.

– Nie mam pojęcia – warknął egzorcysta. – Pierwszy raz widzę na oczy tego typa.

– Jakub, przyjacielu, nie poznajesz mnie?

– Więc kto to jest? – powtórzył pytanie Wilkowski.

– Nie wiem.

– Dobra. Panie Kowalski. Kto to jest?

Tomasz zrozumiał natychmiast swój błąd.

– Nie mam zielonego pojęcia.

– Przecież pan go rozpoznał! I mówił do niego po imieniu.

– To jest pomówienie. Nie znam tego faceta.

Wilkowski westchnął.

– Zabrać ich – polecił. – I podsłuchujcie, o czym będą gadali.

Więźniowie wrzuceni zostali do celi bez okien.

– Skąd się tu wziąłeś? – zapytał Jakub Tomasza, gdy zostali sami.

– Przyjechaliśmy cię odbić.

– Jestem wzruszony.

– Ale coś się trochę pokiełbasiło.

– Hmm?

– Wywaliłem boczne drzwi komendy, wpadłem do środka z karabinem, ale tam był tylko wylot zsypu.

– Do diabła! A reszta?

– Chyba zwiali, gdy byłem w środku.

– To do nich podobne – uśmiechnął się egzorcysta z goryczą. – Zwiali i nas zostawili. Ale nic. Semen na pewno coś wykombinuje, żeby nas wyciągnąć...

– Wrócą. Na pewno. Całą forsę z hotelowej kasy mam przy sobie. – Uśmiechnął się. – Semen kazał schować w dziupli, ale zapomniałem w tym zamieszaniu.

– To dobrze – ucieszył się Jakub. – Spróbujemy przekupić gliny.

– To będzie trudne.

– Dlaczego?

– Już próbowałem.

– I jak?

– Dziesięć starych milionów przepadło.

– Opowiedz.

Tymczasem policjanci, którzy tak zręcznie zostali dnia poprzedniego przekupieni, wypili trochę i cierpieli teraz na wyrzuty sumienia.

– Źle się stało, że go oszukaliśmy – powiedział jeden z nich.

– Tak, policja nie powinna oszukiwać.

– Damy mu ten klucz – postanowił trzeci. – Przecież niczym to nie grozi. Nawet nas z roboty nie wywalą, gdyby się wydało...

Tomasz kończył właśnie opowiadać kumplowi o swoich niepowodzeniach, gdy ktoś otworzył judasza w drzwiach.

– Psyt – szepnął. – Macie klucz.

Klucz upadł na podłogę. Tomasz złapał go i triumfalnie pokazał swojemu szefowi.

– Mamy go!

– Brawo!

Skoczył w stronę drzwi. Nagle zamarł w bezruchu, a potem zawył ponuro i żałośnie. W masywnych, okutych blachą drzwiach celi nie było po wewnętrznej stronie ani śladu dziurki. Ale tak to już w życiu bywa. Los nikomu nie szczędzi rozczarowań.

Tymczasem Semen działał... W środku nocy Tomasz i Jakub przypuścili szturm butami na drzwi swojej celi. Zgodnie z ich przewidywaniami nadbiegł policjant.

– Pogłupieliście? Mam wam napuścić gazu na uspokojenie?

– My chcemy spać!

– To kto wam broni?

– Niech pan wejdzie i posłucha!

Klawisz wszedł zaciekawiony. W celi było faktycznie dosyć głośno.

– Co to za dziwny dźwięk? – zdziwił się na głos.

– Jakieś bydlaki od wczoraj kują młotem pneumatycznym pod podłogą! Jeśli chcecie, abyśmy zeznawali, to dajcie nam się wyspać, bo nie wiem, jak mój przyjaciel, ale ja, gdy jestem niewyspany, robię się bardzo małomówny – wyjaśnił egzorcysta.

– Ja, gdy jestem niewyspany, to zaczynam kłamać, i to okropnie. Więc róbcie swoje remonty za dnia! – grzmiał jego wspólnik.

– I tak posuwacie biednemu kapitanowi takie kity, że cud prawdziwy, że przez was nie osiwiał. A my nie robimy tu na komendzie żadnych remontów. A zwłaszcza nocą...

– Nas nie interesuje, czy kopiecie sobie tunel do Australii, czy schron przeciwatomowy. Po prostu przestańcie to robić po nocach – powiedział łagodnie Jakub.

– Idźcie spać. Wyjaśnimy to.

Nasi przyjaciele poszli za jego radą, ale niezbyt mogli zasnąć. Zapadali jedynie od czasu do czasu w nerwową drzemkę. Rankiem, zgodnie z obietnicą, policja wysłała w teren kilku swoich funkcjonariuszy, aby w miarę możliwości zbadali źródło hałasów.

Zadanie nie było specjalnie trudne. Przed komendą na trawniku stała przyczepka, od której odchodziły dwa kable niknące w czeluści wykopanego zaraz obok szybu. Obok piętrzył się wysoki na trzy metry stos ziemi i kamieni, wydobytych najwyraźniej z dołu. Aparaturę na przyczepce obsługiwał jakiś staruszek. Druciane okulary, sam szczyt mody z roku 1890, nadawały mu wygląd profesora.

– Co tu się dzieje? – zapytał go jeden z policjantów.

– Badania geologiczne na zlecenie władz powiatu – pogodnie odpowiedział zagadnięty.

– Jakie znowu badania? Złota szukacie czy co?

– Zapewne wiedzą panowie, że poziom wód mineralnych w tej okolicy gwałtownie opada?

Nie mieli zielonego pojęcia, że są tu jakieś wody mineralne, ale na wszelki wypadek pokiwali głowami.

– Odwierty, z których uzyskujemy wody mineralne, stopniowo zmniejszają swoją wydajność, a bez wód mineralnych krowy są bardzo podatne na wściekliznę.

O tym, że krowy się wściekają, wiedzieli już z telewizji.

– A jak krowy zdechną, to ci, którzy je teraz całymi dniami doją, zaczną się nudzić i nasili się przestępczość.

– Co robić? – przestraszył się jeden z policjantów.

– Aby uratować miasto, przybyliśmy tu my. Sztab Kryzysowy utworzony przez profesorów Akademii Górniczo-Hutniczej z Krakowa. Przeprowadzimy wstępne rozpoznanie zasobów wód podziemnych i opracujemy plany nowych ujęć wód mineralnych.

– Ale u nas na posterunku aresztanci skarżą się, że nie mogą spać – westchnął gliniarz.

– Skoro są aresztowani, to znaczy, że są winni! – huknął Semen. – Trochę niewygody im nie zaszkodzi. Co ważniejsze: sen dwu bandziorków czy spokój i zdrowie w całej okolicy? Nasze obecne działania zakończymy w ciągu dwunastu godzin.

Gliniarze poczuli się usatysfakcjonowani.

– Dziękujemy i do widzenia.

– Do widzenia.

– Gdyby panowie chcieli gorącej herbaty czy coś sobie odgrzać, to proszę się nie krępować i zajść na posterunek – zaproponował na odchodnym jeden z funkcjonariuszy.

– Dziękuję za zaproszenie. Z całą pewnością wpadniemy w odwiedziny. – Semen uśmiechnął się do swoich myśli.

Tej nocy kucie nasiliło się jeszcze bardziej. Źródło hałasu przesuwało się najwyraźniej tuż pod podłogą, a potem zaczęło się oddalać.

– Nie wytrzymam już tego dłużej! – zawył w pewnej chwili Tomasz.

– Słusznie – podjudzał go Jakub. – Trzeba coś z tym zrobić.

Złapał za metalowy stołek i zaczął nim walić w betonową podłogę. Za jedenastym uderzeniem wybił niespodziewanie dziurę gdzieś w dół.

– A to co? – zdziwił się egzorcysta.

Tomasz zajrzał w głąb dziury.

– To chyba kopalnia – odparł. – Widzę dwóch górników.

– Chodźmy im powybijać zęby!

– Dobrze. Do pudła nas za to nie wsadzą, bo ostatecznie już jesteśmy w pudle...

Zeskoczyli na dół.

– Jakaś ciasna ta kopalnia.

– To chyba nie jest kopalnia.

– To co to jest w takim razie?

– To jest podkop!

– No to na co jeszcze czekamy?

Obaj rzucili się do ucieczki w kierunku przeciwnym niż ten, w którym kuli domniemani górnicy. Jeden z kopaczy wyłączył swój świder.

– Zobacz, Józwa, ludzie w naszym podkopie!

– Cholera, na pewno jacyś kapusie – zdenerwował się Paczenko.

– Ty, to chyba nasi kumple!

Uciekinierzy i ich wybawcy zadekowali się w lesie porastającym miejsce, gdzie kiedyś stał zamek.

– Panowie – zaczął Semen – musimy ustalić, co dalej. Policja niebawem dowie się o naszej ucieczce. Mogą być kłopoty. Sądzę, że najwyższa pora zakończyć te nasze wakacje...

– Myślę, że pod latarnią najciemniej – zaprotestował Jakub. – Wrócimy do hotelu i nadal będziemy prowadzić nasz interes. Wakacje jeszcze się nie skończyły.

– Nie da rady. Hotel opanowali ukraińscy gangsterzy. Ponadto myślę...

– Tacy trzej? – Jakub poczuł swędzenie sumienia i podrapał się w tym miejscu po głowie.

– Właśnie. Trzej.

– Żaden problem. Usunę ich w dziesięć minut.

Trzej wspólnicy wybałuszyli oczy.

– Ciekawe jak? – mruknął Józef.

– Będę potrzebował torbę mąki...

Była noc. Sklepy oczywiście zamknięte. Ale Tomasz podskoczył zdobytym na Niemcach samochodem do domu i po półgodzinie przywiózł co trzeba. Jakub starannie się upudrował, sporo mąki poświęcił też na wybielenie swojego stroju. Podeszli pod hotel. Z okna kancelarii dobiegała wesoła pieśń masowa.

– Przetnij kabel – polecił Jakub Semenowi. – Ten od elektryki. A ja wchodzę...

Pawło, Mykoła i Ihor siedzieli sobie w kancelarii i planowali strategię łupienia turystów. Nieoczekiwanie zgasło światło.

– Ki diabeł? – zdziwił się Ihor. – Może ktoś próbuje nas podejść?

W tym momencie otworzyły się drzwi. Stanął w nich obsypany mąką Jakub.

– Jak już mówiłem, będę was straszył po nocach – powiedział głuchym, grobowym głosem.

Trzej gangsterzy wbili w niego przerażone spojrzenia.

– Uuuuu! – zawył domniemany duch.

Wspólnicy egzorcysty ukryci na skraju lasu usłyszeli brzęk tłuczonego szkła. Dzielni ukraińscy mafioso nie tracili czasu na otwieranie okien. Jakub, stojąc w drzwiach, obserwował ich ucieczkę.

– Cholera – mruknął – co to się na starość porobiło. Do tej pory to usuwałem duchy, a teraz sam straszę...

– Może pomóc? – Zza ściany wyjrzał jeden z duchów, z którymi Jakub wypił pierwszej nocy.

– Obejdzie się. A tak swoją drogą, to dlaczego nie pogoniliście ich wcześniej?

– Myśleliśmy, że to wasi kumple – wymamrotał duch i zaraz zniknął, bo Wędrowycz cisnął w niego gumofilcem.

Tymczasem na komendzie w Uchaniach... Ucieczkę aresztantów odkryto około jedenastej w nocy. Kapitan Wilkowski sam zdecydował się poprowadzić śledztwo. Konkretnie, razem z kilkoma policjantami zbadał podkop. Pech chciał, że dwaj studenci AGH właśnie przed kilkunastoma minutami zdołali wyswobodzić się z więzów i teraz szli na komisariat, aby złożyć doniesienie o przestępstwie, którego ofiarą padli. Przed posterunkiem ku swojemu zaskoczeniu zobaczyli przyczepkę. Obok czernił się wylot szybu, co zapewne oznaczało, że ci, którzy ich porwali i związali, postanowili pomóc im w pracy. Właśnie cieszyli się ze swojego znaleziska, gdy z podkopu wynurzyli się dzielni stróże prawa.

– Kim wy jesteście? – wycedził Wilkowski.

– Jesteśmy z AGH. Przyjechaliśmy tu szukać wód mineralnych – wyjaśnił uprzejmie jeden ze studentów.

Ku jego zdumieniu policjanci na te słowa wyjęli pałki, pistolety i miotacze gazu, po czym otoczyli ich kołem.

– Brać ich! – polecił kapitan. – Pomagali w ucieczce.

Jakieś dwa dni później przed hotelem w Uchaniach stanął utrudzony wędrowiec. Wędrowiec ów nazywał się Paweł Skorliński i był biznesmenem. Raz jeszcze obrócił w dłoniach kartę pocztową, na którą niewprawną ręką Jakuba naniesiono jedno zdanie:

Oglondnij fajny chotel w Uhaniach.

Biznesmen nie miał pojęcia, że jego przyjaciel jest jednym z właścicieli. I nieprędko miał się o tym dowiedzieć, bowiem gdy nadszedł, Jakub właśnie odsypiał balangę z okazji wygnania ukraińskiej mafii. Jego wspólnicy od rana odwalili kawał roboty. Dla ułatwienia kontaktów z pensjonariuszami swojego uroczego zakładu przebudowali część korytarza, używając dużych ilości dykty i płyty gipsowo-kartonowej, co stworzyło miłą dla oka recepcję, w której zawsze któryś z nich dyżurował. Najczęściej był to Semen, który z racji tego, że czuł się dyrektorem, świetnie nadawał się do delikatnych negocjacji z klientami. Dla odmiany Tomasz, który był najmłodszy i najsilniejszy, pełnił obecnie zaszczytną funkcję ochroniarza, a przy okazji zajmował się pobieraniem opłat za pobyt, jak również opłat dodatkowych, wedle własnego uznania.

Trzeci wspólnik, Józef, na okres chwilowej niedyspozycji Jakuba wziął na siebie trudne zadanie produkowania i dystrybucji bimbru. On także wymyślił metodę w miarę taniego zaopatrywania instytucji w czystą pościel. Paweł wszedł do budynku i podszedł do lady recepcji.

– Życzy pan sobie pokój z widokiem na góry? – zapytał Semen, lustrując gościa wzrokiem.

Zauważył garnitur, skórzaną teczkę i zegarek na przegubie. Zatarł w myśli ręce. Nie lubił gogusiowatych biznesmeniaków.

– W sumie dlaczego by nie? – mruknął Skorliński.

– Chce pan się może napić niedrogiej i smacznej wódeczki?

– Może później. Zmęczyłem się. Nieludzko się zmęczyłem.

– Niech pan odpocznie kilka dni. Mamy naprawdę pierwsza klasa pokoje. Tanio policzymy...

Gość zamyślił się. Od tak dawna nie miał wakacji... Czemu Jakub chciał, żeby obejrzał ten hotel?

– Zostanę tu jakiś czas – powiedział. – Ile to będzie kosztowało?

– Sto złotych za dobę z wyżywieniem. Alkohole extra.

O różnych opłatach dodatkowych nie wspomniał. A było ich trochę. Od rana opracowywał specjalny wykaz usług. Biznesmen nie miał pojęcia, że w rachunek wliczone będzie nawet powietrze do oddychania.

– Poproszę w takim razie jakiś ładny pokój.

Semen podał mu klucz. Pokój znajdował się na końcu korytarza. Paweł otworzył drzwi, które nie były nawet zamknięte na klucz, i wszedł do środka. W nos uderzyła go woń dawno niepranych skarpetek. Odruchowo poszukał ich wzrokiem. Pod ścianą stała wanna, w której drzemał jakiś odrażający typ.

Obok wanny stało na podłodze siedem pustych już butelek po truskawkowej prycie. Buty typa stały w kącie i się wietrzyły, a obrzydliwie zielone skarpetki tkwiły nadal na jego wystających z wanny nogach. Odór skarpetek walczył o lepsze z wonią, którą wydzielała wystająca z sedesu okazała piramida balasków. W fakcie ich spiętrzenia nie było nic dziwnego, bowiem sedes nie był podłączony do żadnej instalacji wodociągowej, podobnie jak pozbawiona kranów umywalka wisząca na ścianie.

Biznesmen poznał swojego przyjaciela Jakuba, ale rozmowę odłożył na później, gdy ten wytrzeźwieje. Napluł na podłogę i wyszedł. Nie należy go ganić za tak niekulturalne zachowanie, bowiem podłodze jego plwocina z pewnością nie zaszkodziła, a ewentualny przyszły użytkownik łazienki i tak nie spostrzegłby jej wśród różnych substancji szpecących posadzkę.

– Coś się stało? – zapytał z troską Semen na widok lekko podenerwowanego klienta.

– Zły pokój. Chlew w środku, poza tym to chyba klucz od łazienki.

– Proszę wybaczyć. Pomyłka. A cały ten bałagan pochodzi jeszcze z czasów poprzedniego kierownictwa. Uprzątniemy to na dniach.

– Tak właściwie to kto tu mieszka?

– Sami porządni ludzie. Artyści i inni tacy.

Nowy pokój okazał się całkiem niezły. Był kompletnie umeblowany, nawet dość gustownie. Paweł nie wiedział, że wyposażenie to zaledwie poprzedniego dnia ukraińska mafia rąbnęła ze sklepu meblowego w Chełmie. Na podłodze leżał dywan, też gdzieś ukradziony. Łóżko zasłane było śnieżnobiałą pościelą. Paweł ruszył w jego stronę. Po drodze wpadł w dziurę nakrytą dywanem, ale na szczęście zdołał się jakoś wydostać. Uwalił się na tapczanie i nawet się nie zorientował, kiedy zasnął.

Jakąś godzinę później przyjechali Tomasz i Józef.

– Jak poszło? – zapytał ich szef.

– Kiepsko. Od naszej ostatniej wyprawy ludzie przestali suszyć pościel na dworze.

– Niczego nie zdobyliście?

– Aż tak źle nie było. Zrealizowaliśmy zamówienie tego zboczeńca z pokoju numer osiem, dotyczące dostarczenia dwu kompletów używanej damskiej bielizny.

Pawła obudziło wycie dobiegające z plastikowej rury wiszącej mu nad głową. Zerwał się na równe nogi.

– Co jest? – wyraził zdziwienie.

– Rura komunikacyjna prowadząca do recepcji – poinformował go Semen z drugiego końca. – Zawiadamiamy, że już pora obiadu.

– Gdzie jest sala bankietowa?

– Za budynkiem, pod wiatą.

Paweł zamknął starannie pokój i udał się na obiad. Pod wiatą siedzieli już prawie wszyscy goście. Towarzystwo było trochę zalane, ale panował idealny wręcz spokój, porządek i karność. Jak w koszarach. Po chwili nadszedł Józef. Niósł kilka plastikowych butelek napełnionych czymś. Na widok butelek tłum się ożywił. Nalewał każdemu po równo. Gdy ktoś chciał dolewkę, to też dostał. Biznesmen z zaskoczeniem powąchał zawartość swojego kubka. Ciecz pachniała wódą, ale była całkowicie nieprzejrzysta.

– Co to jest? – zapytał nalewającego.

– Bimber Uchański Luksusowy. Etanol z kilkoma dodatkami.

Paweł spróbował nieufnie. Swego czasu pił Jakubowy zajzajer i teraz stwierdził, że ten produkt nie różni się ani kolorem, ani zapachem, ani zapewne także metodą otrzymywania. Po przystawce, a raczej przylewce, podano zupę: gęsty, zawiesisty rosół. Paweł pogmerał w nim bez przekonania łyżką. Wyłowił kawałek mięsa i przez chwilę zastanawiał się w skupieniu, co też ma przed sobą.

– Przecież to psie ucho! – wrzasnął wreszcie.

Nikt z siedzących przy stole nie zareagował. Gość zerwał się i pobiegł do recepcji.

– Chcę natychmiast opuścić hotel – poinformował zimno.

Semen trochę się stropił.

– Rani mi pan serce, ale nie zatrzymuję.

Gość pobiegł do swojego pokoju, aby się spakować. Ku swojemu zdumieniu stwierdził jednak, że ktoś już spakował jego rzeczy i zabrał razem z walizką. Zaklął wściekle i biegiem wrócił do recepcji.

– Zostałem okradziony!

– Co panu zginęło?

– Wszystko!

– Jeśli przepadł panu także portfel, to firma udzieli kredytu na powrót do domu.

– Nie chcę kredytu. Chcę moją walizkę.

– To będzie trudne, ale co się da, to się zrobi.

– Jakie kroki podejmiecie?

– Proszę chwilkę zaczekać. – Recepcjonista uderzył w mały dzwonek.

Na jego dźwięk przybiegł Tomasz. Przez plecy miał przewieszony zardzewiały karabin.

– Nasz ochroniarz – przedstawił go stary kozak.

Tomasz uśmiechnął się uprzejmie.

– Co się stało? – zapytał nowo przybyły. – Napad, gwałt, porwanie, zabójstwo?

– Jeszcze żyję. Ukradli mi walizkę.

– Brązowa, zapinana na dwa paski?

– Widział ją pan?

– Tak.

– Gdzie ona jest? Oddajcie...

– To będzie trudne, bo widzi pan, ona jest teraz w piekle.

– Co to za żarty?

– To nie żart, ale smutna rzeczywistość – Semen wyręczył kumpla w opowiadaniu. – Widzi pan, poprzedni dyrektor udzielił tu gościny satanistom. Oddał im do dyspozycji piwnicę. Tyle tylko, że oni wymknęli się spod kontroli. Opanowali wszystkie piwnice, poprzebijali sobie przejścia, pokopali tunele. Od czasu do czasu wyłażą ze swoich nor i kradną wszystko, co im w ręce wpadnie.

– No to idźcie do nich i zabierzcie im moją walizkę.

– Boimy się – powiedział Tomasz.

– Pokażcie mi wejście. Sam to załatwię.

– Żadnych trupów w naszym hotelu! – huknął Semen.

Nadszedł Józwa z butelką w ręce.

– Gdzie jest wejście? – pienił się Skorliński.

Zaprowadzili go do kancelarii i otworzyli klapę w podłodze. Z ciemnej czeluści buchnął kłąb siarczanego dymu.

– Faktycznie, wygląda jak właz do piekła – zmartwił się pechowy klient.

– Nie sądzimy, aby dokopali się do prawdziwego piekła. Na to mieli zbyt mało czasu.

– Dacie mi jakąś broń?

Dostał zardzewiałą austriacką szablę od Tomasza.

– No to dla dodania odwagi. – Semen podał mu blaszany kubek pełen bimbru z ogłupiaczem.

Paweł wypił.

– Na drugą nogę. – Józef podał mu następny kubek. Po jego wychyleniu przyjaciel nasz poczuł się jeszcze bardziej odważny.

– Co mi tam. Porozwalam ich gołymi rękami.

Rzucił szablę na ziemię, bo zaczynała mu już ciążyć. Podnieśli i troskliwie włożyli mu ją znowu w dłoń.

– No to jeszcze ode mnie. – Tomasz podał mu następny kubek.

– Jesteście moimi najlepszymi kumplami – wyznał gość. – Dam wam córki za żony.

Żadnych córek nie miał, ale nie pamiętał o tym. Ogłupiacz made in KGB działał piorunująco.

– Tak, tak – uspokajająco powiedział Semen. – Bardzo chętnie weźmiemy. Tylko musisz nam viagry kupić. No to do dzieła.

– Co mam tak właściwie zrobić?

Był już tak ogłupiony, że nie pamiętał, po co i gdzie ma iść.

– Idziesz do piekła – poinformował go Tomasz życzliwie.

– Ja nie chcę do piekła. Ja byłem zawsze grzecznym chłopcem i nawet nie zszedłem na złą drogę.

– Wiemy o tym. Wszystko się jakoś ułoży.

Zepchnęli go w końcu do dziury i zatrzasnęli klapę.

– No to świeć, Panie, nad jego duszą – powiedział Semen. – Ciekawe, czego tu szukał...

– Który z nas ma jego portfel?

Jak się okazało, nikt o tym nie pomyślał...

– To co, wyciągamy go? – zapytał z westchnieniem Józef.

– A jeśli oni naprawdę dokopali się do piekła? Nie podoba mi się ten zapach – zgłosił swoje obiekcje Tomasz.

– Piekła nie ma.

– Tak twierdzili komuniści, a teraz komunistów nie ma. To może piekło jest?

– Nie kraczcie. Przygotujemy się.

Tymczasem Paweł wylądował na czymś kościstym. To coś okazało się szkieletem. Gość, mimo że w sztok zalany, przestraszył się. Nie lubił jakoś kościotrupów. Swoją drogą, niepotrzebnie się przestraszył, bowiem kościotrup ten był jedynie gipsowym odlewem, pożyczonym swego czasu ze szkoły. Oprzytomniawszy trochę, biznesmen rozejrzał się po piwnicy. Nie była duża. Kłęby siarkowego dymu buchały z dziury w ścianie. Zaciekawiony podszedł bliżej i zajrzał do środka. W pomieszczeniu obok znajdowała się właściwa świątynia. Pośrodku dużej piwnicy stał stół, na którym leżał związany jak baleron pies. Wokoło stołu pląsało trzynastu nagich mężczyzn. Ich ciała pokryte były kabalistycznymi znakami.

– Przybądź, szatanie, i wesprzyj nas! – zawył niespodziewanie jeden z nich. Zapewne kapłan.

Pawłowi niespodziewanie przyszedł do głowy genialny pomysł. Po radzieckim ogłupiaczu ludzie często miewają genialne pomysły, ale najczęściej zaczynają realizować je natychmiast, co może się bardzo paskudnie skończyć... Tak było i tym razem.

– Przybądź, szatanie – wył kapłan.

– To ja, szatan! – oznajmił Skorliński nieludzkim głosem. – Oddajcie mi moją walizkę.

Czciciele diabła okazali się niedowiarkami. Zamiast paść kornie na kolana i zwrócić swemu panu bagaż, pobiegli sprawdzić, czy to aby na pewno ten, za którego się podaje. A potem nastąpił szereg wydarzeń o wyjątkowej brutalności, których z uwagi na dobro czytelników nie opiszemy tu bliżej, a które to wydarzenia przyniosły pechowemu klientowi utratę przytomności.

Gdy Paweł doszedł do siebie, przekonał się, że leży przywiązany do stołu i że otacza go krąg wrogich postaci.

– A moja walizka? – zapytał.

– Złożymy cię w ofierze – wyjaśnił mu kapłan. – Będzie piękna krwawa ofiara.

Czasami zdarzało się tak, że klientowi potraktowanemu ogłupiaczem stawało się obojętne, co się wokół niego dzieje. Tak było i tym razem.

– Zgoda, możecie mnie złożyć w ofierze, ale przedtem chcę moją walizkę!

– Zaraz staniesz przed obliczem naszego pana!

– Najpierw walizka!

Kapłan uniósł nóż. W tym momencie z piwnicy obok wpadł granat gazowy. W ciągu piętnastu sekund wszyscy sataniści leżeli pokotem, pozbawieni chwilowo przytomności. Wówczas do świątyni weszli Semen, Józef i Tomasz, wszyscy trzej w maskach przeciwgazowych.

– Jeszcze żyje – stwierdził Semen. – Ale chyba przybyliśmy w samą porę.

– Nie sądziłem, że oni naprawdę zabijają ludzi – mruknął Józef. – Wydawało mi się, że to tylko takie kity do wciskania widzom w telewizji.

– Pusto tu – zauważył Tomasz. – Myślałem zawsze, że w miejscach kultu jest kupa złotych przedmiotów.

– Faktycznie, chyba nam się ta akcja nie opłaciła – powiedział szef. – Ci tutaj nawet nie mają na sobie kieszeni, które można by przeszukać.

– Naturysta nie boi się kieszonkowca – zacytował Józef zasłyszane gdzieś hasło.

Niespodziewanie wzrok jego padł na masywny złoty sygnet zdobiący palec leżącego na stole gościa.

– Choroba. Przegapiliśmy to – powiedział.

– Uwaga, budzą się.

– Pora na nas. Zabieramy ze sobą tę padlinę?

– Myślę, że opłacił naszą akcję ratunkową. Bierzemy.

Wciągnęli nieprzytomnego na górę i ocucili sporą dawką bimbru.

– Co się stało? – zapytał, gdy otworzył oczy.

– Byłeś wspaniały – wyjaśnił mu stary kozak. – Siekłeś ich szablą na dzwonka, ale plunęli ci w twarz szatańskim płomieniem i trzeba było cię wyciągnąć.

– Zabiłem kogoś?

– Ze sześciu. Mamy to nagrane na wideo... Oczywiście, kaseta jest do kupienia. – Uśmiechnął się.

– Uratowaliście mi życie. Trzeba to oblać. A moja walizka? Nie zabrałem jej ze sobą?

– Walizki tam nie było. Zdążyli ją sprzedać ludziom ze wsi. Ale nic się nie martw. Jutro pójdziemy i odzyskamy.

– A to dobrze.

Zanieśli go do jego pokoju i rzucili na łóżko. Zasnął momentalnie. Józef postawił mu na szafce kubek i butelkę bimbru, żeby mógł się napić, gdy się obudzi.

Paweł obudził się następnego ranka na kacu gigancie.

– Do diabła – powiedział sam do siebie. – Nie trzeba było tyle pić. Co to ja właściwie wczoraj robiłem?

Przypomniał sobie, że był w piekle.

– To na pewno było delirium – stwierdził. – Muszę wypić klina, bo zwariuję.

Wzrok jego padł na butelkę stojącą na nocnej szafce.

– Kochane chłopaki – powiedział pod adresem obsługi.

Następnie odkorkował i nalał sobie pełen kubek. Pomogło. Sprzed oczu znikły mu zgniłozielone cienie, a w głowie rozjaśniło się w cudowny sposób. Więc aby poczuć się jeszcze lepiej, wypił małą dolewkę, a potem jeszcze jedną... Gdy butelka była pusta, ruszył na poszukiwanie kolejnej.

Dalsze wydarzenia tego dnia zatarły mu się w pamięci. Była jakaś sala, w której ktoś śpiewał, była jakaś piwnica i beczka zacieru. Był ktoś, kogo nazywał przyjacielem. Chyba Jakub. Gdy obsługa przyniosła go po południu ze spaceru i rzuciła do łóżka, nie miał ani butów, ani portfela, ani zegarka. Buty zgubił gdzieś w czasie popijawy i istniała pewna niewielka szansa, że jeszcze je odnajdzie, natomiast pozostałe przedmioty znalazły się w hotelowym depozycie. Dla właściciela równie dobrze mogły znajdować się na księżycu. Zresztą nie zdawał sobie sprawy z ich braku. Zasnął słodko i spał aż do rana. A rankiem przyjechała policja.

Dzielni gliniarze powyciągali wszystkich mieszkańców budynku z ich pokoi i ustawili w rzędzie przed wejściem. Słowo „ustawili" należy tu potraktować umownie, bowiem większość nie była w stanie utrzymać się na własnych nogach, a ci, którym się to udało, chwiali się jak po literku, co zresztą akurat było prawdą.

– Kto tu jest szefem? – zapytał kapitan Wilkowski, obrzucając pijaków niechętnym spojrzeniem.

– Ja... – zaczął Paweł.

Chciał powiedzieć, że został okradziony, ale źle go zrozumiano.

– Zabrać go – polecił kapitan. – Posiedzisz sobie w naszym hotelu za kratkami, to ci się odechce szefowania.

– Łatwo to on się nie przyzna – mruknął jeden z jego podwładnych.

– To już nie moje zmartwienie – uśmiechnął się kapitan, kując zatrzymanemu ręce na plecach. – Od jutra mam urlop.

Kapitan Wilkowski wybrał sobie raczej dziwne miejsce na urlop. Pojechał do hotelu.

– Skoro oczyściłem to miejsce z przestępców, to mogę się tam zatrzymać – powiedział sam do siebie, gdy stanął wreszcie przed frontonem budynku.

Wszedł. Jego radość wynikająca z oczyszczenia hotelu z elementów przestępczych była nieco przedwczesna, bowiem po aresztowaniu Bogu ducha winnego Pawła w hotelu pojawiła się znowu stara gwardia. Za barierką recepcji siedział Semen.

– Czego pan sobie życzy? – zapytał. – Może pokój z widokiem na góry?

– Chętnie. Ile kosztuje?

– Sto dziennie. Z wyżywieniem.

– W takim razie zostanę tu przez pięć dni.

– Płatne z góry.

Kapitan podał banknoty recepcjoniście, który obejrzał je uważnie, po czym umieścił w kieszeni. Kapitan otrzymał klucz. Pokój dostał całkiem niezły.

Koło łóżka stała butelka bimbru i kartka: „Jeśli jest ci smutno – wypij, a od razu lepiej się poczujesz".

Kapitan wypił całą butelkę, ale nie poczuł się wcale lepiej. Poszedł więc poszukać dolewki i oczywiście znalazł. Dalszy ciąg dnia zatarł mu się w pamięci. Były z całą pewnością jakieś pląsy nago po dachu, jakiś pojedynek na obrzygiwanie z jednym z gości i kolejne dolewki. Tymczasem Semen siedział w recepcji i rozmyślał.

– Z jednej strony, gdy klienci są pijani, to łatwiej nad nimi panować, ale z drugiej...

W hotelu śmierdziało. Rzygowinami i nie tylko, bo kibel nadal był niepodłączony.

– Dosyć! – powiedział sam do siebie. – Zrobię tu wreszcie porządek!

Postanowił zacząć od oczyszczenia piwnicy. Zszedł do piekła.

– Czego chcesz? – zapytał go arcykapłan, siedzący na tronie zrobionym z dwu kościotrupów.

– Jestem właścicielem.

– I co z tego?

– Siedzicie tu od tygodnia, a komorne nieopłacone.

– Sami nas zamurowaliście w tej piwnicy.

– Dostaniecie drabinę i do rana was tu nie będzie. OK?

– Wolne żarty. Nie ma dla nas lepszego miejsca na ziemi. Może wyniesiemy się stąd za dwadzieścia lat. A może dopiero za sto.

– Wobec tego czy nie moglibyście zapłacić za pobyt?

– Nigdy. Czciciele szatana nie muszą płacić żadnych rachunków!

– To może chociaż przestaniecie palić tę siarkę, bo tam na górze nie można zupełnie wytrzymać.

– To wolny kraj. Mamy prawo odbywać swoje praktyki religijne wedle własnego upodobania!

– Więc nie dojdziemy do porozumienia?

– Nigdy.

Poszedł sobie. Ale myśli o poddaniu się były mu obce. W nocy poznosił wszystkich gości do piwnicy. Obok nich poukładał butelki bimbru. Cały zapas. Prawie sto litrów. A potem wyciągnął drabinę i postawił na klapie biurko.

Kapitan Wilkowski ocknął się i poczuł, że jest dokądś wleczony.

– Gdzie ja jestem, do diabła? – zapytał.

Ten, który go ciągnął, wydał z siebie szatański chichot.

– Do diabła? To da się zrobić!

– To znaczy gdzie?

– W piekle!

Kapitan stracił przytomność. Gdy ją odzyskał, przekonał się, że siedzi przykuty do ściany, w towarzystwie innych przykutych osób. Co jakiś czas któryś z więźniów zostawał odczepiony od ściany i wleczono go na męki. Kapitan wydobył z wewnętrznej kieszeni telefon komórkowy. Włączył i wystukał numer swojego posterunku.

– To pan, kapitanie?

– Tak, to ja – rzucił w słuchawkę. – Wybaczcie, że zawracam głowę na urlopie, ale potrzebuję wsparcia.

– Oczywiście. Zaraz wyślemy. Gdzie pan jest?

– To będzie trudne do określenia, bowiem wszystko wskazuje na to, że jestem w piekle.

– Jak to w piekle?

– Jest tu ciemno, śmierdzi siarką i latają goli faceci czarnego koloru. Mają ogony, ale rogów nie zaobserwowałem.

– A jak pan się tam dostał?

– Nie wiem.

– Ktoś pana zabił?

– Nie, nie sądzę.

Obmacał się pospiesznie. Żadnych dziur po kulach...

– Może zapytam tak: gdzie pan był, zanim trafił pan do piekła?

– W tym bandziorskim hotelu...

– W porządku. Wysyłamy grupę uderzeniową. Odbijemy pana, panie kapitanie. Bez odbioru.

Grupa uderzeniowa dotrze wszędzie, pomyślał kapitan, nawet do piekła, gdy zajdzie taka potrzeba.

Z piwnicy obok dobiegał świst bata i jęki potępionych dusz. Fakt, że dusze te były jeszcze ciągle żywe, nie zmieniał specjalnie ich położenia.

Grupa uderzeniowa pojawiła się po niecałej godzinie. Uderzyła bardzo skutecznie i trudno, żeby było inaczej, bo przecież zdobywała hotel po raz trzeci. Mieli wprawę. Tym razem w ręce organów ścigania wpadł tylko jeden człowiek. Tomasz.

– Czy widział pan tego człowieka? – Jeden z policjantów pokazał mu zdjęcie kapitana.

– Nigdy w życiu.

– Gdzie tu jest właz do piekła?

– Piekła nie ma.

– To dlaczego tak tu śmierdzi siarką?

– Truję szczury na strychu.

W tym momencie z dołu rozległ się straszliwy, nieludzki wrzask torturowanego człowieka.

– Gdzie właz do piekła, ścierwo? Gadaj albo zaduszę!

Dowódca grupy operacyjnej złapał nieszczęsnego recepcjonistę za gardło.

– W kancelarii.

Policjanci rzucili się we wskazanym kierunku. Odsunęli biurko i otworzyli klapę. Z otworu buchnął im prosto w nos kłąb siarczanego dymu. W ciemnościach tam w dole coś żarzyło się czerwonawo.

– Cholera, to faktycznie wygląda na właz do piekła – powiedział jeden z policjantów.

– Może lepiej skoczyć po księdza?

– Tak, tak. Bez księdza lepiej tam nie włazić.

Wydelegowali jednego, aby przywiózł księdza. Po chwili duchowny był na miejscu. Miał ze sobą wszystko, czego potrzeba do odprawienia egzorcyzmu.

– Co tu się dzieje? – zapytał. – I po co jestem wam potrzebny? Ten, którego po mnie wysłaliście, nie potrafił mi wyjaśnić nic poza tym, że w tym hotelu zagnieździła się siła nieczysta.

Zmarszczył nos, czując zapach siarki.

– Tak to wygląda, ojcze. – Dowódca otworzył klapę.

– O Boże! A cóż to jest takiego?

– Prawdopodobnie wejście do piekła. Tak to przynajmniej wygląda.

Ksiądz wpatrywał się przez dłuższą chwilę w dziurę.

– A po co wy, owieczki, chcecie tam wejść?

– Widzisz, ojcze, policja powinna nieść pomoc poszkodowanym i ścigać przestępców wszędzie. Nawet w piekielnych czeluściach.

– No, nie wiem, czy jest sens wyciągać potępieńców z piekła. Oni tam już za swoje oberwą... – ksiądz zgłosił swoje wątpliwości.

– Tam jest nasz kapitan. A nikt go nie zabił.

– Nie wiem, nie uczyli nas w seminarium, co robić w takich przypadkach. Ale na tym etapie waszych działań nie mogę wam pomóc.

– Dlaczego?

– Jeśli poświęcę to miejsce, wejście do piekła zapewne się zamknie. Jak wówczas tam wejdziecie?

– To może potem.

– Potem chętnie.

– Zejdziesz z nami w te korytarze grzechu?

– Jeśli mój kapłański obowiązek mnie wzywa, to nie mogę się wahać... Ale na egzorcyzm muszę mieć pozwolenie biskupa.

Po głębokim namyśle policjanci zaatakowali piekło bez duchowego wsparcia. Starcie z satanistami nie było długie. Z lochów wyprowadzono siedem niedoszłych ofiar krwawych rytuałów. Samych satanistów nie udało się pochwycić. Pouciekali podkopami do lasu.

– Trudno – powiedział Kapitan Wilkowski. – Dorwiemy ich innym razem.

Zapakowali uwolnionych do nyski i powieźli na posterunek.

– Nareszcie nasz hotel jest oczyszczony – stwierdził jakąś godzinę później Semen.

– Wypijmy – zaproponował Jakub, wyciągając flaszkę pryty z cholewy gumofilca.

Byli przy trzeciej, gdy spod podłogi wypełzła cienka strużka siarkowego dymu.

– Cholera – zauważył Józef filozoficznie. – Ich nie tak łatwo się pozbyć.

– Pora – mruknął sam do siebie Jakub.

Otworzył klapę i spuściwszy na dół drabinę, zlazł do świątyni.

– Przybądź, szatanie! – wył arcykapłan, pląsając wokół ołtarza. Jego towarzysze też byli nadzy i również pląsali.

– Nie chciałbym panów obrażać – odezwał się Jakub – ale szatana przywołuje się nieco inaczej.

Wlepili w niego złe spojrzenia. Osadził ich wzrokiem.

– Zatocz krąg – polecił kapłanowi. – Przygotuj błękitny ogień.

W półmroku pojawił się mglisty zarys czerwonych drzwi ozdobionych pentagramami. Z każdą chwilą robiły się coraz bardziej materialne.

Jakieś pięć minut później egzorcysta wyszedł przez klapę do recepcji.

– I jak, wyniosą się? – zagadnął Semen.

– Odwrotnie – powiedział Wędrowycz. – To na nas pora. Oni tam pod nami właśnie otwierają drzwi do piekła... Lepiej, żeby nas przy tym nie było.

– Może i racja – mruknął stary kozak. – Pora kończyć urlop. Nudno się już zaczynało na tych wakacjach robić...

Zatrzymali się dopiero na szczycie wzgórza i z napięciem obserwowali leżący w dolinie pałac. Nieoczekiwanie ściany budowli przybrały malinową barwę, a potem zapadły się do środka. W miejscu hotelu przelewało się spore jeziorko płonącego asfaltu.

– No i po kłopocie – uśmiechnął się Wędrowycz. – Ciekawe, swoją drogą, czy tak sobie wyobrażali piekło...

Wspólnicy pokiwali w zadumie głowami i ruszyli na zachód. Do domu. O zmroku pomiędzy drzewami pojawiły się dwie mgliste sylwetki.

– I co my teraz zrobimy? – jęknął wyższy duch. – Ten zasrany egzorcysta spalił nam pałac...

– Rozdział 27 „Księgi umarłych" mówi, że w takim przypadku jedynym honorowym wyjściem jest wykurzyć egzorcystę i zamieszkać w jego domu... – mruknął jego towarzysz.

– Cholera, ciężko będzie, przecież ten Wędrowycz to kompletny świr... Ale spróbujemy...

Oba widma ruszyły przez las w stronę Jakubowej chałupy. Na miejsce dotarły nieco przed świtem, ale to już inna historia...

Z archiwum Y

Obite skórą drzwi gabinetu znanego amerykańskiego reżysera otworzyły się i do środka wślizgnął się biznesmen Paweł Skorliński.

Reżyser na jego widok wstał i kordialnie uścisnął mu rękę.

– Proszę, niech pan spocznie. – Wskazał głęboki fotel. – Przeczytałem pański list i jestem pod wrażeniem... Proszę zreferować...

– Mój kraj jest wymarzonym miejscem do kręcenia filmów. – Skorliński wyjął z teczki grubą kopertę pełną fotografii. – Proszę spojrzeć na przykład na to...

– Wygląda jak porzucona baza wojskowa.

– Bo to jest porzucona baza wojskowa. Autentyczna. Poniewiera się tam wszystko. Czołgi, samoloty... Można to kupić po śmiesznie niskich cenach, właściwie taniej niż złom, bo transport do huty nieopłacalny. Albo to.

– To miasteczko wygląda, jakby przeszedł przez nie huragan.

– To Jarocin po kilkudniowej imprezie. A tu opuszczona fabryka, opuszczona stocznia, zamknięta kopalnia...

– Rozumiem, że pańska firma...

– Jesteśmy w stanie dostarczyć dowolny plener. Oczywiście za obopólną korzyścią. Tu są przykładowe ceny pobytu w naszych hotelach. A tu ceny alkoholi.

Reżyser uśmiechnął się.

– Wobec tego przenoszę najbliższy plan zdjęciowy... Jak się nazywa pański kraj?

– Polska.

– To gdzieś w Europie? No właśnie. Potrzebuję niewielkiej wioski, walących się domów, watahy zdziczałych tubylców...

– Żaden problem – uśmiechnął się Skorliński. – Chyba znam okolicę dokładnie odpowiadającą temu opisowi.

Jakub Wędrowycz w zadumie wgapiał się w stojący na barze telewizor. Właśnie leciał kolejny odcinek pewnego kultowego serialu.

– Kurde – powiedział w uznaniu. – Więc przylatują takie małe zielone sukinsyny i wszczepiają ludziom metalowe gówna do mózgu?

– To tylko takie ciemnoty do wciskania telewidzom – odparł ajent, dolewając mu trochę do szklanki. – A słyszałeś, że na Majdanie mają film kręcić? To gdzieś koło ciebie.

– A na cholerę? – zdziwił się Jakub. – Mało to filmów na różnych kanałach? Nakręcili zapas na lata, kto to będzie oglądał? Jeszcze dwa duże i będę leciał.

W tym momencie do gospody wszedł człowiek ubrany w garnitur. Wszyscy zamilkli i zapadła złowieszcza, grobowa cisza. To nie był nikt ze stałych bywalców, a przecież na drzwiach napisano olejną farbą lojalne ostrzeżenie: „Witamy w krainie, gdzie obcy zginie".

Jakub popatrzył na gościa, a potem w telewizor.

– Kurde – zaklął. – Z telewizora wylazł czy ki czort?

– A kto to? – Semen oderwał wzrok od kufla z „Perłą".

– To przecież agent Mundek z efbijaju – Jakub bezbłędnie zidentyfikował gościa. – Siadaj z nami. – Pchnął oszołomionego przybysza na krzesło. – Barman, daj litrową „Perłę".

Mężczyzna na widok kufla zagdakał coś z zaniepokojeniem.

– Tu jest taki zwyczaj – wyjaśnił Jakub. – Żebyś był swój, to musisz z nami wypić.

Aktor znowu coś zagdakał.

– A po rosyjsku nie umiesz? – zagadnął Semen.

– FBI? – zapytał egzorcysta, wskazując odznakę wpiętą w klapę przybysza.

Ten pokręcił głową przecząco.

– No FBI.

To zrozumieli.

– Do kosmitów strzelacie, pif-paf? – zapytał barman.

Gość bezradnie pokręcił głową i pogdakał.

– Cholera, to na nic – powiedział Wędrowycz. – Trza mu dać pół litra. Jak się odpowiednio narąbie, to i po chińsku będzie gadał.

A ty, Jakub, umiesz po chińsku? – zainteresował się któryś z bywalców.

– Pewnie. Prosty język. Gadałem ostatnio z takim Chińczykiem, co w Chełmie na bazarze spodnie sprzedaje. Żółty jak kanarek, oczy skośne, a ja wszystko rozumiałem.

Przybysz wstał i chyłkiem usiłował wymknąć się z baru.

– Siadaj. – Jakub sprowadził go na krzesło. – Jeszcześmy nawet nie pogadali.

Barman postawił szklankę z uszkiem i półlitrową flaszkę na stole. Egzorcysta nalał gościowi hojną porcję.

– Za przyjaźń między narodami – powiedział i stuknął swoją szklanką o tamtą.

Gość wypił łyk, po czym zaczął się krztusić.

– Jakie te ludzie z Ameryki słabe – zauważył Jakub. – I oni chcieli z Ruskimi trzecią światową wygrać?

W telewizorze pojawił się nowy kawałek filmu. Agent, zupełnie taki jak ten siedzący przy stoliku, przedzierał się przez krzaki, mówiąc coś do telefonu komórkowego.

– Ty, popatrz, a w telewizorze gada zupełnie po naszemu – zdziwił się Semen. – Może jakby go nożykiem połaskotał...

– Uch ty, stary, a durny. Tam w telewizji siedzi tłumacz i to, co oni gadają, przekłada od razu na polski.

– A ja myślałem, że jak film ma iść na obcy język, to aktorzy się go uczą? – zdziwił się Semen.

Agent Mundek opróżnił szklankę. Barman postawił przed nim talerz ogórków.

– Ty, popatrz, jak mu gębę wykrzywia – zauważył Jakub. – A masz przy sobie telefon komórkowy? Patrz mi na usta. Ko-mór-ko-wy.

Agent zagdakał coś, a potem rozpoznał się na ekranie i pokazał palcem.

– No widzimy, że to ty – wyjaśnił mu Wędrowycz. – A myślisz, że dlaczego jest poczęstunek? Żryj, cholero, i niech ci dupą wylizie. Żebyś tylko po polsku gadał.

– Za mało rozluźniacza językowego – zawyrokował Semen i nalał agentowi drugą szklankę.

Ten, nieco przestraszony, usiłował podnieść się na równe nogi.

– Siadaj. – Jakub osadził go na krześle. – Póki flaszki nie są puste, od stołu się nie wstaje.

Gość osuszył drugą szklankę i nie chciał zakąsić. Barman postawił przed nim grzybki w occie. Te przypadły mu bardziej do gustu. Oczka mu zmętniały...

– A ty powiedz, dużo zarabiasz na tych filmach? – zapytał Semen. – Bo jakbyś chciał kupić sobie dom w tych stronach, to bardzo niedrogo.

Agent bez niczyjej pomocy nalał sobie trzecią szklankę i wypił pół za jednym zamachem.

– Brawo. Załapał, choć taki niekumaty – ucieszył się barman. – Zawołam syna, on się uczył angielskiego, to nam może coś przetłumaczy.

– A to zawołaj. – Jakub postawił przed gościem drugą flaszkę.

Na ten widok Amerykanin nieśmiało zaprotestował.

– Pij, jak dają – zachęcił go Semen. – Żebyś sobie odporność wyrabiał. Przyda ci się w Ameryce. Tam podobno jest tani kukurydziany spirytus.

– A może on właśnie do kukurydzianego przywykł i dlatego gębę wykręca? – błysnął pomysłem egzorcysta. – Spróbuję nastawić bimbru na kukurydzy.

– Na długo do nas? – zapytał któryś z bywalców.

Agent coś wymamrotał. Nadal nie można go było zrozumieć.

– Kurde i gadaj z takim – westchnął egzorcysta.

W tym momencie wszedł barman z synem.

– O rany – powiedział syn na widok gościa dostojnie chwiejącego się za stołem. – To przecież On.

– Widzimy, agent Mundek z telewizora – uspokoił go Jakub. – Zapytaj go, skąd przyjechał albo inne takie, bo jakoś idiota nie kapuje po naszemu.

– Po co pytać skąd? – zaniepokoił się chłopak. – Wiadomo, że z Ameryki. Mogę go zapytać, jak się nazywa na ten przykład...

– Wiemy, jak się nazywa – westchnął Semen. – Agent Mundek.

Gość podniósł głowę i popatrzył ciekawie, choć niezbyt już przytomnie.

– Tak, o tobie mówimy. – Jakub wyszczerzył garnitur złotych zębów.

Syn barmana siadł naprzeciw gościa i pomachał dłonią, by przyciągnąć jego uwagę.

– Inglisz? – zapytał.

Agent wyraźnie się ożywił.

– Yes.

– No i co powiedział? – zagadnął zniecierpliwiony Jakub.

– Powiedział, że jest Anglikiem.

– Wot te na, i w amerykańskich filmach gra? – zdumiał się Semen. – Zapytaj go, czy ma żonę i dzieci.

W tym momencie agent nieoczekiwanie zaśpiewał kawałek i zwalił się pod stół.

– Mięczak – skwitował jego zachowanie egzorcysta. – I to ma być agent FBI? Nasi gliniarze są twardsi. Co on zaśpiewał?

– Zaraz, jak to szło? Jungle bears, jungle bears, jungle bears on the way? To po polsku będzie: Misie z dżungli, misie z dżungli, misie z dżungli na drodze. And one horse open slave. Czyli: i jeden koń otwarty niewolnik.

– Dziwne – stwierdził Wędrowycz. – Z Animals Liberation Front się urwał, że śpiewa piosenkę o niewolnictwie koni? Do diabła tam, niech sobie ścierwo śpi pod stołem do rana, a my chłopaki chyba już pójdziemy?

– Idę z tobą – ocknął się Semen. – Przejdę się, a rano popatrzę na tych filmowców.

Dopili i poszli.

Dochodzili już do Jakubowej chałupy, gdy nieoczekiwanie po rozgwieżdżonym niebie przesunęło się coś dziwnego. Coś leciało raczej wolno, ale światełka migały bardzo kolorowo.

– Cholera – powiedział w zadumie Semen, zadzierając głowę do góry. – Chyba latający talerz.

– Taki jak z tego filmu? – zdziwił się Jakub. – Zobacz, ląduje zaraz za moją stodołą.

– Psiamać, ufoludki wytropili agenta Mundka i teraz go szukają, żeby mu wsadzić metalowe gówno w głowę! – zestresował się Semen.

– Ma szczęście, że jest dobrze schowany. Obrus do ziemi, to go nie wypatrzą, nawet jak będą ślepili po oknach knajpy. A ufokami to się sami zajmiemy!

Ruszyli biegiem. Po chwili przez szpary pomiędzy deskami płotu obserwowali, jak pojazd, błyskając światłami, ląduje na pobliskim wzgórzu.

– Cholera, zupełnie jak w filmie. – Egzorcysta pociągnął bimbru z litrowej piersiówki, którą miał za pazuchą.

– O, a teraz łażą dookoła zwyczajni ludzie. Pewnie niewolnicy tych zielonych. Nawszczepiali im do mózgu implantów i teraz muszą wykonywać ich rozkazy.

– Kurde – powiedział Wędrowycz. – Szumowiny z kosmosu na mojej ziemi? Trzeba by z tym coś zrobić.

Przemknął się do stodoły. Wyciągnął z siana stare widły do obornika. Kumpel złapał za równie starą kosę.

– Weźmiemy jeszcze worki – zaproponował. – Może będą jakieś łupy?

Ruszyli cicho przez łan pszenicy. Gdy byli już dość blisko, latający talerz zabuczał i wystartował.

– Cholera – zaklął Jakub. – Zmyli się, bydlaki.

– Ciekawe, czego tu szukali – mruknął stary kozak. – Może chcieli jakieś miny podłożyć, żeby się nadziali ci filmowcy, co tu będą kręcić? Filmują o nich, to się pewnie zielonym szczurkom nie podobuje...

– Nie pozwolimy wysadzać naszych. – Egzorcysta pociągnął z bidonku. – Trzeba odnaleźć ładunki i rozbroić.

Ruszyli przez zroszone trawy, gdy nieoczekiwanie za krzaczkiem natknęli się na małe zielone paskudztwo. Paskudztwo miało dwie nogi, dwie ręce i głowę z nieproporcjonalnie dużymi czarnymi ślepiami. Przez chwilę Jakub z kumplem i ufoludek patrzyli na siebie ze zdziwieniem, a potem egzorcysta machnął workiem i wtłoczywszy do środka zielonego, zręcznie zarzucił go sobie na plecy.

– Zwijamy się – szepnął do zaskoczonego kumpla, po czym obaj wycofali się pospiesznie. Zatrzymali się koło stodoły. Ufok w worku widocznie doszedł już do siebie, bo coś wrzeszczał.

– Jaka dziwna mowa – zauważył egzorcysta. – Zamknij się, bo wykastruję jak wieprzka!

– Dziwnie jakoś – powiedział Semen. – To ufoki porywały naszych, ale żeby nasi porwali zielonego, to jeszcze nie słyszałem.

– Zawsze musi być ten pierwszy raz – rzucił Jakub filozoficznie.

Ufok widocznie nie zrozumiał, bo nadal się wydzierał. Umilkł, dopiero gdy Semen stuknął go w łeb butelką. Nieprzytomnego rozciągnęli w stodole na stole, na którym Jakub zazwyczaj rozbierał mięso po świniobiciu, i dobrze przywiązali.

– No i co dalej? – zagadnął stary kozak, pociągając długi łyk prosto ze stojącej w kącie Jakubowej aparatury. – Jak wrócą jego kumple, to dadzą nam popalić!

– Spoko – odparł Jakub. – Zanim wrócą, to z niego zostaną już tylko wędlinki.

– Ty, co chcesz z nim zrobić?

– Teraz on zasmakuje, jak to miło nosić we łbie metalowe gówna. – Egzorcysta uniósł w jednej ręce wiertarkę, a w drugiej połówkę zardzewiałej podkowy.

– Czekaj, oni wszczepiają mikroprocesory, a nie kawałki podków.

– To co, nam nie wolno? Czekaj no, skoro taka galaktyczna tradycja, to da się i mikroprocesor.

W kącie walały się resztki radia turystycznego. Jakub podniósł garść oporników.

– Hy, kilka mu wsadzimy.

– No to do dzieła.

Wcisnął guzik wiertarki i zgasło światło.

– Cholera, korki wywaliło, i to w takim momencie!

– A może ufoki się zorientowali i kabel przecięli? Lepiej się zmyć.

– Z mojej stodoły mam się zmywać? Niedoczekanie zielonych pokurczy!

– Jakub, a ty pamiętasz, co zrobili w „Dniu niepodległości" z Białym Domem?

– Kurde, i sądzisz, że moją stodołę też by mogli tak pyk w powietrze?

– Pewnie. Stodołę, chałupę, całą gospodarkę...

– O sukinsyny! Stawaj przy drzwiach i filuj, czy nie nadlatują.

W tym momencie włączono światło.

Powietrze wypełnił skowyt kosmity. Wiercenie nie podobało mu się.

– Ty, lecą! – krzyknął Semen. – Zmywajmy się, bo zaraz zostaną z nas skwarki.

– Gówno! – Wędrowycz wyciągnął spod siana rusznicę przeciwpancerną. – Zaraz zobaczą, co to znaczy zadzierać z mieszkańcami Wojsławic. Osłaniaj mnie ogniem! – Wręczył kumplowi pepeszę...

– Pan jest oszustem i naciągaczem – reżyser darł się na Skorlińskiego. – To miał być ten wymarzony plener? W ciągu dwu dni zdjęciowych ukradli nam trzy samochody, jednego aktora omal nie zapili na śmierć. Rozumiesz, sterroryzowali biedaka i kazali mu pić wódkę szklankami, dobrze, że chociaż w szpitalu go uratowali, a żółtaczkę to się w Ameryce wyleczy... Latający talerz, zrobiony specjalnie do filmu, podziurawili jak sito z broni maszynowej. Całe szczęście, że nikt nie zginął. I jeszcze jeden aktor, trepanacja czaszki. Jacyś zwyrodnialcy wiercili mu w głowie dziury wiertarką i oporniki wpychali! Związek zawodowy żąda ode mnie wypłacenia mu odszkodowań...

Skorliński wzruszył ramionami.

– Ja swoją część umowy wypełniłem – powiedział spokojnie. – Należy się dwadzieścia pięć tysięcy czterysta osiemdziesiąt trzy dolary i piętnaście centów.

Tajemnice wody

Coś się stało. Jakub Wędrowycz poznał to bezbłędnie. Przez ciała wczasowiczów wylegujących się na pokrytej brudnym żwirem plaży przebiegł prąd. Ludzie unieśli głowy, a potem niektórzy z nich wstali i ruszyli gdzieś za kawiarnię. Egzorcysta został na miejscu. Przyjechał tu na wypoczynek do sanatorium, lekarze zalecili mu dużo słońca i mało nerwów. Łatwo im było powiedzieć. Jachranka nie podobała mu się. Wszystko w tej osadzie go drażniło. Betonowe pomosty, przy których cumowały dziesiątki łódek, knajpa o nazwie „Szkiełko" czy jakoś podobnie, obrzydliwy dom wczasowy Związku Nauczycielstwa Polskiego zamieszkany przez stada koszmarnych bachorów z równie koszmarnymi mamusiami, sklepik, w którym można było stać w kolejce do upojenia i nic nie kupić. W dodatku lekarze surowo zabronili mu pić. I jeszcze ta dieta...

– Gdy tylko znajdę się wśród pól Wojsławic, od razu poczuję się dziesięć razy lepiej – powiedział w przestrzeń.

Wstał powoli i poprawił wygniecione nieco od leżenia jeansy. Popatrzył na nie z obrzydzeniem. Najlepiej czuł się w spodniach od rosyjskiego munduru i niemieckiej bluzie mundurowej, ale wstyd mu było tak między ludzi... Jakub wpatrzył się ponuro w pomarszczoną lekkim wiatrem płaszczyznę zalewu. Gdzieś tam na dnie były zburzone domy.

– To nie był dobry pomysł – powiedział sam do siebie.

A potem zamilkł. Raz, że mógł go ktoś podsłuchać, dwa, że mówienie do siebie było oznaką jakiejś choroby psychicznej. Tak twierdził jego przyjaciel ksiądz Wilkowski, zresztą to sanatorium to też była jego robota.

Tłum na końcu plaży gęstniał.

– Ludzie zawsze zbiegają się do nieszczęścia – powiedział znowu sam do siebie.

Zadawnionych nawyków nie udaje się wyplenić tak od razu. Chcąc nie chcąc i on poczłapał w tamtym kierunku. Minął kawiarnię, gdzie sprzedawano obrzydliwe lody, lepiące się do języka i pozostawiające na nim tłusty osad, a za to pozbawione smaku. Przed kawiarnią w wodzie siedziało stadko łabędzi i żebrało o datki.

Dłoń Jakuba odruchowo sięgnęła do kieszeni, ale nie znalazł tkwiącej tam zazwyczaj pętli z linki hamulcowej. Wpatrywał się przez chwilę tęsknie w ptaki. Były spasione jak tuczniki.

– Cieszcie się, że tu tak wiele luda – wymamrotał z nienawiścią. – Biorąc pod uwagę, że ważycie po dobre dziesięć kilo, to byłby z was niezły rosołek, a i pieczyste pierwsza klasa. Gdyby was tak nadziać tymi jabłuszkami, które rosną na opuszczonej gospodarce po Misztalu, tak zaraz przez płot ode mnie, to by dopiero była uczta. Jeszcze trochę bimbru...

A potem przypomniał sobie, że przecież Józef Paczenko przestał pędzić u siebie na strychu. Wprawdzie byli jeszcze inni, ale ich alkohol był słaby i produkowany z różnych podejrzanych składników. Na Trościance było jeszcze parę niewielkich źródełek smacznej i niedrogiej gorzałki, ale i one wysychały.

– Czasy upadku – powiedział do łabędzi.

Łabędziom najwyraźniej nie podobał się ten pomylony staruszek, co tylko gada i gada, a nic im nie rzuca, i zaczęły ponaglać go syknięciami. Pokazał im figę i poszedł dalej. Tłum był istotnie gęsty. Jakub poznał staruszka, którego widywał od czasu do czasu w parku koło sanatorium. Jak też on się nazywał? Robert... Robert Klos. Ale nie był z tych Klosów, co to o jednym nakręcili film. Jakub już o to pytał. Był emerytowanym nauczycielem z technikum.

– Co tu dają? – zagadnął.

Starzec odwrócił się.

– A, to pan – ucieszył się. – Utopił się jeden z tych nauczycielskich smyków. Właśnie go gliniarze wyłowili. Mówię panu, coś strasznego. Cała szyja sina, jakby go coś dusiło. I przy tych sińcach taki zielony szlam. Coś okropnego. Ale już go zapakowali do worka i czekają na motorówkę. Zawiozą go do Serocka, może na sekcję.

– Zielony szlam, taki trochę jak galareta? – zapytał Jakub.

– Z ust mi pan wyjął. Obrzydliwy.

Jakub przymknął oczy. Przypomniało mu się coś. Wspomnienie było mgliste, kiedyś w dzieciństwie słyszał o czymś takim. Ale co konkretnie? Zapisał sobie na kartce, aby przemyśleć to w nocy. I tak cierpiał na bezsenność. Chociaż właściwie po co czekać do nocy? Poszedł na molo. Usiadł sobie na betonowych schodkach, zzuł buty i zanurzył nogi w wodzie. Zaczął sobie przypominać. Było coś takiego. W Uchaniach, a może w Wojsławicach, tak, raczej w Wojsławicach. Źródła koło Zamczyska zwane bezedniami. Ale o co chodziło? Z zamyślenia wyrwał go dialog prowadzony kawałek dalej na łódce.

– A ja wam mówię, że to robota psychopaty. I to nie jest pierwszy przypadek.

– Chyba siódmy od trzech lat – powiedziała jakaś kobieta o wysokim, afektowanym głosie. – Zawsze dzieciaki. I zawsze takie sińce na szyi, jak od duszenia.

– I całe wysmarowane tym zielonym paskudztwem – uzupełnił ktoś trzeci.

– Najczęściej to giną po zmroku – pierwszy głos. – Ale nigdy od alkoholu. Ja rozumiem, że jakiś pijak może się wpakować w wodę, przewrócić i już nie wstać, ale jak utonął ten chłopaczek z obozu żeglarskiego? Nikt mi nie wmówi, że nie umiał pływać.

– A ten harcerzyk? Wszedł po pas w wodę, a potem zniknął, jakby wpadł w dół. A tu jest płytko.

– Znaczy ludzie widzieli?

– Aha. Pół jego zastępu, czy jak to się tam nazywa. I takie same ślady.

– Nikt mi nie wmówi, że pod wodą grasuje słodkowodny rekin!

– Rekin może nie, ale psychopata albo zboczeniec w masce do nurkowania i z butlami na grzbiecie.

– Jakby zboczeniec, to hmm... tego... coś by było widać.

– Gliny akurat się przyznają. To by im popsuło statystykę. Bardziej mnie interesuje ten zielony szlam.

– A co w tym ciekawego? – znowu włączyła się kobieta. – Pewnie jakiś denny osad.

– Jaki tam osad! Nigdy nie widziałem zielonego mułu.

– Może jakaś forma wodorostów?

– W takim glucie? Raczej należy podejrzewać, że to od ścieków coś się porobiło. Wytrąciły się, tego, wiecie, chemiczne cząsteczki.

– A może to od ścieków wodorosty zdziczały?

– Nikt mi nie wmówi, że wodorosty duszą ludzi.

Jakub popatrzył na swój zegarek i przestraszył się. Do rozpoczęcia obiadu w stołówce miał zaledwie piętnaście minut, a jeszcze powinien się przebrać. Z niechęcią oderwał się od podsłuchiwanej rozmowy i ruszył pod górę. Zdążył. W stołówce wszyscy komentowali wydarzenie, ale nie dowiedział się niczego nowego. A zaraz po obiedzie przydybał go sanatoryjny lekarz nazwiskiem Workowski i zaciągnął do swojego gabinetu.

– No i jak tam samopoczucie? – zagadnął przyjaźnie.

– Samopoczucie poprawi mi się natychmiast, gdy stąd wyjadę – powiedział Jakub ponuro.

Lekarz uśmiechnął się.

– Czego tu panu brakuje?

– Męczycie mnie co rano jakąś gimnastyką dla podtrzymania kondycji. Zgoda, macham nogami, nie narzekam, tylko po co? Załóżmy, że za rok czy za dwa zestarzeję się na tyle, że będę potrzebował laski. To się ludziom zdarza. Ale ciągle jeszcze będę miał swój motor i swojego konia. Jeśli będę potrzebował wybrać się po zakupy, to wsiądę na konia i pojadę.

– Któregoś dnia nie da pan rady wdrapać się na swojego konia, panie Jakubie. I co wtedy? Zgoda, że u siebie może pan przystawić drabinę, ale przed sklepem? Prosić o pomoc znajomych?

– Furda. Nie po to jestem potomkiem kozaków. Ja gwiżdżę i koń się kładzie. Wsiadam i wstaje. Bez tego już dawno musiałbym machnąć ręką na jazdę. A nogi szczęśliwie pracują. Może nie tak dobrze jak w partyzantce, kiedy to się kopało szwabów tak długo, aż umierali, ale, sławit' Boha, jeszcze nie najgorzej.

– Zmierzę panu ciśnienie.

– Proszę bardzo, ale coś mi się widzi, że ciśnienie to mi skacze od zdenerwowania na to mierzenie.

– Niech pan powie tak szczerze. Pan nie lubi lekarzy?

– Czego by nie? W porządku są.

– Pan się denerwuje dzisiejszym wypadkiem?

– Tym chłopakiem, co się utopił? Pewno. Szkoda dzieciaka. Mógłby z niego wyrosnąć porządny człowiek.

– Ciekawe podejście. A gdyby wyrósł zły człowiek?

– Ano tego się nie da wykluczyć. Ale większość ludzi jest dobra, więc statystycznie. Chociaż ciekaw jestem, co to za zielone miał koło szyi.

– Coś zielonego?

– Taki jakby szlam.

– Zwrócę na to uwagę.

– Znaczy co? Pan go będzie kroił?

– Nie, ale poproszono mnie na konsylium.

– Nie wiedziałem, że konsylia robi się także nieboszczykom.

– Czasami. Za dużo podobnych przypadków w tej okolicy. Jeśli to jakiś wariat, to trzeba go złapać. Ale pan niech się o to nie martwi. To już nie pana problem, no chyba że wejdzie pan do wody, a on zaatakuje.

– Nie pływałem już z dziesięć lat, ale można by wziąć rower wodny i popłynąć na te trzciny przy drugim brzegu, i upolować takiego wypasionego łabądka. Byłoby niezłe żarło – żyłka łowiecka wypłynęła niespodziewanie z podświadomości.

– Przypominam, że jest pan na diecie! – huknął doktor.

– Uch, pamiętam o tym w każdej minucie. Niech no ja tylko wrócę na Stary Majdan. Wezmę bagnet, pójdę do lasu, dziabnę młodego dzika i zjemy z przyjaciółmi. A panu też wyślę kawałek albo w wekach.

– Dziękuję pięknie!

– Jak tam moje ciśnienie, łapiduchu?

– W normie. Tylko niech pan się nie denerwuje, nie pije i nadal przestrzega zaleceń. Wszystko będzie dobrze. A jeśli łabędzie pana peszą, to proszę nie chodzić na ten kawałek promenady, gdzie się pasą. Czego serce nie widziało, tego oczom nie żal – przekręcił i nawet nie zauważył.

Tej nocy Jakub wymknął się ze swojego pokoju. Wyszedł przez okno i zlazł po piorunochronie. Zmęczyło go to, miał ostatecznie swoje lata, ale udało mu się. Podobnie jak przelezienie przez parkan. Nad wodą nie było nikogo. Koło kawiarni, zamkniętej już o tej porze, Jakub pożyczył sobie siekierę. Woda w świetle księżyca, który co i raz przenikał przez chmury, błyszczała dziwnie. Wszedł na pomost. Starał się poruszać cicho, na wypadek gdyby jakiś nocny stróż pilnował łódek. Niebawem znalazł się w tej części pomostu, gdzie nic już nie cumowało. Podszedł do barierki i popatrzył na wodę. Nad zalewem unosił się mglisty opar. Egzorcysta wydobył z kieszeni piersiówkę i pociągnął maleńki łyk. Dla wzmocnienia nadwątlonej wiekiem pamięci.

– Biała woda – przypomniał sobie.

Wydobył z torby niewielką lornetkę typu teatralnego i zaczął rozglądać się po jeziorze. Niebawem spostrzegł plamę dziwnie jasnej, świetlistej wody.

– Jest – mruknął do księżyca. – Czyli wszystko jak trzeba.

Plama rosła. Ciecz podobna była do mleka. Migotała, wabiła. Jakub nieśpiesznie obwiązał się w pasie łańcuchem krowiakiem, którego oba końce przytwierdził starannie do barierki, po czym spuścił do wody jedną nogę. Biała plama zaczęła się zbliżać i jednocześnie stawała się coraz mniej widoczna. Jakub czekał. Zacisnął tylko mocniej dłoń na trzonku siekiery.

Już myślał, że trzeba będzie zrezygnować, gdy coś krzepko ucapiło go za stopę i szarpnęło potężnie. Ale łańcuch wytrzymał. To w wodzie nie zrezygnowało tak łatwo. Szarpnęło ponownie. Czuł wszystkie kościste palce wpijające mu się w skórę. Woda zabulgotała. Na ułamek sekundy przed trzecim atakiem uderzył siekierą. Ostrze utkwiło w czymś twardym i zakleszczyło się, a w sekundę później trzonek pękł. Ucisk na nogę zniknął.

Staruszek wstał i odmotawszy łańcuch, ruszył na brzeg. Nic go już nie atakowało. Znalazłszy się na promenadzie, zapalił na chwilę latarkę. Spodziewał się zobaczyć na swojej nodze zielony szlam, ale było go tyle,

elektryczno
ak
5
ię stało na zalewie
szkolna

że aż się przestraszył. Zebrał trochę do małego słoiczka, a następnie opłukał stopę w najbliższej napotkanej kałuży. Powrót po piorunochronie był nadspodziewanie trudny, ale i z tym sobie poradził.

Rankiem, gdy tylko jego współlokator wyszedł, Jakub wydobył słoiczek i zajrzał ciekawie do wnętrza. Było tam trochę tego dziwnego zielonego śluzu. Odkręcił wieczko i powąchał. Glut cuchnął mułem i jakby jeszcze czymś innym. Czymś znajomym. Jakub, chytrze się uśmiechając, wystawił otwarty słoik na parapet.

Po obiedzie zajrzał do eksperymentu. Woda odparowała. Na dnie słoika znajdowała się cienka warstewka czegoś zielonego. Jakub obwąchał paskudztwo.

– Zielona pleśń – oświadczył uroczyście, a potem poszedł szukać doktora Workowskiego.

Doktor siedział w swoim gabinecie i oglądał coś pod mikroskopem.

– Ach, to pan – ucieszył się.

– To ja. I co pan odkrył na tym konsylium?

– Zbadaliśmy to zielone. Wie pan, co to jest? Zwykła zielona pleśń, tyle tylko, że trochę rozmoczona. Ale mam dla pana jeszcze jedną ciekawą informację, prosiłbym tylko, żeby chwilowo jej pan nie rozgłaszał.

– Zamieniam się w słuch.

– Znaleźli tego płetwonurka.

– Hym?

– Faceta, który pływał pod wodą z butlami tlenu na plecach i topił dzieciaki. Tym razem trochę mu nie wyszło. Uszkodził sobie ustnik przy masce i sam się utopił. Dzisiaj rano go znaleźli.

– A nie miał czasem głowy rozbitej siekierą?

– Nie. Dlaczego pan pyta?

– A tak pomyślałem, że ktoś mógł mu pomóc się utopić. Nieważne.

Przed wieczorem Jakub poszedł nad wodę. Chodził po pomostach i w zadumie popatrywał na zalew. Łabędzie syczały na niego rozzłoszczone, ale nie zwracał na nie uwagi. I prawie mu się udawało. Na molo spotkał swojego znajomego, Roberta.

– Witam pana, panie Wędrowycz. Cóż tu pana sprowadza?

– A, dzień dobry. Tak sobie łażę.

– Słyszał pan o tym zboczeńcu, co go wyłowili koło Serocka?

– Słyszałem już.

– No, chwała Bogu, że mu się noga powinęła. Bo jeszcze trochę i zacząłbym wierzyć w jakieś nieczyste moce.

– Nieczyste moce?

– Tak. Wie pan, gdy zaczynałem moją karierę pedagogiczną w latach międzywojennych, to trafiłem do takiej wiochy na Polesiu. Kilka lat wcześniej była tam powódź. Zmyło część wioskowego cmentarza. No i zaczęły się dzieciaki topić, a ludzie gadali, że utopce grasują. Jak zobaczyłem ten zielony osad, to aż mnie zatrzęsło, bo tam, jak się udawało wyłowić zwłoki, to też miały czasami takie paskudztwo na sobie, musi od wodorostów. A jak już wyjechałem, to słyszałem, że chłopi wydobyli z wody jakąś stworę i zaciukali, mówiąc, że to utopiec. Nawet jakieś śledztwo było.

– Nie wie pan, kiedy zginął ten nurek?

– Musi tego samego dnia, co wyłowili chłopaka, wtedy jak się spotkaliśmy w tłumie. Już ze dwa dni w wodzie leżał.

– W takim razie to nie on.

– Co pan chce przez to powiedzieć?

– Mogę być szczery?

– Oczywiście.

Jakub zawinął nogawkę spodni i zdjął skarpetkę. Na jego skórze widać było wyraźnie odciśnięte sinobłękitne ślady palców, które ucapiły go z siłą obcęgów.

– O Boże! Skąd pan to ma?

– Dziś w nocy byłem tutaj. Spuściłem nogi za burtę i mnie złapało.

– Nie żartuje pan?

– Nie. Mam też trochę tego zielonego, co zdjąłem z własnych nóg.

– I co to jest?

– Rozmoczona zielona pleśń.

Były nauczyciel zamyślił się głęboko.

– Jest pan pewien, że to nie mógł być ten nurek?

– Dziabnąłem drania siekierą, chyba w łeb. Gdyby to był nurek, to miałby dziurę w czaszce. Zresztą musiałby być nieźle zaczepiony o dno, żeby ciągnąć mnie z taką siłą.

– Żyjemy w dwudziestym wieku.

Jakub przypomniał sobie, jak rzucał uroki, jak walczył w ponurych, ciemnych lasach z kapłanami Światowida, jak w podziemiach mauzoleum wbijał Leninowi osikowy kołek w pierś. Życie w dwudziestym wieku było luksusem, na który nieliczni mogli sobie pozwolić. On nie.

– Pan mi nie wierzy?

– Szczerze mówiąc, nie za bardzo.

– Nie mam możliwości, żeby udowodnić prawdziwość moich słów. Chyba że... Spotkajmy się tu dzisiejszej nocy.

– Zgoda. Gdzie i kiedy?

– Koło kawiarni. O jedenastej.

– O dwudziestej trzeciej. Zgoda. Co będziemy robili?

– Pójdziemy w to samo miejsce i znowu spróbujemy z zanurzaniem nogi?

– A jeśli wolno zapytać, to kto będzie się tak narażał?

– Mogę być ja. Ale możemy zrobić jeszcze inaczej. Może pan przynieść bosak?

– Nie wożę ze sobą na wczasy bosaka.

– Ale koło domu nauczycielskiego stoi taka tablica ze sprzętem przeciwpożarowym. Tam jeden wisi.

– To będzie kradzież.

– Przed świtem zwrócimy. Jeśli wszystko dobrze pójdzie.

– A jeśli pójdzie źle?

– Wówczas bosak i jego zwrot będzie problemem naszych spadkobierców.

Były nauczyciel uśmiechnął się kpiąco, ale kiwnął głową na znak zgody.

Klos spóźnił się nieco na umówione spotkanie. Cóż, kradzież bosaka, gdy się nie ma odpowiedniego przygotowania, nie jest sprawą prostą.

– No, myślałem, że już pan nie przyjdzie – powiedział Jakub.

– Dlaczego miałbym nie przyjść?

– Mógł pana strach oblecieć. Wszystko już przygotowałem. Chodźmy.

Weszli na molo. Przy jego końcu stała nieczynna latarnia. Od latarni ciągnęły się wybebeszone kable.

– Cholerni wandale – mruknął Robert.

– Tak... wandale. Proszę założyć kalosze.

– A nie mógłbym moczyć nóg bez kaloszy?

– Raczej nie.

Jakub wydobył z torby łańcuch.

– Nie zamierza mnie pan przypadkiem utopić?

– No co też pan.

Obwiązał znajomego w pasie i usadowił go na brzegu pomostu.

– I teraz wystarczy czekać? – zapytał Robert. – Skąd wiadomo, że akurat dzisiaj przypłynie?

– Utopiec ma wodę zamiast mózgu, atakuje zawsze, gdy poczuje łup.

– Dobra. Jedno małe pytanko. Skąd może się wziąć taki stwór w wybudowanym przez komunistów zbiorniku wodnym?

– To bardzo proste. Zatopili znaczną część doliny. Gdzieś tam na dole musiał być cmentarz. Wystarczyło, żeby taka ilość brudnej wody go zalała, by zniweczyć skutki poświęcenia. Desakralizacja. No i powstał z grobu...

– Jakub...

– Tak?

– Złapało mnie...

Istotnie, w wodzie toczyła się jakaś walka. Coś szarpało potężnie za nogę byłego nauczyciela. Łańcuch naprężył się i wpijał mu się w brzuch. Jakub uśmiechnął się ponuro, a potem butem strącił w wodę jeden z rozizolowanych kabli. Błysnęło i zaskwierczało. W głębinie coś się zakotłowało.

– Puścił – powiedział Robert, wyciągając z wody nogę.

Był blady jak ściana. Jakub zapalił latarkę i nachylił się nad wodą. A potem nagłym ruchem zanurzył bosak i wywlekł na pomost coś dziwnego.

– Biegiem na brzeg – krzyknął do Roberta.

Staruszek zrzucił kalosze i pobiegł. Jakub puścił się za nim, wlokąc to coś za sobą. Niebawem znaleźli się w krzakach koło plaży. Zapalili dwie latarki i w ich świetle wpatrywali się przez chwilę z przerażeniem w swój łup. To, co wyciągnęli z wody, przypominało namoczoną egipską mumię, ale bez bandaży. Poruszało się niemrawo.

– Uuucieeeekajmy – wyjąkał nauczyciel.

– Nie. Na razie jest ogłuszony elektryką. Trzeba z tym skończyć. Skocz do szopy i zaiwań kanister benzyny, a ja go popilnuję.

Jakub czekał długo, zanim jego znajomy wrócił. Druga kradzież w życiu, i to obie jednej nocy. Utopiec wił się przywiązany łańcuchem do pniaka.

– Nie odepnie się? – zaniepokoił się Robert, stawiając kanister na ziemi.

– Połamałem mu paluchy.

Polał monstrum benzyną. Utopiec zaskrzeczał straszliwie i rezygnując z próby uwolnienia się z więzów, spróbował dosięgnąć ich swoimi szponowatymi palcami.

– Masz ogień?

– Tak.

Jakub zapalił zwitek gazety, a później rzucił na utopca. Buchnął żółty płomień. Po kilku minutach ogień przygasł.

– To jak będzie z pańską wiarą w zabobony? – zapytał z uśmiechem.

– Rany boskie... To było nieprawdopodobne.

– Na. – Podsunął mu piersiówkę ze spirytusem. – Wracaj do siebie i idź spać. Ja jeszcze tylko rozłączę kabel i posprzątam. A, i odłóż bosak na miejsce.

– A jeśli tam będzie jeszcze jeden? Może lepiej nie wchodzić na molo...

– Moje ryzyko.

Nauczyciela pochłonął mrok. Jakub poszedł na pomost. Złożył gumowce i związał je sznurkiem, a potem zabrał się za rozkręcanie systemu drutów przeciągniętych od latarni. Właśnie się zastanawiał, który drut jest dodatni, a który ujemny, gdy usłyszał za sobą ponury głos:

– Rybki na prąd łowimy, dziadku? Dokumenty poproszę.

Odwrócił się i zobaczył dwóch rosłych gliniarzy. Oskarżyli go o włamanie do magazynu motorówek i kradzież kanistra benzyny, niszczenie środowiska naturalnego poprzez rozlewanie tejże w lesie i podpalanie oraz o kłusownictwo.

Na szczęście doktor Workowski, poproszony o konsultację, stwierdził, że jego pacjent cierpi na starczą demencję, a ponadto jest lunatykiem. Istotnie, odciski palców zdjęte z porzuconego kanistra oczyściły go z części zarzutów, a z reszty sam się jakoś wyłgał. O kłusownictwie także nie mogło być mowy, jako że w tej części zalewu ryb nie widziano od lat.

Minęło pięć miesięcy, zanim Jakub uświadomił sobie jeszcze jedno. Spalony tamtej nocy utopiec nie miał na głowie śladów cięcia siekierą.

Bajeczka dla wnuczka

Płomień pod blachą pieca przygasał. Syn Jakuba, Marek, objął swoją żonę ramieniem.

– Tatko? – zagadnął.

– Haw?

– Idziemy na nocny spacer. Może byś tak uśpił wnuka?

Stary kłusownik poskrobał się po głowie.

– Żaden problem.

Spod ławy w kuchni, na której siedział, wydobył młot kowalski i zrogowaciałym paznokciem zeskrobał z niego jakieś paprochy.

– Chińską narkozę mu dam – zaproponował.

Syn wyjął starcowi młot z ręki i wyrzucił przez otwarte okno.

– Masz być delikatny. Znasz takie słowo?

Jakub łypnął swoimi wodnistobłękitnymi oczyma.

– Delikatny. Nu pewnie, że rozumiem. Jeszcze za mały, żeby brać po łbie na uspokojenie, haw?

– Otóż to.

– Nu, jest metoda. Upiję go bimbrem do nieprzytomności.

Synowa zemdlała. Docucili ją z trudem.

– Pani wybaczy – powiedział starzec. – To tylko takie zwyrodniałe poczucie humoru. Bajkę mu opowiem. O Czerwonym Kapturku albo o Jasiu i Małgosi. Znam bajek bez liku.

Nieco uspokojeni rodzice poszli sobie, a on wkroczył do pokoju, gdzie leżał jego sześcioletni wnuk.

– Nu i co ty? – zagadnął. – Spać ci się nie chce?

– Nie – odpowiedział mały Maciuś. – Opowiesz mi coś?

– A co byś chciał usłyszeć?

– Tę historię o tym, jak wypuszczałeś ze szwabów krew wiadrami i nosiłeś te wiadra...

– Na tę historię jesteś jeszcze za mały.

– To może tę, jak przegryzłeś gardło...

– Na tę też jesteś za mały. Opowiem ci bajkę.

– Nie chcę bajki. Wolę coś prawdziwego.

– Ale wybrzydzasz. No dobrze. Będzie prawdziwa historia o tym, jak to było z Czerwonym Kapturkiem.

– E, znam tę bajkę na pamięć.

– Znasz wersję ocenzurowaną – wyjaśnił mu dziadek z godnością.

– Co to znaczy ocenzurowaną?

– No taką, z której wycięto najważniejsze fragmenty, żeby się dzieciom nie śniły.

– To tak jak w artykułach o tobie, dziadku? „Znany pasożyt społeczny ze Starego Majdanu Jakub W.”? Tata zawsze mówi, że gdyby pisali wszystko, to nikt by nie uwierzył.

– Co? – zdziwił się.

– Tata ma całą teczkę artykułów z lokalnej prasy. „Znany w okolicy jako hiena cmentarna Jakub W..."

– Uch, pismaki przeklęte! Nie wierz w to, co tam piszą. Dobra?

– Zgoda. Ale zacznij opowiadać, bo zaraz zasnę.

– To może zaśniesz bez opowiadania?

– Nie. Chcę bajkę. To znaczy tę prawdę o Czerwonym Kapturku.

Jakub wydobył z kieszeni manierkę, odkręcił nakrętkę i pociągnął z lubością siedemdziesięcioprocentowego samogonu.

– A więc było to tak. Dwieście lat temu w leśniczówce...

– W jakiej leśniczówce?

– W tej koło szosy na Chełm. W leśniczówce żyła sobie staruszka. We dnie mieszkała w chatce, a w nocy nago latała na miotle... Nie, to nie tak. Żyła sobie staruszka. Pewnego razu cechmistrz szkoły katów wezwał do siebie czeladnika...

– Dlaczego szkoły katów?

– Bo kaci chodzili w czerwonych kapturach. Trzeba trochę myśleć.

– Wezwał czeladnika. Jak się ten czeladnik nazywał?

Jakub pociągnął z manierki kolejny łyk na odświeżenie pamięci.

– Nazywał się zupełnie zwyczajnie. Maciuś, tak jak ty.

– Aha. I co było dalej?

– Wziął Maciuś maczugę, metalowy kastet, karabin...

– Oszukujesz, dziadku. W tamtych czasach nie było jeszcze karabinów.

– Jak umiesz lepiej opowiadać, to może się zamienimy?

– No dobrze, niech ci będzie ten karabin, a jaki on był?

– A pepeszka.

– Lepszy byłby amerykański.

– Wtedy jeszcze nie było Ameryki. Znaczy Kolumb nie dopłynął. Więc poszedł przez las.

– A nie miał ze sobą koszyka?

– Miał.

– A w środku? Co było w środku koszyka?

– No wiadomo. Chlebuś z drabinką sznurową, ciasto nadziane pilnikami, słoik z miodem, a w miodzie dynamit...

– Dziadku?

– Tak?

– A były w nim lekarstwa dla staruszki?

– A tak. Był arszenik i cyjanek, i strychnina...

– Zaraz, czegoś nie rozumiem. Po co był ten pilnik i drabinka sznurowa?

– Żeby babcia mogła prysnąć z ciupy.

– To ona nie siedziała w chatce, tylko w ciupie?

To faktycznie był problem. Jakub wydobył zza pieca flaszkę piwa „Perła" i otworzywszy o kant łóżka wnusia, pociągnął kilka łyków. Oczywiście ten wspaniały napój natychmiast rozjaśnił mroki jego umysłu.

– No oczywiście. W tamtych czasach tam nie było chatki, tylko nieduży zameczek.

– Aha. A arszenik to trucizna?

– Żeby otruć okrutnych strażników.

– To znaczy, że kaci byli wrogami klawiszy?

To zaczynało się robić coraz trudniejsze. Butelka poszła cała, zanim dziadek wydedukował właściwe rozwiązanie.

– Żeby to zrozumieć, musimy cofnąć się trochę w czasie. Otóż sześćdziesiąt lat wcześniej były rozbiory Polski. Słyszałeś o tym.

– Tak. Naszą ojczyznę rozgrabili trzej zaborcy.

– Jesteś bardzo mądrym dzieckiem. A więc tak, staruszka była królewną i po śmierci jej ojca, eee... Stanisława, eee... Sobieskiego, tron należał się jej. Ale zaborcy nakazali ją uwięzić, żeby nie mogła na nim zasiąść. A kaci służyli dawnemu królowi i postanowili ją wyciągnąć z więzienia, żeby mogła urodzić następcę tronu.

– To ona mogła jeszcze rodzić w tym wieku? Miała przecież ze sześćdziesiąt albo osiemdziesiąt lat.

– Chcesz wiedzieć, co było dalej, czy badamy genealogię naszych władców?

– Mów, dziadku.

– No więc idzie Czerwony Kapturek przez las, a tu zza drzewa wyłazi ogromniasty wilk w białogwardyjskim mundurze.

– A co to za mundur?

– To taki mundur siepaczy jednego z zaborców. Taki jak Semen nosi.

– Aha. Dlaczego wilk miał go na sobie? Przecież wilki chodzą bez ubrania?

– Skaranie boskie z tobą. To był specjalny wilk. Wyhodowany sztucznie.

– Mutant popromienny?

– Otóż to. Zaczynasz myśleć. Więc wyskoczył wilk zza drzewa i pyta: „Dokąd idziesz, Czerwony Zakapiorze?”.

– Chyba Kapturku?

– No właśnie, Kapturku, a Kapturek na to: „Idę do mojej babci do mamra”.

– Dziadku?

– Tak?

– To nielogiczne. Skoro Kapturek był wnukiem królewny, to był synem następcy tronu. Dlaczego jego tata nie zasiadł?

– Jego tatę zaciukali bolszewicy w osiemnastym roku. A Kapturek był za mały, żeby zasiąść na tronie. Babcia była mu potrzebna jako regentka.

– A co to jest regentka?

– Regentka to taka zastępczyni króla, jeśli jest za mały.

– Aha. A nie mogli zamiast małego królewicza wysłać kogoś mniej ważnego? To było niebezpieczne.

– Myśleli, że taki mały łatwiej się przemknie. Nie będzie zwracał na siebie uwagi.

Na szczęście wnuk nie zapytał, dlaczego królewicz został czeladnikiem w cechu katów, bo dziadek chyba by się nie wyłgał.

– Aha. To mów dalej.

– A gdzie jesteśmy, bo chyba się zgubiłem?

– Kapturek mówi wilkowi, że idzie do swojej babci do ciupy.

– Dobrze. Wilk pobiegł szybko i przybiegł do więzienia pierwszy. Zapukał do drzwi celi, ale w środku nikogo nie było, bo babcia była na przepustce w Sielcu i chlała na umór w knajpie. Wilk ubrał się w garsonkę babci, założył jej pończochy z podwiązkami...

– Co to są podwiązki?

– Jak dorośniesz, to się dowiesz. I uwalił się na babcinej pryczy. Na to wszedł Czerwony Kapturek. „Babciu – zapytał – dlaczego masz takie wielkie oczy...?"

– Dziadku, znowu oszukujesz. Wilki mają zupełnie małe oczka.

– Przecież już ustaliliśmy, że to był ten, no... mumtant.

– Mutant.

– No właśnie. „Babciu, dlaczego masz takie wielkie uszy?" – zapytał Czerwony Kaptur. „Po to, żeby cię lepiej słyszeć, jak z sąsiedniej celi będziesz wystukiwać wiadomość więziennym alfabetem..."

– To oni chcieli go zapudłować?

– No właśnie. Przecież był następcą tronu.

– Dziadku, znowu coś kręcisz. Przecież we wszystkich bajkach Czerwony Kapturek jest dziewczynką!

– Coś takiego? – zdumiał się Jakub. – E, niemożliwe. Nabierasz starego dziadka. Przecież gdyby był dziewczynką, to nie byłby ten Kapturek, tylko ta Kapturek. Zresztą dziewczynek nie przyjmowali do cechu.

– Może z tym cechem katów to też lipa? Strasznie kantujesz, dziadku.

– To może lepiej o Jasiu i Małgosi?

– Dokończ tamtą.

Jakub otworzył kolejną butelkę i wypił nieco.

– Dobra. „A dlaczego, Babciu, masz takie wielkie zęby?" – zapytał Kapturek. „To zmiany zwyrodnieniowe od używania pasty do zębów".

– Co to są zmiany zwyrodnieniowe?

– Jak się za często myje zęby, to one się zanadto rozrastają. Ja swoich wcale nie myłem i mam wszystkie. Nawet niektóre są ze złota.

– Ale to nie twoje własne.

– Jak to nie? A, już wiem. Nagadali ci, że stary dziadek wyrywa złote zęby nieboszczykom? Kłamstwa.

– I co, wilk połknął czerwonego Kapturka?

– No, połknął.

– Wiesz co, dziadku, tak się zawsze zastanawiałem, w tych wszystkich bajkach to wilk połyka w całości. Jak to możliwe? Przecież wilk ma małą paszczę.

– A ty widziałeś w życiu wilka?

– Pewnie. W zoo. I widziałem, że rozgryzał wszystko, zanim połknął.

Ćwierć butelki później Jakub wiedział już, co odpowiedzieć.

– W bajkach wszystko jest możliwe – powiedział.

– Ale to miała być prawda! Oszukałeś mnie.

Butelka wyleciała oknem. Pusta. Zza pieca wydobył kolejną.

– Oczywiście, że prawda. W bajkach wszystko jest możliwe, ale naprawdę to ten wilk był tego... mutas.

– Mutant.

– No właśnie. Więc połknął Kapturkę, to jest, chciałem powiedzieć, Kapturka. Leży wilk na łożu...

– W ciupie są łoża? Opowiadałeś, że jak siedziałeś, to były prycze z desek!

– Ale to było dawno temu.

– Dawno temu to chyba dawali słomę na goły kamień.

Jakub doszedł do wniosku, że nie lubi dzieci.

– Słomę dawali takim zwykłym, a babci dali łóżko, bo była szlachetnie urodzona. Rozumiesz?

– Tak.

– To siedź teraz cicho, a dziadek opowiada. No więc wilk leży sobie i trawi Kapturka, ale Kapturek nie taki głupi. Zapala w brzuchu wilka zapałkę, a tu jak nie huknie. Bo widzisz, zapałka mu upadła w kałużę bimbru. Przylatuje staruszka, bo w knajpie usłyszała huk, a Babcia pod dobrą datą była. Wpada do celi i widzi: wilk leży i dym mu idzie z pyska. No to wódkę w gardło i trach butelką o kant baru, żeby zrobić tulipana.

– Zaraz. A skąd w celi bar?

– Klawisze robili po cichu wyszynk, ale schowali przed inspekcją. No więc babcia chce wilkowi pruć szkłem brzuch i wyjąć wnuczkę.

– Przecież to był chłopiec!

– Wnuczka. Musiałem się przejęzyczyć. Ale wilk był szybszy. „Rzuć to szkło, stara ruro" – powiedział i trzask babcię z rewolweru. Na to przylatuje inspektor, a tu trup w celi, wilk ululany, a Kapturek w środku kolejną kałużą spirytusu trzask, ale tym razem nie wybuchło. Tylko się zaczęło hajcować, aże zdrowo. No to wilk poleciał do rzeki.

– Do tej na łąkach?

– Tak. Do Wojsławki. I zaczął pić wodę, żeby zgasić ogień.

– I pił tak długo, aż pękł?

– Zgadza się.

– A szewczyk Skuba zrobił sobie buty?

Jakub mimo zamroczenia alkoholem poczuł, że coś jest nie tak. Przez chwilę wytężał umysł.

– Jaki szewczyk? – zapytał ostrożnie.

– Szewczyk Skuba. Ten od smoka wawelskiego.

– To nie tutaj. O smoku opowiem ci innym razem. – Poskrobał się po głowie. Wszy rzuciły się do panicznej ucieczki. – Gdzie to skończyliśmy? – zapytał.

– Jak wilk pękł.

– Aha. Wyciągnęli kaci Kapturka ze środka, a tu patrzą, wilk całkiem utopiony przez tą wodę.

– Przecież wilk pękł.

– Ach. To Kapturek utopiony, no i dlatego nie mamy króla – zakończył prawie wesoło.

– To teraz następną bajkę. O leśnej królewnie.

Leśna królewna. Jakub przypomniał sobie jak przez mgłę chudą i złośliwą ruską kapitanicę z oddziału czerwonej partyzantki. Tak ją właśnie nazywali. Zaraziła syfilisem coś ze stu chłopa.

– Ja na momencik – powiedział i ruszył do drzwi. Nawet w nie trafił.

Gdy Marek z żoną wrócili do domu, wzeszedł już księżyc. Jakub leżał przed chałupą zalany w trupa. Jego umysł wędrował gdzieś daleko.

– Mały śpi – powiedziała kobieta.

Nieszczęsna nie zauważyła, że to wcale nie jej synek, tylko ściągnięty ze strychu manekin.

– Tatko też, ale to nie bajka go uśpiła. Cholerny pijaczyna.

– Straszna ta twoja rodzinka.

– Na szczęście ja jestem zupełnie normalny.

– Co z nim zrobimy?

– Narzucę derką i niech śpi. Może mu się przyśni coś paskudnego.

Tymczasem sześcioletni Maciuś szedł przez las na Zarowiu, w stronę leśniczówki. Zza drzewa wyszedł wielki i paskudny wilk...

– Dokąd idziesz, Czerwony Kapturku? – zapytał.

– Nie jestem Czerwony Kapturek. Jestem Maciej Wędrowycz – odpowiedział malec z godnością.

– Z tych Wędrowyczów? – przeraził się wilk.

Świsnęła w powietrzu linka hamulcowa. Stalowy splot wpił się w szyję zwierzaka. Nim zmętniało mu spojrzenie, zauważył jeszcze, jak młody kłusownik zręcznym pociągnięciem majchra przebija się do jego aorty, a potem była już tylko ciemność.

Przeciw pierwszemu przykazaniu

Gospodyni wyglądała dziwnie. Miała około sześćdziesiątki, była w wieku, w którym czas zaczyna już zacierać defekty urody, ale patrząc na nią, nie można było się oprzeć paskudnemu wrażeniu, że ma się przed sobą starą, wyleniałą gorylicę. Posiadała wystające kości policzkowe, silnie zaznaczone łuki nadoczodołowe, czoło jej nachylało się pod dziwnym kątem, a od spodu twarz prawie nie miała brody.

– Znaczy tu będzie ksiądz teraz mieszkał – powiedziała, otwierając drzwi pokoju. Mówiła niewyraźnie, jakby przez nos, a w jej głosie drgały dziwne nuty.

Ksiądz Paweł Markowski wszedł do pomieszczenia i ciekawie się rozejrzał. Pokój umeblowany był niemal ascetycznie. Prycza z nieheblowanych desek, nakryta siennikiem uszytym chyba ze starych worków. Prosty stół do pracy, wykonany z grubej płyty paździerzowej, opartej na solidnych nogach zespawanych ze starych rur wodociągowych. W kącie sekretarzyk zastawiony grubymi tomikami oprawionymi w skórę. Jedynym niecodziennym elementem był stojący na stoliku pod oknem komputer. Kable walały się po podłodze. Jego poprzednik pozostawił po sobie sterty papierów. Luźne kartki zapisane maczkiem piętrzyły się równym stosikiem w kącie. Na stole leżały odbitki ksero, było ich bardzo dużo, co najmniej dwie ryzy. Na ścianie pysznił się potężny krzyż z przytwierdzoną do niego figurą wykonaną z czarnego dębu. Ksiądz z uśmiechem na ustach odwrócił się do gospodyni.

– Co to za papiery?

– A ja tam nie wiem – powiedziała. – Spalić by to wszystko, z tej pisaniny nigdy nic dobrego nie wynika. Ja, jak poczytam gazetę, to potem głowa boli. Na kolację co będzie jadł?

– Cokolwiek. – Wzruszył ramionami.

Poczłapała gdzieś w trzewia budynku. Ksiądz poczuł nieoczekiwaną ulgę. Jak gdyby ciężar spadł mu z ramion. Odwrócił się do wnętrza pomieszczenia. Podszedł do wyrka i położył na nim swoją walizkę. Wyjrzał przez okno. Wychodziło na łąki, miał stąd ładny widok. Za łąkami niewielkie pagórki wspinały się do lasu, który wyznaczał jednocześnie granicę doliny i linię horyzontu. Oparł się dłońmi o krawędź łóżka i wykonał kilka pompek. Krew żywiej zaczęła krążyć w jego żyłach. Splótł palce, a potem wykręcił ręce dłońmi na zewnątrz. Zrobił jeszcze kilka wymachów ramionami, a potem podszedł do komputera i go włączył. Wejście do systemu zabezpieczone było hasłem. To go odrobinę zaskoczyło.

– Ano nic, pobawimy się przy okazji – mruknął.

Zamknął pokój na zamek gerda i wyszedł przed plebanię. Jego oczom ukazał się kościół. Nieduża, ładna barokowa świątynia obsadzona wokoło starymi lipami. Uśmiechnął się i ruszył w jej stronę. Z bliska spostrzegł dość świeże, paskudne pęknięcia muru, co go zaniepokoiło. Wrota zamknięte były na głucho. Miał w kieszeni klucz. Włożył go w zamek i przekręcił. Drzwi otworzyły się ze skrzypnięciem. Wszedł do kruchty. Wykonana z kamienia posadzka nie pasowała mu do tego wnętrza. Spodziewał się, że będzie wyślizgana nogami wiernych i gładka jak lustro, tymczasem była dość chropowata. Nowa. Pchnął drzwi prowadzące w głąb świątyni. Zaraz na progu dostrzegł wpuszczone w podłogę epitafium. Zatrzymał się porażony. Tablica wykonana była ze zwykłego szarego, żyłkowanego kamienia i teoretycznie powinna być już od dawna nieczytelna. Tymczasem, jeśli wierzyć dacie na niej wyrytej, leżała tu od trzystu lat, a wyglądała jak położona dopiero wczoraj. Litery miały ostre krawędzie. Wszystkie szczegóły herbów były wyraźnie widoczne. Ruszył naprzód. Wspiął się po schodkach do prezbiterium i minął ołtarz. Za ołtarzem znajdowały się dwie pary drzwi. Jedne prowadziły do zakrystii, drugie kryły schodki w dół, do podziemi. Spokojnie przekręcił klucz w zamku. Z otworu powiało wilgocią i stęchlizną. Wymacał na ścianie kontakt. Przekręcił go. Rząd żarówek zapalił się zachęcająco. Ruszył po schodach. Było tu czysto i wilgotno. Ściany pobielono przed kilku laty, ale już szpeciły je zacieki. Koło kabla powiewało kilka nitek pajęczyny. Schodził coraz niżej. Stopnie zakręcały, aż wreszcie znalazł się w kryptach. Pomieszczenie było niskie, domyślił się, że podczas jakiejś większej powodzi musiała wedrzeć się tutaj woda, a potem nie usunięto błota. Potężne, ważące wiele setek kilogramów sarkofagi z marmuru stały w długim, posępnym szeregu. W ostrym świetle żarówek lśniły złocone napisy na kamiennych pokrywach. Kruszewscy herbu Habdank. Litery oznaczające długość ich życia zatarły się gdzieniegdzie. Pierwsze sarkofagi wstawiono tu w szesnastym wieku. Widocznie kościół był przebudowywany, ale krypta nie została naruszona. Sarkofagi były różne. Dwa lub trzy musiały zawierać po dwie trumny. Gdy starł dłonią kurz z inskrypcji, przekonał się, że tak też było w rzeczywistości. Kilka zupełnie malutkich kryło w sobie zwłoki dzieci. Pochylił głowę, przechodząc do drugiej sali. Tu sarkofagów było kilka, dostrzegł je dopiero po chwili.

Podłogę pokrywało błoto. Woda ściekała po murach. Pod jedną ze ścian stało kilkanaście drewnianych trumien. Zwalone jedna na drugą, popękały, odsłaniając swoją zawartość. Białe i żółte kości, resztki ubrań i wyściółki. Majestat śmierci w całej okazałości. Te najniższe przegniły i pokryły się kożuchem białej pleśni. Odwrócił się tknięty czymś w rodzaju lęku. Obok w karnym szeregu stały trumny znaczniejszych obywateli miasteczka. Nie było na nich żadnych napisów, mógł się tylko domyślać, kto w nich spoczywa. Opuścił krypty z ulgą. Zamknął drzwi, a potem kościół. Wrócił do plebanii. Zdjął sutannę i ubrał się „po cywilnemu", w szarą kurtkę z szorstkiego płótna i jeansowe spodnie. Tylko koloratka pod szyją wskazywała na jego przynależność do stanu duchownego. Z sieni wyciągnął rower – rozklekotaną „Ukrainę". Podpompował koła i udał się na przejażdżkę po okolicy. Rower chodził ciężko, ale niebawem ksiądz wyjechał poza wieś i wspiął się na wzgórze. Niedaleko od szosy leżał cmentarz. Duchowny zsiadł z roweru i prowadząc go, wszedł przez uchyloną żelazną bramę. Zaskoczyło go to, co zastał na nekropolii. Jedynie nieliczne grobowce były jako tako zadbane. Miejsca większości pochówków zaznaczały jedynie kopczyki ziemi zarośnięte trawą, z powbijanymi krzywymi drewnianymi krzyżami. Usiadł na rozklekotanej ławce i ścisnął głowę dłońmi. Coś mu się tu nie zgadzało. Cmentarz nie był podobny do żadnego z tych, które widział poprzednio. Wyglądał na zupełnie opuszczony. Proboszcz podniósł głowę i spostrzegł przed sobą świeży kopczyk ziemi. Podszedł do niego i przyjrzał się tabliczce przybitej jednym gwoździem do drewna. Jego poprzednik, rezydent tej parafii. Zmarł w wieku dwudziestu sześciu lat. Jego nazwisko nic mu nie mówiło, choć znał je z listu biskupa. Poniżej tabliczki ktoś przypiął zardzewiałą pinezką kawałek papieru przypominający z grubsza wizytówkę. Wizytówkę wyprodukowaną dziecięcą drukarką na szarym papierze pakowym i wyciętą krzywymi, tępymi nożyczkami.

Do Wynajęcia.
Najlepszy cywilny egzorcysta w kraju.
Jakub Wędrowycz.

Poniżej widniał adres, który nic proboszczowi nie mówił. Poskrobał się po głowie, po czym zdjął kartkę z krzyża i zajrzał na jej drugą stronę. Straszliwymi kulfonami naniesiono krótką a treściwą informację.

Do aktualnego proboszcza. Jego zabili. Sprawdź w teczkach. Tam znajdziesz odpowiedź.

Schował kartkę do kieszeni. Wkrótce wrócił na plebanię. Gospodyni przedstawiła mu kościelnego, wyjątkowo ponurego typa z mordą zawodowego mordercy. Jego rysy przypominały rysy gospodyni do tego stopnia, że wydawali się rodzeństwem. Rozmowa była krótka i ponura. Kościelny stwierdził, że pęknięcia murów są stare i nic się nie dzieje. Pomysł wykopania studni dla odwodnienia krypt skwitował bezczelnym uśmieszkiem i oświadczył, że płacą mu tylko tyle, żeby nie zdechł, więc on sobie nie będzie dokładał obowiązków. Ksiądz wszedł do swojego pokoju. Zamknął drzwi i zasłonił okno. Zapalił światło, odsunął łóżko. Kawałek podłogi pod łóżkiem dał się bez większego wysiłku wyjąć. Duchowny odsłonił masywne drzwiczki dużego sejfu wpuszczonego w podłogę. Znał kod. Po chwili drzwiczki ustąpiły. Pochylił się nad ciemnym wnętrzem skrzyni. Znajdowały się w niej tekturowe teczki. Było ich około setki. Wyjmował je i układał obok na podłodze. Pod teczkami leżało jeszcze metalowe pudło zawierające dokumenty związane z ustanowieniem parafii oraz spory woreczek z czymś ciężkim. Wysypał jego zawartość na podłogę. Plastikowe torebki wypełnione były złotem. Sztabki i monety. Posiadały metryczki wypełnione zgodnie z wytycznymi, których i on się uczył. Rezerwa na wypadek wojny, rezerwa na sieroty w wypadku wojny, bieżąca działalność misyjna, świętopietrze, podatki dla kurii. W niedużym czarnym zeszyciku starannie zapisano każdą pozycję. Musi to przeliczyć w jakiejś wolnej chwili. Wsypał złoto z powrotem do woreczka i umieścił go w sejfie. W oddzielnej teczce ze skóry znajdowała się cienka paczka kanadyjskich dolarów. Wrzucił ją do skrytki, po czym zabrał się za lekturę. Jego poprzednik bardzo starannie prowadził ewidencję. Teczki opatrzone były napisami wykonanymi kopiowym ołówkiem. „Ród wymarł". „Ród przeniósł się do..." – tu następowała nazwa parafii.

Rodziny, których członkowie wstąpili do świadków Jehowy, także były zaznaczone, za pomocą namazanych na teczkach fioletowych trójkątów. Na szczęście w parafii tej zarazy nie było dużo. Na jednej teczce odkrył znak cyrkla i kątownika. Ktoś z nich wstąpił do masonów. Gdzieniegdzie widniały czerwone gwiazdki, ci mieli sympatie lewicowe. Na kilku widniały sierpy i młoty (członkowie gminnej organizacji PZPR). Niemal wszystkie teczki oznaczone zostały ponadto dziwnym rysunkiem czegoś w rodzaju litery p i przekreśloną rzymską jedynką. O ile wszystkie poprzednie symbole były mu znane, należały do wyuczonego w seminarium kodu, o tyle te niewątpliwie były produktem umysłu jego poprzednika. Poskrobał się po głowie, po czym rozsznurował jedną z nich. Zawartość teczki była zwyczajna do znudzenia. Drzewo genealogiczne rodziny, karty ewidencyjne wszystkich jej członków, także wypełnione szyfrem. W kartach było wszystko. Data pierwszych komunii, późniejsza częstotliwość przystępowania do sakramentów, wreszcie data śmierci i ilość mszy odprawionych za pokój duszy zmarłego. Tego ostatniego nie było. Zaraz za datą pogrzebu naniesiono za pomocą czerwonej kredki inną datę. Czerwona data zaopatrzona była w mały czerwony znak zapytania. Zdziwił się nieco. Z sejfu wygrzebał księgę przychodów i rozchodów parafii. Zagłębił się w lekturze. Wpływy z niedzielnej tacy były minimalne. Ślubów najwyraźniej prawie nie udzielano. Większość ludzi została pochowana bez udziału księdza.

– Co to może być? – zdziwił się.

Mszy za zmarłych prawie nie odprawiano. Czytał księgę coraz bardziej zdumiony. Parafia musiała stać cały czas na krawędzi bankructwa. Jedyny poważniejszy dochód pochodził ze sprzedaży sprowadzonych bezcłowo samochodów. Uzyskane fundusze poszły na remont dachu kościoła, opłacenie organisty, kościelnego i na KUL. Zgromadzenie tej odrobiny złota zakrawało w tych warunkach na cud. Raz jeszcze wyjął zeszycik załączony do rezerwy. Przekartkował go. Większość monet trafiło do worka jeszcze przed pierwszą wojną światową. Najnowszym wpisem były cztery sztabki po dziesięć gramów. Zestawienie dat pozwoliło ustalić, że zakupiono je z pieniędzy za sprzedane samochody. Przejrzał jeszcze kilka teczek, ale nie wyjaśnił zagadki. Schował je i zamknął sejf. Siadł na chwilę na łóżku i oparł się o ścianę. Nagle poczuł chłód. Skąd ten tajemniczy Jakub Wędrowycz wiedział o teczkach? Przecież nikt nie wiedział. Za wyjątkiem proboszczów. Ewidencja wiernych była ściśle ukrywana przed maluczkimi. Włączył komputer. System zapytał go o hasło. Na początek sprawdził, czy nie jest zapisane cieniutkim ołówkiem na obudowie lub odwrotnej stronie klawiatury. Nie było go tam. Spróbował z imieniem zmarłego. Potem wpisał nazwę parafii. System odrzucał jego próby. Wpisał imiona świętych, których obrazy wisiały w kościele. Nadal nic. Wreszcie w desperacji wpisał imiona kilku upadłych aniołów i wybitnych działaczy partyjnych. To także nie pomogło. Wyjął ze swojej walizki dyskietkę systemową i zresetował komputer. Tym razem powiodło mu się lepiej. Wszedł do systemu. Wyświetliła się lista plików. Jego poprzednik odwalił tu mrówczą pracę, wpisując w pamięć maszyny zawartość kronik i ksiąg parafialnych. Zapewne tych, które leżały wszędzie wokoło. Westchnął i postanowił wejść w pierwszy plik z brzegu. System zapytał go ponownie o hasło, a potem zrobił automatyczny reset. Duchowny poczuł zmęczenie. Otarł czoło. Wyłączył złośliwą maszynę. Poskładał papiery, tworząc z nich jeden wielki stos. Wreszcie położył się na łóżku. Usłyszał podejrzany szelest spod poduszki. Sięgnął ręką i wyciągnął zeszyt obłożony w ceratę. Otworzył go. Na pierwszej stronie widniał napis: „Sprawy do załatwienia".

Zaczął go machinalnie kartkować. Zaraz na początku wspomniano o dachu kościoła. Jako sposób finansowania remontu wpisano „samochody". Domyślił się, o co chodziło. Strona została skreślona na czerwono i nosiła adnotację „Załatwiono". Na następnej była wymiana instalacji elektrycznej w kościele i na plebanii. To także zostało sfinansowane z pieniędzy za czyjś pogrzeb i zaoszczędzonych na zakupie węgla na zimę. Na następnej było coś o wielodzietnej rodzinie, której dwie latorośle wybierały się do liceum. W rubryce „Sposób finansowania" wpisano „Różańce". Podobna adnotacja znajdowała się kawałek dalej, w miejscu gdzie proboszcz zanotował konieczność wzmocnienia pękniętego fundamentu koło kaplicy.

– Co też mogą oznaczać te różańce? – zdziwił się ksiądz Markowski. – Podatek od kółek żywego różańca?

Niespodziewanie skojarzył, o co chodzi. W ubiegłym roku pisała o tym lewicowa prasa brukowa. Grupa pomysłowych duchownych reperowała budżety swoich parafii, sprowadzając kawę. Dla uniknięcia cła, w papierach wpisywano, że kawa posłuży celom misyjnym. Z jej ziaren miano rzekomo produkować różańce. Sprawa rypła się, gdy jeden z pomysłodawców sprowadził tir kawy, która była mielona... Uśmiechnął się. Wyszedł z pokoju i odszukał gospodynię.

– Ile mamy węgla na zimę? – zapytał.

– A tam, taki wągil. Musi co z pół metra. Nijak nie starczy.

Zapisał sobie w zeszycie, że musi kupić węgiel. Jak się okazało, wymiany wymagała także kanalizacja. Pomyślał, że warto by założyć francuskie szambo biologiczne. Ostatecznie Kościół powinien poza wartościami duchowymi siać także ziarna postępu cywilizacyjnego. Zanotował sobie to na następnej stronie i wyszło mu, że deficyt sięga już ponad czterech tysięcy złotych. Czterdzieści tac albo i lepiej. Westchnął ciężko. Może kuria udzieliłaby mu kredytu albo wręcz dofinansowania? Chciał napisać list w tej sprawie, ale komputer był nieczynny. Zablokowany. Siadł i zrobił to ręcznie. Poprosił o dofinansowanie lub przysłanie przynajmniej węgla, gdyby udało się go gdzieś taniej kupić. Ponadto poprosił o przysłanie informatyka celem odblokowania komputera.

Kolację zjadł skromną. Gospodyni najwyraźniej nie umiała gotować. Chleb był nieco zatęchły, a wędliny z pewnością pamiętały czasy jego poprzednika. Pod koniec posiłku zmuszał się do jedzenia jedynie wysiłkiem woli. Powtarzał w myślach starą, mądrą sentencję: „Lepiej niech grzeszne ciało pęknie, niżby miały się zmarnować dary Boże". Zjadłszy, położył się spać. Czuł się zmęczony.

W środku nocy obudziło go walenie w szybę. Zerwał się z łóżka i otworzył okno. Na zewnątrz stał jakiś malowniczo obdarty typ w czarnej kurtce mundurowej SS i rudej papasze na głowie.

– No, o co chodzi? – zapytał rozespany kapłan.

– Mój przyjaciel umiera. Potrzebuje księdza. Mam motor – wyrzucił z siebie dziwny gość.

– Minutę!

Wciągnął na siebie sutannę i porwał małą walizeczkę zawierającą potrzebne przybory. Zatrzasnął drzwi i wybiegł przed plebanię. Dziwny przybysz siedział na równie jak on sam starym i zdewastowanym motorze.

– Proszę siadać do przyczepki – polecił.

Ksiądz zdążył się ulokować i motor ruszył z rykiem silnika.

– Tam jest kask – powiedział kierujący.

– A pan?

– Mnie nie trzeba.

Wymacał coś kulistego i ku swojemu zdumieniu wydobył z przyczepki kask strażacki. Założył go na głowę. Motor nabierał szybkości.

– Kim pan jest? – zainteresował się duchowny.

– Wołają mnie Jakub Wędrowycz.

– Znalazłem kartkę od pana.

– Później – głos jego dziwnego towarzysza utonął w ryku torturowanego silnika.

Motor pędził bezdrożami, przeskakując rowy i miedze. Przez chwilę, gdy pędzili po jakiejś szosie, reflektory nadjeżdżającego z naprzeciwka samochodu oświetliły twarz Wędrowycza. Na obliczu tym malowało się szaleństwo i ekstaza. Jakub dodał gazu. Motor pędził teraz z szybkością tak oszałamiającą, że księdzu wydawało się, iż w ogóle nie dotyka ziemi. Wreszcie gwałtownie zaparkowali przed walącą się chałupą leżącą wysoko na wzgórzach. Jakub zeskoczył na ziemię. W drzwiach stanęło kilka osób. Ksiądz się przestraszył. Wyglądali strasznie. Ubrani w byle co, przygarbieni, o twarzach noszących piętno grzechu. Nigdy nie przypuszczał, że to może być aż tak widoczne. Zapewne była to cecha charakterystyczna okolicznej ludności, wszyscy mieli trochę małpie rysy.

– Czego? – zapytał najstarszy z nich, spluwając Jakubowi pod nogi.

– Przywiozłem księdza do Mychajły.

Facet splunął ponownie i wykonał wysoce obraźliwy gest.

– On tego chce – powiedział Jakub z naciskiem.

– Wynoście się – warknął jeden z młodszych.

Jakub wyciągnął zza pasa siekierę, a potem wytrząsnął z rękawa kawał łańcucha krowiaka.

– No co? – zagadnął trzeci z nich. Jego twarz do tego stopnia przypominała mordę małpy, że duchowny zdziwił się, słysząc ludzki głos.

– Mychajło sobie tego życzy – powtórzył Wędrowycz.

Za jego plecami pojawiło się jeszcze dwóch. Jeden trzymał w ręce sztachetę. Sterczały z niej dwa gwoździe.

– Padnij! – szepnął Jakub do księdza.

Markowski posłuchał natychmiast. Rozległ się ryk Wędrowycza i łańcuch zatoczył w powietrzu krąg. W kiepskim świetle padającym z zawieszonej nad drzwiami żarówki zalśnił jak błyskawica. Ksiądz Paweł podniósł się. Trzej przeciwnicy leżeli na ziemi. Jeden trzymał twarz w dłoniach i skowyczał. Drugi spoczywał kawałek dalej z własną sztachetą wbitą w bebechy, ale wyglądało na to, że niespecjalnie głęboko. Trzeci usiłował właśnie wstać na czworaka. Jakub kopnął go w twarz kaloszem i wróg opadł na ziemię. Egzorcysta amator podniósł z ziemi siekierę. Podszedł do drzwi.

– Lepiej otwórzcie – powiedział.

Z wnętrza dobiegł odgłos przesuwania czegoś ciężkiego. Jakub zawył ponownie i zaczął rąbać drzwi.

– Czy tak można? – zagadnął ksiądz. – Chyba nas tu nie chcą.

– Oni nie, umierający tak.

Drzwi padły. Za nimi stał ciężki kredens. Jakub rąbał z furią i niebawem usunął przeszkodę. Zapalił latarkę i poświecił do środka. Z pokoju na wprost wyjrzał najstarszy wróg z dubeltówką w dłoni. Egzorcysta zbił duchownego z nóg. Kula przeleciała im nad głowami. Wyciągnął z kieszeni odrapany rewolwer i oddał kilka strzałów do środka. Dubeltówka odezwała się ponownie. Poderwał się z ziemi i wskoczył do wnętrza. Księdza dobiegły odgłosy gwałtownej bijatyki. Wstał, otrzepał sutannę i zaczął chyłkiem wycofywać się w stronę szosy. Odgłosy bijatyki urwały się. Przez połamane deski przeskoczył Jakub.

– Droga wolna – oznajmił z dumą.

– Chyba... – zaczął Markowski, ale oczy egzorcysty zwęziły się nagle w szparki, a w jego dłoni błysnęła broń.

– Do środka – powiedział tak jak do konia, łagodnie, ale z naciskiem wykluczającym nieposłuszeństwo. Weszli. Stary leżał pod ścianą i wyglądało na to, że usiłuje dojść do siebie. Potrząsał głową, ale na jego twarzy nie było oznak, że to pomaga. Jakub kopnął drzwi. Były zamknięte. Strzelił pod klamkę, a potem kopnął je jeszcze raz. Znaleźli się w pokoju. Przy łóżku, na którym leżał jakiś starzec, stało trzech ponurych facetów.

– Spadać – powiedział Jakub.

Zamiast zastosować się do prośby, skoczyli na niego. Łańcuch uderzył w krzyż. Zostali sprowadzeni do parteru. Resztę załatwił kaloszami. Po chwili przestali zdradzać oznaki życia. Wypchnął ich na korytarz i zamknął drzwi. Następnie przesunął ciężką szafę, a drugą zasłonił okno. Podszedł do leżącego na łóżku.

– Mychajło, to ja, Jakub.

– Jakub, kumplu, myślałem, że już się nie doczekam.

– Przyprowadziłem księdza.

– Dziękuję.

– Proszę go teraz wyspowiadać – powiedział do duchownego. – A ja popilnuję drzwi.

Chory mówił z wysiłkiem, powtarzając kanon spowiedzi. Wreszcie dotarł do części poświęconej grzechom.

– Zgrzeszyłem przeciw pierwszemu przykazaniu – powiedział z wysiłkiem.

A potem oczy wywróciły mu się do góry i skonał.

– Za późno – powiedział egzorcysta i opatrzył swoją wypowiedź przekleństwem.

– Nie, chciał się wyspowiadać, będzie mu zaliczone – uspokoił go ksiądz.

– Jeśli tam, na górze – egzorcysta zazezował na sufit – jeśli tam go chcieli, to nie mogli poczekać?

– Nie nam o tym roztrząsać.

– Dobra. Bierzemy ciało i wychodzimy.

– Zaraz, po co nam ciało?

– Żeby je po chrześcijańsku pochować, oczywiście!

– A rodzina?

– Rzeczywiście. Zapomniałem o tej hołocie, ale jeśli spróbują go zatrzymać, to wystrzelam im dziurki w uszach na kolczyki.

– Ale czy oni nie zadbają o pochówek?

– O, jak cholera. Sam ksiądz widział.

– Zaraz. To, że nas nie lubią, o niczym nie świadczy.

Egzorcysta podszedł blisko niego. Stali twarzą w twarz.

– Pokój jest zbyt mały i słyszałem, co mówił. Zresztą znałem jego grzechy.

– To znaczy?

– Oni złamali pierwsze przykazanie. I nie tylko oni. Ale do kościoła chyba go przyniosą. Możemy iść.

Duchowny ruszył w stronę drzwi.

– Nie tędy.

Odsunął szafę blokującą dostęp do okna. Wybił kolbą szybę.

– Słuchajcie – powiedział do tych, którzy czaili się w mroku. – Nie ma już powodu, żebyście na nas polowali. Mychajło nie żyje i zdążył się wyspowiadać. Liczę do pięciu, a potem wychodzimy. Każdy, kto znajdzie się w zasięgu mojego wzroku, umrze.

W odpowiedzi nadleciał kamień. Trafił go w twarz, ale on jakby tego nie poczuł.

– Raz, dwa, trzy, cztery, pięć! – policzył głośno, a potem wyjął z kieszeni granat i wyrwawszy zawleczkę, wyrzucił za okno. Wybuch oświetlił walące się zabudowania, a podmuch wybił resztę szyb. Jakub skoczył oknem, a potem pomógł wydostać się duchownemu, który zaplątał się w sutannę. Pod ich nogami leżało coś miękkiego. Chyba ciało. Obiegli budynek dookoła. Motor płonął.

– Cholera! – zawył Jakub. – Przegięliście pałę. Na ziemię – rozkazał duchownemu.

Z przytroczonej do pasa sakwy wydobył kilka lasek dynamitu. Laski wsadzono fachowo w metalowe rurki. Zapalił pierwszy lont i wrzucił ładunek przez wyłamane drzwi do wnętrza domu. Eksplozja podrzuciła do góry dach i spowodowała popękanie ścian. Kolejną laskę wyekspediował silnym rzutem w stronę stodoły. Złożyła się jak domek z kart. Nadal nikt się nie pojawiał.

– Dobra, wynosimy się – rozkazał leżącemu.

Ruszyli szybkim krokiem. Przed nimi wyrósł płot od ogrodu. Ustąpił pod ciosem siekiery. Zaraz za ogrodzeniem stał stary volkswagen garbus. Wędrowycz wywalił siekierą szybę, otworzył drzwiczki, rozbił stacyjkę i zwarł na krótko druty. Silnik zagrał.

– Proszę wsiadać – zachęcił.

– Ale to kradzież. Ja...

– Ksiądz nie będzie miał grzechu, bo to pod przymusem. – W ciemności znowu błysnęła odrapana lufa.

Ruszyli ze znaczną szybkością przez podwórko. Po drodze Jakub cisnął w otwarte drzwiczki jakiejś szopy trzecią, ostatnią laskę dynamitu. Wygasił światła i wyjechał na polną drogę. Szopa przestała istnieć. W oddali widać było błyskające niebiesko światełko. Zbliżało się.

– Cholerne gliny – mruknął i dodał gazu.

– Mogę uzyskać wyjaśnienia? – zagadnął ostrożnie ksiądz.

– A co tu wyjaśniać? – zdziwił się egzorcysta. – Z tą hołotą trzeba na ostro.

– Napisał pan, że wszystko jest w teczkach. Co to znaczy?

– Pański poprzednik wiedział za dużo. Zabili go.

– O tym słyszałem. Nie udało się ustalić kto.

– Jest taka mądra maksyma po łacinie. Nie pamiętam, jak to szło, ale sens jest taki, że ten jest winny, kto odnosi korzyść. Zalał im sadła za skórę. Dlatego musiał zginąć.

– A policja?

– Ta sama sitwa. Swoich nie ruszą. Gdybym był potrzebny...

– Mam adres.

– Tam na razie nie będę mieszkał. Z pewnością mnie poznali. Raczej przyczaję się gdzieś na jakiś czas. Gdybym był potrzebny, to proszę zadzwonić do Semena Korczaszki w Wojsławicach. Telefon numer sto dziesięć. Tak jak w tym enerdowskim filmidle o ichnich glinach.

Zatrzymał się przed plebanią.

– Do zobaczenia. W razie czego jestem do dyspozycji.

– Ale o co tu chodzi?

– Wkrótce sam się dowiesz.

Silnik ryknął i samochód zniknął w ciemności.

– „Gdyby ludzie znali ciężar prawdziwej wiary, byłoby więcej ateistów” – ksiądz zacytował w zadumie zasłyszane kiedyś zdanie.

A potem przypomniał sobie, jak jego dziwny towarzysz rąbał drzwi siekierą po to, aby umierającemu przyjacielowi umożliwić odbycie spowiedzi, i poczuł mimowolny szacunek. Sam chyba nie zdobyłby się na taki czyn. Wszedł do swojego pokoju. Zamknął drzwi i otworzył sejf. Szukał teczki Jakuba Wędrowycza, ale nie znalazł. Dopiero potem przypomniał sobie, że przecież Wojsławice leżą w sąsiedniej parafii. Westchnął jeszcze raz i położył się spać.

Kurki dziobały okruszki ze śniadania. Ksiądz Markowski patrzył na nie z rozczuleniem. Nocne wypadki zatarły mu się nieco w pamięci. Prawie zdołał sobie wmówić, że to był tylko koszmarny sen. Wieś w dziennym świetle wyglądała uroczo. Typowa ulicówka, ciągnąca się kilometrami, leżąca w dolinie. Pola wspinały się na wzgórza, by skryć się w gęstych lasach. Wzdłuż drogi rosły topole. Była jesień. Szosą przejechał ciągnik. Sobota. Jutro odprawi pierwszą mszę. Westchnął z lubością. Już lubił tę wieś. Na podwórko wtoczył się radiowóz. Samochód był zniszczony, podwozie trzymało się chyba tylko na warstwie rdzy. Był ubłocony i miał brudne szyby. Wysiedli z niego dwaj faceci. Właściwie to nie wyglądali na gliniarzy. Przypominali dwa małpoludy wciśnięte w byle jak wykonane mundury. Byli do siebie podobni jak rodzeni bracia i w pewien sposób przypominali ludzi, z którymi bił się w nocy Jakub. Mieli wyraźne, grube wały nadoczodołowe, lekko przypłaszczone nosy, wystające kości policzkowe i cofnięte brody.

– Ksiądz Markowski? – upewnił się pierwszy małpolud. – Jestem tu posterunkowym. Wołają mnie Józwa.

– Czym mogę służyć, poświęcić posterunek?

– My tu nie na głupoty przyszli, tylko po zeznania – wyjaśnił drugi pitekantrop. – Widzieli księdza ludzie w nocy, jak się spaliła zagroda Bardaka.

– Owszem, dziś w nocy spowiadałem umierającego człowieka w jakiejś zagrodzie na wzgórzach.

– Nu, a kto tam księdza zawiózł?

– Ponieważ nie wolno mi kłamać, zmuszony jestem wykorzystać klauzulę o wolności sumienia i odmawiam dalszych zeznań – oświadczył z godnością.

– Że co? – zdziwił się gliniarz.

– Znaczy, że nie powie – wyjaśnił mu pierwszy.

– Co nie powie? – zdenerwował się drugi, łapiąc za pałkę.

– Nu, ostaw – ostudził go Józwa. – To niedobrze. Trzeba się będzie po księdzu przejechać – powiedział. – Idziemy. Ale jak dorwiemy transport tych waszych różańców, to będą bęcki. Urząd celny zawiadomimy, co tu wyrabiacie. Zakichana czarna mafia.

Wsiedli do radiowozu, odjechali. Ksiądz wrócił do swojego pokoju i w zadumie zaczął kartkować zeszyt z zapisami machinacji finansowych. Kilkanaście ostatnich kartek było pustych. Niespodziewanie spostrzegł, że są oznaczone w rogu maleńkim znaczkiem przedstawiającym dwójkę z przekreślonym ogonkiem. Szyfr. Coś, co zostało ukryte. Powąchał zeszyt. Leciutki, ledwie wyczuwalny zapach cebuli przebił się przez woń starego papieru. Uśmiechnął się lekko. Sok z cebuli. Najprostszy atrament sympatyczny. Poszedł do gospodyni i pożyczył od niej żelazko. Przeprasował starannie kartkę. Linie narysowane sokiem szybko pociemniały. Oddał żelazko i zagłębił się w lekturze. Zapisek opatrzony został datą. Datą sprzed tygodnia. Ten, który go zostawił, miał żyć jeszcze dwa dni.

Do mojego ewentualnego następcy. Wydaje mi się, że wiem, o co chodzi. Przeanalizowałem wszystkie dostępne dokumenty. Ta parafia to miejsce zesłania dla księży o nieco bardziej liberalnych poglądach. Czas pobytu na tym probostwie wynosi w przybliżeniu około roku. Zawsze kończy się śmiercią. Trzy wyjątki w ciągu ostatnich dwustu lat. Za każdym razem okres przebywania wyniósł wielokrotnie za dużo. Od dwudziestu pięciu do czterdziestu lat. Zapewne księża pokumali się z tą hołotą. Kuria położyła krzyżyk na tej ziemi i tych ludziach. Są za słabi, żeby nakazać ich eksterminację, choć to chyba jedyny sposób pozbycia się tej zarazy. Czuję, jak wokoło mnie zaciska się pętla. Wiem już jak, nie wiem jeszcze, dlaczego przymykają na to oczy. Parafia jest deficytowa. Oni chcą, żeby kościół popadł w ruinę i żeby można go było zamknąć. Tu zachodzi zbieżność interesów kurii i ich. Zawiozłem zdjęcia znajomym archeologom. Oni twierdzą, że to rzadkie nagromadzenie cech recesywnych. To na dobrą sprawę rasowi neandertalczycy. Nie wiem jeszcze, jak to możliwe. Jest ich siedem klanów. Wędrowycz twierdzi, że stary Mychajło się wyłamuje. Trzeba by z nim pogadać, ale on już nie wychodzi z domu, a wejść do środka to znaczy narazić się na pewną śmierć.

Na tym zapiski się urywały.

– Neandertalczycy? – zdziwił się ksiądz.

Oni rzeczywiście tak wyglądali... I znał Wędrowycza.

Wyjął z kieszeni telefon komórkowy i wystukał numer domu emerytowanych księży w Lublinie. Poprosił o rozmowę z ojcem Rogowskim.

– Słucham? – rozległ się w słuchawce głos starego spowiednika.

– Paweł Markowski się kłania.

– Witaj, chłopcze. Jakie to problemy zaprzątają twoją głowę?

– Szukam odpowiedzi na kilka pytań. Dostałem właśnie własną parafię...

– Gratuluję. Jak ci idzie?

– Tu dzieje się coś dziwnego. Nie wiem co. Cała ta Dębinka...

– Zrobili cię proboszczem w Dębince Dworskiej?

– Tak.

– Co przeskrobałeś?

– Egzorcyzmowałem punków w Jarocinie. Więc jest tu coś?

– Mało powiedziane. Tam się umiera. Dziwnie szybko. I mało który proboszcz zmarł naturalną śmiercią. Gdy ja studiowałem w seminarium, a było to ponad sześćdziesiąt lat temu, chodziły słuchy, że to przeklęte miejsce. Ilu miałeś wiernych w niedzielę na mszy?

– Jeszcze nie odprawiałem. Dopiero co osiadłem.

– Hy. To się zdziwisz. No, nieważne. Musisz uważać na dawnych mieszkańców tej dziury. Na autochtonów.

– To są jacyś nowi?

– Tak. Przesiedleńcy zza Buga. Starych rozpoznasz od razu. Tacy mocno małpowaci. Jakby cofnięci w rozwoju. Wielopokoleniowe chroniczne niedożywienie i alkoholizm, jak sądzę. Uszkodzenia genotypu. Siedem albo osiem rozgałęzionych rodzin. Wyjątkowo odporni na Słowo Boże.

– Mam jeszcze drugi problem. Grasuje tu niejaki Jakub Wędrowycz...

– Racja. Wojsławice blisko. He, he. Stary Jakub.

– No właśnie. Kto to jest?

– Jakub? Wszechstronny specjalista. Najlepszy cywilny egzorcysta w kraju. To znaczy tak długo, jak długo jest trzeźwy, a raczej nieczęsto mu się to zdarza. Czasami Kościół po cichu korzysta z jego umiejętności.

– Na czym one polegają? Co on potrafi?

– Jest taki dowcip o wypędzaniu diabła Belzebubem. To z grubsza na tym polega. Wydaje się, że ciemne moce nie są w stanie wytrzymać w jego towarzystwie. Dwaj księża, którzy próbowali go spowiadać, doznali szoku.

– To brzmi niezbyt zachęcająco.

– E, nie jest tak źle. To po prostu obłąkany alkoholik i socjopata. Łamie wszelkie możliwe przepisy z czystej radości, jaką daje mu ich łamanie. Ale swoich nie skrzywdzi.

– Swoich?

– Jeśli zaproponował ci opiekę, to możesz spać spokojnie. Włos ci z głowy nie spadnie. A jeśli poprosisz go o pomoc, to udzieli.

– Hmm. Jeszcze jedno pytanie.

– Wiem jakie. O co tutaj właściwie chodzi? Ta parafia jest skazana. Istnieje pięćset lat. Niedawno doszli do wniosku, że czas się dopełnił i należy się poddać.

– Nie rozumiem.

– To wszystko, co mogę ci powiedzieć.

W słuchawce rozległ się dźwięk świadczący o przerwaniu połączenia.

Wrócili gliniarze. Tym razem na dachu radiowozu mieli przymotaną trumnę zbitą byle jak z desek... Z radiowozu wygramolił się Józwa.

– Nu, ociec, trza go pochować po chrześcijańsku – powiedział bez wstępów.

– Wnieście go do kościoła – powiedział ksiądz spokojnie. – Zaraz poszukam katafalku. Msza chyba jutro rano?

– Wolimy dziś wieczorem – odezwał się drugi z gliniarzy. Mówił niewyraźnie, jakby dźwięki ludzkiej mowy rodziły mu się głęboko w gardle. – Jutro niedziela. Nie chcemy przeszkadzać.

Kiwnął głową.

– Ile to będzie kosztowało? – zapytał Józwa.

Może sprawił to ton jego wypowiedzi, ale ksiądz nieoczekiwanie poczuł dziwną pewność, że jeśli poda sumę zbyt wygórowaną, to natychmiast zostanie zabity tymi owłosionymi łapami.

– Nie ma cennika. Płaci się co łaska – powiedział. – Powinny minąć trzy dni...

– Mamy akt zgonu – powiedział ten drugi. – Zakopać wieczorkiem i zapomnieć.

– Ale to cała ceremonia...

– Będziemy wszyscy – przerwał Józwa. – Odpowiada na piątą?

– Oczywiście.

Dwaj gliniarze zarzucili sobie trumnę na ramiona i zanieśli do świątyni. Dźwignęli ją bez wysiłku, jak gdyby nic nie ważyła. Pobiegł przodem, otworzył drzwi i z piwnicy przyniósł katafalk złożony z kilku części. Zmontował podwyższenie, a gliniarze postawili na nim trumnę. Wyszli z kościoła i zaraz za bramą zawyli syreną. Tak jakby zwoływali swoich.

Ksiądz oparł głowę o kamienny portal kościoła.

– Jestem chyba przewrażliwiony – powiedział sam do siebie.

Popatrzył w zadumie na mur budowli. Pęknięcie pod oknem było paskudne. Zagryzł wargi. Fundament osiadał. Trzeba zrobić odkuwkę, włożyć stalową szynę i zalać cementem, a szczelinę zamurować. Tylko za co? Wszedł do wnętrza i popatrzył w zadumie. Nie mógł się oprzeć wrażeniu, że coś jest nie tak. Podszedł do jednego z bocznych ołtarzy i przesunął ręką po poczerniałym drewnie. Ołtarz wyglądał na bardzo wiekowy, ale dotyk rozwiewał złudzenia. Drewno było dość nowe. Tandetnie oszlifowane, miało zadziory i pociągnięto je czarną bejcą, a potem nawoskowano. Przyjrzał się gotyckim rzeźbom zdobiącym ołtarze. Nie trzymały zbyt dobrze kanonu. Falsyfikaty. Pod trumnę wsunięto kopertę. Wyciągnął ją i przeliczył zawartość. Średnia miesięczna. Dobre i to. Węgiel na zimę. Ale remont fundamentów trzeba by przeprowadzić, zanim nadejdą mrozy. Warto by ściągnąć inspektora nadzoru budowlanego, żeby określił stopień uszkodzeń. Może wojewódzki konserwator zabytków mógłby pomóc? Westchnął. Zamknął świątynię i wyszedł. Musiał się przygotować. Do piątej wcale nie zostało zbyt wiele czasu.

Zebrali się chyba w komplecie. Siedzieli w ławkach, jakby kije połknęli. Msza za zmarłego ich nie interesowała. Wykonywali wprawdzie wszystkie konieczne ruchy i odmawiali modlitwy tam, gdzie było trzeba je odmówić, ale Paweł nie mógł pozbyć się wrażenia, że w ich pozie jest fałsz. Tak jakby przyszli, żeby pokazać, jakimi to gorliwymi są katolikami. Patrzył na nich i z każdą chwilą ogarniało go coraz większe zdumienie. Przekleństwo, piętno grzechu, czy co to było, dotknęło ich w różnym stopniu. Obaj gliniarze wydawali się prawie normalni w porównaniu z niektórymi członkami klanu. Nie mógł pozbyć się wrażenia, że oto odkrył zaginione ogniwo. Zwłaszcza trzej młodzieńcy siedzący na samym przedzie wywoływali w nim szok swoim wyglądem. Mieli owłosione łapska, wielkie jak łopaty, a z dziurek w spłaszczonych nosach sterczały kępki czarnego włosia. Wyglądało to ohydnie. Ledwo zdążył zakończyć, już kilka par silnych rąk porwało trumnę i ruszyło do wyjścia. Spieszyło im się jak diabli. Pospiesznie zamknął kościół.

Kościelny gdzieś zniknął. Ksiądz dogonił ich tuż koło bramy cmentarza. Dół czekał. Może należałoby napisać grób, ale to nie był grób. Dziura w ziemi głęboka na dwa metry, o nieregularnym kształcie, przypominała głodną gardziel.

– Hej, hop! – zawył stary i cisnęli trumnę w dół.

Ksiądz mało nie zemdlał, słysząc, jak zwłoki przemieściły się wewnątrz skrzyni.

– No! – przynaglił go ten najstarszy.

Zdążył wypowiedzieć sakramentalną formułę o obracaniu się w proch i poświęcić mogiłę, gdy małpowaci porwali za łopaty i zasypali grób. W kopczyk ziemi wbili zbity byle jak z desek krzyż i rozeszli się bez słowa. Ksiądz opadł bezsilnie na kamienny nagrobek obok...

Z krzaków wyszedł Jakub Wędrowycz. Stan jego stroju wskazywał na to, że spędził w tych krzakach całą noc.

– Nu, i jak się podobało? – zapytał.

– Słyszałem, że świadkowie Jehowy tak robią. Zakopać i do widzenia, ale nie sądziłem...

– Świadki nie pokazują się tu od lat. Boją się.

– Dlaczego?

– Pamiętaj, z czego się spowiadał.

Jakub wyciągnął z krzaków dwa szpadle. Wręczył jeden księdzu.

– Nu, nie ma się co zasiadywać.

– Chwileczkę, co pan zamierza zrobić?

– Pochowamy go pod kościołem. Lepiej, żeby tu nie zostawał.

– Ale oni...

– Oni się nie liczą. Jeśli go nie wykopiemy, to wrócą po niego w nocy. A tego przecież nie chcemy.

– Proszę o dodatkowe wyjaśnienia.

– Mają własne miejsce grzebania. I własne obrzędy. Do dzieła.

– Odmawiam. To byłaby profanacja. Zresztą nie ma dowodów. Trochę są upośledzeni, ale...

– Więc spotkajmy się tu o północy. Albo lepiej o jedenastej.

– Nie przyjdę. Nie ma po co. On został pogrzebany. Znajdą go za pięćset lat archeolodzy.

Jakub prychnął.

– Myślałem, przysłali młodego i zdolnego. Myślałem, przysłali fachowca. Pomyliłem się. Trudno, nie pierwszy raz w życiu.

Podniósł oba szpadle i oddalił się z godnością. Ksiądz wzruszył ramionami i wrócił na plebanię. Włączył komputer. Maszyna zażądała od niego hasła. Wpisał ze złości: WĘDROWYCZ.

Program ruszył. Wszystkie aplikacje były aktywne. Ksiądz wywołał plik pod tytułem RAPARCHIT.DOC.

Raport Architektoniczny dotyczący kościoła w miejscowości Dębinka Dworska.

Dla zbadania stopnia zniszczenia fundamentów przeprowadziłem cztery wykopy sondażowe. W ich toku ujawniłem trzy rurki drenujące, założone w sposób wskazujący na celowe złe działanie. Rurki, zamiast odprowadzać wodę, transportują ją w pobliże ściany od północnej strony kościoła. Zbierająca się tam wilgoć miała za zadanie uszkadzać fundamenty poprzez ich regularne podmywanie. Rurki założone zostały na kilka dni przed objęciem przeze mnie parafii.

Wnioski.

Hipoteza A: Miejscowe klany, negatywnie nastawione do instytucji Kościoła, planowały jego stopniowe zniszczenie.

Hipoteza B: System zbudowano na polecenie Kurii w tym samym celu.

Zamknął plik i otworzył kolejny. Był to spis wyposażenia świątyni. Raport potwierdzał jego obserwacje. Całe wyposażenie wymieniono na nowe, podrobione. Zapewne w tym celu, aby wraz ze zniszczeniem budynku nie utracić tego, co cenne i zabytkowe. Potarł czoło, a potem otworzył kolejny plik.

Dziennik Bazylego Swojaka.
12 marca 1834.

Chyba wiem już, o co tutaj chodzi, choć dysponować mogę zaledwie jedną nicią wiążącą fakt zniknięcia zwłok z cmentarza ze wzgórzem. To dziwne, że nikt nigdy nie sprawdził, co naprawdę zawierają trumny w podziemiach kościoła i dlaczego groby na cmentarzu są puste...

Poderwał się jak dźgnięty sprężyną. Groby na cmentarzu są puste. Co mówił Wędrowycz? Że przyjdą w nocy go wykopać? Trumny w podziemiach kościoła. Złapał z półki klucz i wybiegł z pokoju. Zmierzchało się. Kościół stał milczący i cichy. Otworzył drzwi i wszedł do środka. Zapalił światło. Przez chwilę męczył się z drzwiami krypty, a potem przekręcił kontakt i skacząc po kilka stopni, zbiegł na dół. Wszedł między sarkofagi. Złapał za pokrywę pierwszego z nich i pociągnął. Zaraz jednak zrezygnował. Pokrywa była kamienna i mogła ważyć kilkaset kilogramów. Poszedł dalej, tam gdzie w kupie, jedna na drugiej, piętrzyły się trumny. Szarpnął za jedną z nich i ściągnął na ziemię. Od uderzenia o posadzkę odpadło jej wieko. Szkielet wyglądał zupełnie normalnie. Otworzył sąsiednią, a potem jeszcze jedną. Nic. Odwrócił się tam, gdzie w karnym szeregu stały trumny miasteczkowych notabli. Spróbował otworzyć pierwszą z nich, ale wieko było solidnie przykręcone. Namacał w kieszeni nóż myśliwski. Wbił go w szczelinę i podważył. Drewno poddało się z jękiem. W trumnie nie było ciała. Leżało w niej jedynie kilka okręconych szmatami kamieni.

– Tylko waga się zgadzała – powiedział sam do siebie. – To znalazł?

Otworzył kolejną. W tej dla odmiany był wór z piaskiem. W trzeciej jakieś stare cegły. W czwartej leżał szkielet, dość bogato odziany. Resztki materiału trzymały się nadal na zwłokach. Duchowny pochylił się i wyjął z grobu czaszkę. Obracał ją przez chwilę w dłoniach. Miała silnie zaznaczone łuki nadoczodołowe. Kości policzkowe sterczały w postaci niemal guzów. Szczęka zakończona była gładko. Potylica wysunięta silnie do tyłu. Obrócił ją, by popatrzeć na nią z boku. Czoło tego człowieka, póki żył, musiało znajdować się pod wybitnie ostrym, małpim kątem. Odłożył ją na miejsce, zamknął kościół i pobiegł na cmentarz.

Jakub pracował. Na jego widok nie przerwał swojego zajęcia. Krzyż stał oparty o drzewo. Grób otaczał wał wykopanej ziemi. Łopata Wędrowycza postukiwała już o wieko trumny.

– Jakub...

– No i jak? Rozum do głowy?

– Sądzisz, że on jeszcze tam jest?

Egzorcysta amator wbił krawędź szpadla w wieko i depnął potężnie. Kilkoma następnymi ciosami poszerzył otwór. W trumnie leżała owinięta w szmatę oś od ciągnika.

– Skąd wiedziałeś? – zapytał, wygramoliwszy się na górę.

– Zajrzałem do trumien w podziemiach kościoła. Większość była taka, a w jednej znalazłem coś dziwnego...

Jakub otarł pot z czoła, potem wyjął z kieszeni piersiówkę i golnął kilka razy, podał księdzu. Paweł pociągnął jeden łyk, po czym go zatkało. Zanim wstąpił do seminarium, pijał różne rzeczy. Alpagę, jabole, różne wynalazki produkcji swoich kumpli, ale czegoś takiego w życiu nie próbował. To było gorsze od politury. Wprawdzie nie wiedział, jak politura smakuje, ale był pewien, że znacznie lepiej.

– Przepraszam – powiedział Jakub, klepiąc go po plecach. – Może trochę za mocne.

– Co to jest? Rozpuszczalnik?

– Nie, to tylko mój bimber.

Wstał i podszedł z łopatą do sąsiedniego grobu, w którym spoczywać miały zwłoki poprzedniego proboszcza. Wyrwał krzyż i troskliwie wetknął go w ziemię byle gdzie, po czym zaczął kopać.

– Czy to potrzebne? – zaniepokoił się Paweł.

– Niezbędne. Zresztą to ciekawe.

Trumna tkwiła płytko. Odsłonił ją i przez dłuższą chwilę wpatrywał się w wieko, zanim wbił pod nie łopatę. Trumna była pusta. Rzucił szpadel na ziemię.

– Chyba czas na nas – powiedział.

– Co mamy zrobić? – zaniepokoił się duchowny. – Trzeba zakopać te trumny.

– Nie chce mi się. Musimy jechać. Dawno trzeba było z tym skończyć.

– Ale...

Jakub bezceremonialnie złapał go za ramię i poprowadził.

W krzakach za cmentarzem stała szambiarka przyczepiona do traktora. Silna woń ropy niosła się wokoło. W kabinie ktoś siedział i palił papierosa. Na widok nadchodzących wysiadł z drugiej strony i zniknął w mroku.

– Mogłeś polecieć na orbitę – wrzasnął za nim Jakub.

– Kto to był? – zapytał ksiądz.

– Och, po prostu przyjaciel. Woli nie pokazywać swojej twarzy. W drogę.

Ksiądz usiadł niewygodnie na błotniku. Jakub wrzucił pierwszy bieg i pojechali polną drogą. Niebawem zakręcili w las. W lesie była spora górka. Na jej szczycie rosło uschnięte drzewo i stała nieduża szopka. Koło szopki parkowało osiem samochodów, w tym policyjny radiowóz. Jakub odbezpieczył broń.

Weszli do szopy. Była pusta. Tylko w kącie sączył się gdzieś z podłogi słaby blask. Jakub podniósł klapę i zeszli po drabince w dół. Było tu elektryczne oświetlenie. Ksiądz milczał zdumiony. Przyglądał się ścianom. Zbudowane zostały z wielkich kamiennych płyt pokrytych rzeźbionymi falistymi liniami.

– Widziałem takie we Francji – powiedział.

– Megality, nieprawda? Tak się to nazywa?

– Tak, ale...

– Chodźmy dalej.

Ruszyli naprzód. Niebawem dotarli do poprzecznej galerii. W niskim chodniku leżały tysiące kości. Zwalono je na stos. Poszli naprzód i zatrzymali się u progu wielkiej sali. Pośrodku pomieszczenia nakrytego kamienną płytą o średnicy pięciu metrów dogasało ognisko. Wokoło walały się kości, butelki po piwie i wódce. Wszyscy uczestnicy spali zmorzeni alkoholem i żarciem. Ksiądz patrzył zdumiony. Na ścianach olejną farbą namalowano rysunki przedstawiające mamuty. Jakub dotknął jego ramienia. Wycofali się.

– To się nie zgadza – szepnął duchowny. – Ci, którzy zbudowali megality, żyli trzydzieści tysięcy lat po tym, jak wybito mamuty. I siedemdziesiąt tysięcy później niż neandertalczycy...

– Widocznie wymalowali sobie według zdjęć z książek – powiedział Jakub. – To w sumie nieważne. Ważne, że są tu wszyscy. Łącznie z dzieciakami.

Wyszli z szopki. Egzorcysta odmotał od szambiarki rurę i wtłoczył ją pod klapę.

– Co chcesz zrobić? – zdziwił się ksiądz.

– Spalę to świństwo. Za mojego zeżartego kumpla i dla ogólnego dobra ludzkości.

– Ale tak nie można.

– Dlaczego?

– Przecież ich zabijesz.

– A cóż to znaczy? Przecież to nie są ludzie. To neandertalczyki. Nie wiem, jak udało im się tak długo przetrwać, ale teraz to już koniec. Krzyżowali się między sobą. Mieli własną religię, zżerali swoich. Należy im się to, choćby za twojego poprzednika.

Otworzył spust. Tysiąc litrów ropy popłynęło w dół.

– Ale naprawdę...

Jakub odbezpieczył rewolwer i przystawił mu pod brodę.

– Z punktu widzenia nauki Kościoła w ogóle ich nie ma. Dlatego nic się nie stanie.

Opuścił broń i wyprostował zagięcie parcianego węża.

Ksiądz schylił się i podniósł połówkę cegły. Zatoczyła w powietrzu krótki łuk. Jakub zobaczył przed sobą fontannę iskier. W pierwszej chwili przestraszył się, że szambiarka napompowana ropą wybuchła, a potem padł na ziemię i wszelkie problemy przestały być dla niego aktualne.

Gdy doszedł do siebie, dniało. Dotknął ręką bolącego miejsca z tyłu czaszki. Szambiarki nie było. Samochody też zniknęły. Zajrzał do szopki. Dziura prowadząca do świątyni była zasypana. Zszedł do wioski. Wieś wyglądała na wymarłą. Otwarte drzwi chałup chwiały się na wietrze. Nigdzie nie było ani śladu mieszkańców. Tylko różne porzucone graty świadczyły o tym, że opuścili swoje domy w szaleńczym pośpiechu. Podszedł do kościoła. Wrota świątyni były otwarte na oścież. W bramie wisiał, kiwając się na solidnym sznurze, trup księdza Markowskiego.

– Małpia wdzięczność – mruknął sam do siebie. – Wynieśli się. Ale wrócą. Oni zawsze wracają. Za dziesięć lat, za dwadzieścia...

Dotknął dłonią muru kościoła. Popatrzył na pęknięte ściany. Na tę świątynię, tak czy siak, wydano już wyrok.

– Będę na nich czekał – powiedział Pawłowi.

Ciało chwiało się na słabym wietrze. Milczało.

POUFNE. Wojsławice 6 IX 1985r.

P r o t o k ó ł   z a t r z y m a n i a

Imię: Jakub.

Nazwisko: Wędrowycz.

Urodzony: ok. 1900 roku. Dokładnej daty sobie nie przypomina.

Zamieszkały: Stary Majdan, gmina Wojsławice.

Wykształcenie: 3 klasy szkoły gminnej (jeszcze za cara). Obecnie, jak twierdzi, niepiśmienny (analfabetyzm wtórny).

Zawód wyuczony: Brak danych. Zatrzymany odmówił odpowiedzi.

Zawód wykonywany: Pasożyt społeczny notorycznie uchylający się od pracy. Notowany za kłusownictwo i bimbrownictwo oraz niszczenie mienia organów ścigania.

Powiązania:
Semen Korczaszko: rosyjski monarchista,
Józef Paczenko: bimbrownik,
Paweł Markowski: ksiądz.

Stosunek do ustroju państwa: Obsesyjnie negatywny.

Przyczyna aresztowania: Rozkopywanie grobu na cmentarzu parafialnym celem profanacji zwłok przy użyciu osikowego kołka. Ujęty na gorącym uczynku.

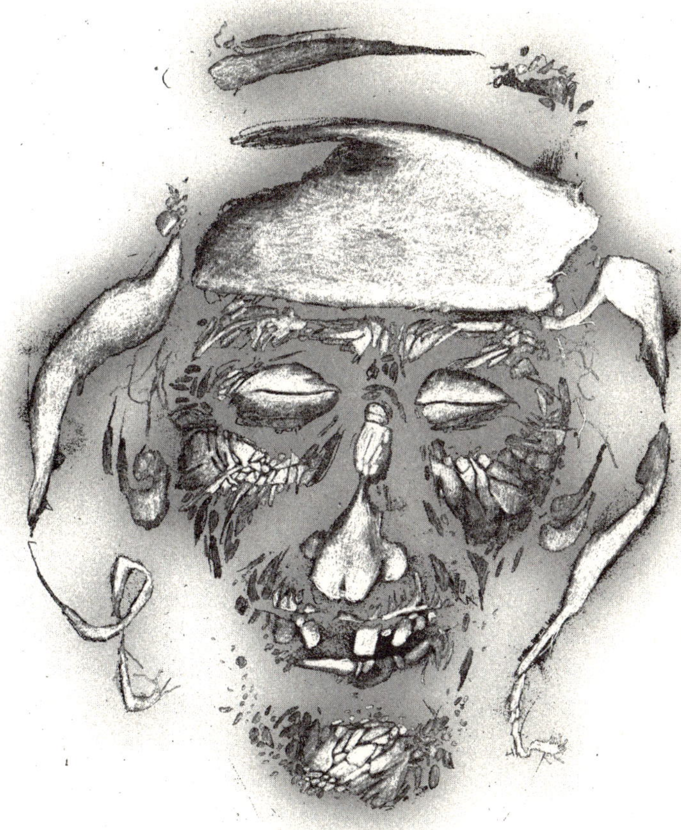

Spis rzeczy

WYDANIE VII

ISBN 978-83-7964-000-3

PROJEKT I ADIUSTACJA AUTORSKA WYDANIA Eryk Górski, Robert Łakuta

ILUSTRACJE ORAZ GRAFIKA NA OKŁADCE Andrzej Łaski

PROJEKT OKŁADKI Piotr Cieśliński

REDAKCJA Katarzyna Motyka

KOREKTA Bogusław Byrski

SKŁAD ORAZ OPRACOWANIE OKŁADKI Dariusz Nowakowski

SPRZEDAŻ INTERNETOWA

fabryka ponad normę .pl

ZAMÓWIENIA HURTOWE

Firma Księgarska Olesiejuk sp. z o.o. sp.j.
05-850 Ożarów Mazowiecki, ul. Poznańska 91
tel./faks: 22 721 30 00
www.olesiejuk.pl, e-mail: hurt@olesiejuk.pl

WYDAWCA

Fabryka Słów sp. z o.o.
20-834 Lublin, ul. Irysowa 25a
tel.: 81 524 08 88, faks: 81 524 08 91
www.fabrykaslow.com.pl
e-mail: biuro@fabrykaslow.com.pl
www.facebook.com/fabryka

DRUK I OPRAWA OPOLGRAF S.A. www.opolgraf.com.pl